UM
EX-AMIGO

Mayra Cotta

UM
EX-AMIGO

parea

Copyright © 2023 by Mayra Cotta

A Editora Paralela é uma divisão da Editora Schwarcz S.A.

Grafia atualizada segundo o Acordo Ortográfico da Língua Portuguesa de 1990, que entrou em vigor no Brasil em 2009.

CAPA Elisa von Randow
ILUSTRAÇÃO DE CAPA openeyed/ Shutterstock
PREPARAÇÃO Larissa Luersen
REVISÃO Jane Pessoa e Paula Queiroz

Dados Internacionais de Catalogação na Publicação (CIP)
(Câmara Brasileira do Livro, SP, Brasil)

Cotta, Mayra
    Um ex-amigo / Mayra Cotta. — 1ª ed. — São Paulo : Paralela, 2023.

    ISBN 978-85-8439-311-4

    1. Romance brasileiro I. Título.

23-148109   CDD-B869.3

Índice para catálogo sistemático:
1. Romances : Literatura brasileira   B869.3

Tábata Alves da Silva – Bibliotecária – CRB-8/9253-0

Todos os direitos desta edição reservados à
EDITORA SCHWARCZ S.A.
Rua Bandeira Paulista, 702, cj. 32
04532-002 — São Paulo — SP
Telefone: (11) 3707-3500
editoraparalela.com.br
atendimentoaoleitor@editoraparalela.com.br
facebook.com/editoraparalela
instagram.com/editoraparalela
twitter.com/editoraparalela

Para Celeste

DOMINGO

Um

Um ex-amigo está chegando para se hospedar aqui em casa por alguns dias, só até as coisas se acalmarem. Talvez ele ainda seja um amigo, é difícil saber. A bem da verdade, além de ex-amigo, ele é ex-várias coisas. Ex-veterano da faculdade de ciências sociais, ex-companheiro de partido e de militância estudantil, ex-amante e ex-colega de trabalho. Mas essa não é uma lista cronológica, pois isso seria impossível: sobreposições e rupturas sempre foram a constante da nossa relação. Talvez ainda sejam, se é que resta alguma relação. Honestamente, não sei. Eu não esperava que ele fosse me procurar depois de mais de cinco anos sem qualquer contato. Achei que tivéssemos rompido laços definitivamente. E confesso que essa percepção me trazia, na mesma medida, tanto melancolia quanto alívio.

Quando soube que esse ex-amigo tinha sido denunciado por estupro, não podia imaginar que eu seria a pessoa a quem ele recorreria. Mas até que faz sentido. Tudo na nossa história indicava que eu estaria sempre pronta para ser a amiga que generosamente acolhe, ouve e compreende. Ele deve ter certeza de que eu acreditaria em qualquer versão sua dos fatos. Juro que não queria que ele tivesse se lembrado de mim agora. Não fazia falta sentir as costelas apertando todos os músculos do peito — a minha reação imediata à lembrança do ex-amigo. Chega a ser frustrante a familiaridade dessa sensação. Detesto como ele ainda me afeta assim.

Mas quando um antigo amigo liga pedindo ajuda diante de uma situação tão delicada, a coisa certa a fazer é ajudar. Se ele precisa de abrigo, você dá abrigo. É o que você faz. Pelo menos até as coisas se acalmarem. Ainda que vocês não tenham trocado nenhuma palavra em cinco anos. Ainda que notícias dele só cheguem por amigos em comum que presumem que o vínculo de vocês ainda exista. Conhecidos que borrifam gotinhas de informação a respeito da atual vida do ex-amigo até que você consiga juntar tudo num gole inteiro de conhecimento.

O que importa é que, se um amigo está em apuros, é um dever moral estender a mão. Quando se trata de um ex-amigo, você o faz em nome do passado. Se houver questões mal resolvidas, você se cuida para não se deixar levar por elas. Muitos são os casos de pessoas que pulam na água para salvar alguém e também acabam se afogando. É o abraço dos afogados.

O ex-amigo — que está chegando para se hospedar comigo só até as coisas se acalmarem — exerce uma influência tão poderosa quanto indesejada no meu inconsciente. Dezoito anos depois da primeira vez que nos vimos, agora sei como devo me sentir em relação a ele — e como me disciplinar para de fato me sentir assim. Às vezes, contudo, tenho sonhos que traem esse esforço consciente e incansável. Alguns dias antes de ele me procurar, tive um sonho que me despertou como se um leão estivesse me prendendo no chão, farejando para decidir se o meu destino seria virar comida ou ser digna de clemência: ao telefone, o ex-amigo me contava que seria pai. Eu então perguntava se o filho era meu. Acordei ouvindo a risada na resposta: *Claro que não*.

Dias depois, ao ver seu nome piscando na tela, quando ele me ligou para pedir um abrigo temporário, cheguei a pensar por uma fração de segundo que fosse ouvir a notícia de que teríamos um filho juntos.

Não gosto de imaginar a presença física do ex-amigo neste apartamento que tanto me custou para chamar de lar. Me mudar sozinha para outro país, numa cidade gigantesca, hostil e estéril, não foi simples. Mesmo me preparando cuidadosamente para as inevitáveis dificuldades, foi bastante penoso. Quase oito anos depois, superados alguns arranjos domésticos estranhos e finalmente morando sozinha num apartamento só meu, posso dizer que tenho uma casa aqui. Um lar de verdade, cuidado, limpo e enfeitado. Cada arte exposta, cada lembrança de viagem, cada prateleira com livros foi pensada e arrumada detalhamente por mim.

É entre estas paredes que eu começo e termino os dias, pautados pela rotina peculiar de quem sabe que está só. Não importa quão difícil, frio ou pesado esteja lá fora, aqui dentro sempre é confortável, acolhedor e quentinho. Toda vez que chego em casa, me sinto abraçada. Ainda que o trabalho esteja estressante demais ou perigosamente tedioso, ou que eu precise passar quarenta minutos no metrô lotado, mesmo que o mundo se imponha inclemente sobre mim, eu me lembro de que, independente das adversidades, tenho uma casa para onde voltar, um canto que vai me receber com comida à disposição e uma boa noite de sono.

A perspectiva de receber o ex-amigo me deixa ansiosa. Como um cavalo de Troia do meu próprio inferno particular, tenho receio do que mais pode invadir meu lar com a sua presença aqui.

Antes de me mudar de país, eu já tinha morado sozinha, mas estava num relacionamento mais conturbado com a minha casa. Trabalhava por longuíssimas horas durante a semana e comprometia os sábados e os domingos com atividades da militância política. Os fins de semana eram consumidos por esses compromissos, desde as enfadonhas assembleias do partido até as estimulantes reuniões para coordenar ações diretas pela legalização do aborto. Passava pouco tempo em casa e não conseguia cuidar dela como deveria. Como era a primeira vez que não precisava dividir o espaço com ninguém, adorava ter um canto só meu para fazer o que quisesse. Talvez tenha sido a época em que experimentei uma sensação de liberdade mais concreta. Aquela casinha também era o lugar de alguns encontros de mulheres e onde colegas de trabalho costumavam beber depois de fechar a redação do jornal, além de ser o cenário em que a minha vida de solteira foi plenamente aproveitada.

Eu gostava bastante do apartamento antigo e sinto saudade de lá. Aqui, por outro lado, tenho a tranquilidade de quem está aproveitando bem o presente e não sente vontade de reviver o passado. A melhor parte dos meus vinte anos foi desfrutada num lugar especial que não existe mais. Agora, já na segunda metade dos trinta, sou dona de um espaço diferente, mas que segue sendo meu companheiro na medida exata do que eu preciso. É a minha nova casa, a mais de nove mil quilômetros da anterior. E essa é uma distância confortável daquela época.

O meu lar recebe poucas visitas hoje em dia. Escolho criteriosamente quem está autorizado a conhecer esse pedaço de mim. A duras penas e com a ajuda das amizades feministas, aprendi a selecionar as companhias da vida pessoal, pensando em quem gostaria que estivesse ao meu lado nas trincheiras. Afinal, conhecer e respeitar os meus próprios limites é tão relevante politicamente quanto analisar bem a conjuntura. Jantares íntimos, visitas das amigas próximas e da família nuclear e, por fim, algumas noites com o amante esporádico encerram a lista das atividades sociais no apartamento. No resto do tempo, somos só eu e ele.

Desde que me mudei, houve certa insistência por parte dos caras para conhecer a minha casa, mas sempre relutei em trazer para cá um homem com quem estivesse envolvida romanticamente. Seria uma profanidade muito grave, me causando um desconforto sério demais para ignorar. O único homem que esteve tanto dentro do apartamento quanto dentro de mim foi o amante esporádico. Transformei isto aqui num ambiente exclusivo para quem faço questão de ter por perto, para quem não destoa do espaço sempre caloroso, nem atrapalha o equilíbrio sutil que foi tão difícil alcançar. Assim se encerrou a fase das festas e reuniões abertas a qualquer um.

Não consigo afastar a ideia de que a chegada do ex-amigo é uma ameaça a esse lar. Isso não é verdade, pensando objetivamente. Não é racional o medo de que a presença dele seja tão disruptiva a ponto de desmoronar a casa. Com dezoito anos de história entre nós, tendo me tornado a mulher que eu gostaria de ser, não vou ser destruída por essa hospedagem passageira. Depois de tanto estudo sobre as mais diversas vertentes do feminismo e tantas aulas sobre a exploração do trabalho emocional das mulheres, posso ser forte o suficiente — de uma vez por todas — para que a visita não passe de uma mera assistência a um antigo amigo num momento difícil. Só isso.

Antes que eu checasse mais uma vez se estava certa disso, o interfone toca. O ex-amigo chegou. Fora do prédio, ele se faz presente como uma pequena fonte solar, ainda que dois andares nos separem. Nem tive tempo de trocar o pijama ou pentear o cabelo. Aposto que ele vai fazer um comentário jocoso sobre eu, uma mulher adulta, estar usando um pijama infantil — de flanela, branco e com corações roxos. O ex-amigo sempre fez piada sobre as minhas roupas.

Poderia fingir que não tem ninguém em casa e esperar que ele vá embora e nunca mais me procure. Quem sabe se eu arrumasse alguma desculpa — *poxa, precisei viajar de última hora* —, não precisaria mais hospedá-lo. Mas antes de elaborar um plano, já liberei a entrada e estou escutando os passos no lance de escadas até a minha porta aberta. Enquanto aguardo na soleira, sinto o coração acelerar e tento me acalmar para aliviar a pressão no peito.

E então ele aparece. O ex-amigo chega ao último degrau, e apenas quatro metros nos separam. À primeira vista, ele não mudou nada. Exceto pelo cabelo, que está bem curto, sem os cachos loiros que lhe emprestavam um ar de Sócrates, tanto o da democracia ateniense quanto o da corintiana, em uma versão escandinava. Ao se aproximar, até tento reparar em outras coisas, mas fico presa naqueles olhos que quase me desconcertam, tamanha fixação. Azuis de uma intensidade quase agressiva. O olhar rebelde e desafiador da primeira vez que o vi. Faz dezoito anos que eu reconheceria em qualquer lugar a olhadela que secretamente me chama para fazer a revolução juntos. Um olhar que não se constrange ao demonstrar desprezo por quem se esforça muito para tentar impor respeito sem merecê-lo.

Mesmo o ex-amigo passando pelo que deve ser o pior momento de sua vida, no epicentro de um escândalo em que suas mensagens mais íntimas e indiscretas estão sendo lidas por qualquer interessado, o olhar intenso, forte e julgador continua ali. Como ele consegue? Nada parece abalar o ex-amigo. Esta sempre foi a minha impressão dele: um cara preparado para tudo, que de fato acredita nas próprias convicções.

Queria passar mais tempo examinando esses olhos. Se eu me concentrasse bem, talvez descobrisse o segredo de tanta vitalidade e energia, capazes de recriar o próprio mundo em menos de seis dias. Mas o abraço do ex-amigo interrompe o meu devaneio. Antes que eu abra a boca, estou completamente envolvida por aquele corpo quente e sinto que derreto como manteiga sob o sol. Quanto tempo eu não sentia o abraço e o cheiro tão familiares dessa nuca? Chego a fechar os olhos para absorver a sensação mais um pouquinho. O meu coração, até então acelerado, parece ter parado de vez. Tudo parou de vez.

O ex-amigo está mais musculoso e largo, com um corpo diferente de cinco anos atrás. Obviamente continua apenas um pouco mais alto do que eu, só que nunca tinha me sentido toda envolvida pelo seu abraço. Os seus ombros ultrapassam em muito a minha clavícula. Como é bom estar aqui de novo, nos braços que raramente me seguraram com carinho, mas que sempre desejei que o fizessem.

Fico ressentida ao lembrar desse desejo, porque me dá vergonha pensar o tanto que sinto vontade desse contato físico com o ex-amigo e como já sofri por não o ter. A dor vem mesmo agora que essa ausência está sendo preenchida. Na realidade, sei que não está. O abraço não vai durar para sempre. E possivelmente será o último. Essa não será uma história sobre reatar o laço de uma velha amizade perdida no tempo. Tampouco será uma história de amor.

Quando me desvencilho do ex-amigo, posso olhar para o homem na minha frente, dentro da minha casa, que vai passar uns dias comigo só até as coisas se acalmarem. Sozinha com as lembranças dos primeiros anos da nossa trajetória, passo a reparar melhor na transição do garoto com jeito de vocalista de banda ska para um homem lindo que atrai olhares na rua. Um homem com um quê de inocente e de malicioso, de um magnetismo irresistível.

Ele está vestindo o que era praticamente um uniforme durante a juventude: um moletom todo preto com capuz, simples à primeira vista, mas de grife; a familiar calça da Adidas; e um All Star branco inadequado à temperatura negativa que faz lá fora. Diante do seu evidente compromisso com o visual adolescente, dá vontade de lembrá-lo de que estamos na intimidante segunda metade dos trinta.

Me traz uma satisfação gratuita o fato de que o ex-amigo segue usando a barba cheia, apenas um pouco mais escura que o seu cabelo e com alguns fios brancos aqui e ali. Imagino que o resto do seu corpo, por outro lado, siga quase sem pelos, o peito e as costas lisos, macios e robustos — uma peça inteira de mármore esculpida na forma de homem. A sua pele, que antes parecia a porcelana da qual eram feitas as bonecas antigas, agora traz as marcas inevitáveis do tempo: três rugas horizontais na testa, um ressecamento ao redor dos olhos e algumas manchas cuja chegada poderia ter sido adiada por mais alguns anos caso o ex-amigo se preocupasse em usar filtro solar todos os dias.

E então ele sorri para mim, o que é tão inesperado que não sei direito se estou retribuindo ou apenas mostrando os dentes, sugerindo tanto felicidade quanto dor. Os dentes dele são os mesmos — é claro, especialmente se você é diligente com a sua saúde bucal, como é o ex-amigo. Na época em que passávamos o dia inteiro juntos na biblioteca, ele sempre carregava um nécessaire com escova e pasta de dente, usadas religiosamente depois de cada refeição.

Essa arcada dentária sempre me impressionou muito. Raramente o ex-amigo sorria, mas ele dava boas gargalhadas. Então eu tinha uma visão quase completa dos dentes na boca grande e escancarada, emoldurados por um rosto cuja expressão era igual a de uma criança rindo do palhaço mais engraçado do mundo. É encantadora a capacidade do ex-amigo de rir das mesmas coisas que divertiriam meninos de seis anos. Será que ele ainda é assim?

É tão estranho reencontrar esses dentes domados para não revelar nada mais do que um recatado sorriso. Seria timidez? Não, eu conheço o ex-amigo, e timidez definitivamente não é um traço de sua personalidade. Então o quê? O que insinua o sorrisinho discreto e plácido acompanhado por um inegável fogo no olhar? Vergonha, talvez? Será que logo de cara eu já tenho o veredito para a dúvida que vem me consumindo desde que soube, há alguns dias, que ele está sendo investigado por estupro? Um trejeito encabulado pode ser uma confissão. *Pois é, fiz merda, desculpa.*

O que ele fala, no entanto, é um agradecimento por eu o estar acolhendo. E usa especificamente o verbo *acolher*. Essa frase, dita no tom exato da defesa do trotskismo na Segunda Internacional, me corta a carne na altura do peito. Não, acolhimento, não. Aprendi na militância feminista o real significado dessa palavra quase sagrada, e o ex-amigo com certeza sabe muito bem o peso dela para mim. Ao me agradecer por acolhê-lo, ele não está apenas reconhecendo a ajuda que é nesse momento ter um lar para ficar, enquanto o mundo lá fora está especialmente hostil.

Na verdade, ele está fazendo um pedido: mais uma vez está demandando de mim o esforço emocional para que ele se sinta bem e se fortaleça depois das pancadas das últimas semanas. E ele sabe muito bem o quanto custa às mulheres esse tipo de empenho, pelo menos na teoria. Quando eu ainda acreditava que os meus companheiros de militância poderiam repensar as suas atitudes e se tornar caras legais, organizei alguns debates no nosso grupo sobre o trabalho reprodutivo das mulheres. Discutimos a importância — e o custo pessoal — do acolhimento e de todos os outros tipos de cuidado comumente atribuídos a nós. Pude apresentar como a dinâmica patriarcal das atividades tipicamente realizadas por mulheres em espaços privados nos invisibiliza. Sem dúvida ele compreende a magnitude do verbo acolher.

Será esse o motivo do sorrisinho? Talvez não seja uma confissão velada, e sim apenas um truque para fingir estar desconfortável ao pedir mais uma vez que eu me sacrifique por ele, quando nós dois sabemos — será que ele sabe que eu sei ou continua subestimando a minha inteligência? — que ele não se sente mal por exigir isso de mim. Ao contrário, o ex-amigo deve pensar que merece por direito que eu o acolha neste momento difícil. Dentre todas as pessoas que devem lealdade a ele, a ex-amiga, a ex-companheira de partido e de militância, a ex-amante e a ex-colega de trabalho seria a devedora primordial.

Mas não quero acolhê-lo, ele não é digno disso. E mesmo que quisesse, não tenho energia suficiente. Então, não, não me agradeça pelo acolhimento. Não vou te acolher. Se eu conceder acesso de novo à minha fonte supostamente inesgotável de carinho e força de vontade, ela certamente secará para sempre, e não sobrará nada a quem de fato merece.

Estou muito mais perto, hoje em dia do que há dezoito anos, de ser a mulher que eu gostaria de ser. Por isso, preciso deixar muito bem estabelecido que a hospedagem não implica apoio incondicional. Estou bem informada sobre as acusações contra o ex-amigo e sei do seu histórico. Se por muito tempo me omiti em vez de me posicionar, se fugi quando deveria ter lutado, agora vejo nitidamente como devo me comportar. Também sei de cor o inventário exato dos instrumentos necessários para isso. E sim, tenho tudo aqui dentro de mim.

Mas o ex-amigo acaba de chegar e eu ainda estou sob o impacto desse reencontro. Passados cinco anos de silêncio, tudo o que consigo dizer é:

"Entra. Eu arrumei o quarto de hóspedes pra você."

Dois

A última vez que eu e o ex-amigo nos falamos foi numa festa. Já naquela época a nossa relação — de convívio diário na faculdade e depois no trabalho, marcada por discussões políticas cotidianas, projetos revolucionários intensos e alguns encontros sexuais durante um único mês no último semestre da graduação — havia se reduzido a eventuais trocas de mensagens sobre questões burocráticas do grupo político e a poucas conversas insossamente educadas quando nos esbarrávamos em festas de amigos em comum.

O afastamento aconteceu de maneira orgânica, sem um incidente catalisador do rompimento. Nunca trocamos gritos de ofensas ou acusações das quais nos arrependeríamos. Nossas vidas foram se separando e a amizade foi acabando espontaneamente, como o item "correr uma maratona" numa resolução de fim de ano, que começa com treinos diários e dedicação incansável até finalmente terminar no cancelamento da matrícula na academia que mal foi frequentada e num par de tênis seminovos acumulando poeira dentro do armário.

A amizade tinha se consolidado forte, cheia de sonhos compartilhados e vivências festivas durante os anos de ouro da juventude. Quando parecia estar na flor da idade, contudo, é como se essa relação promissora tivesse enfrentado uma doença terminal, definhando progressivamente. Enfim, a amizade morreu, mas ainda restava saber o que fazer com aquele espólio. No dia em que o vi pela última vez, a sensação era de que eu e o ex-amigo vivíamos num eterno velório do nosso passado, mas um tipo sinistro que jamais cessava e não permitia que fôssemos libertados para seguir com a nossa vida.

Por total falta de disponibilidade emocional e excesso de pragmatismo obstinado, optei por finalmente incinerar aquele cadáver e pôr as cinzas numa caixa no porão escuro da memória. Até tentei jogá-las num mar imaginário e encerrar de vez a conexão com o ex-amigo. Esse ritual simbólico teria sido bem menos poético na prática e muito mais próximo do estilo cômico-patético de *O Grande Lebowski* do que de cenas emocionantes de filme em que os restos de pó voam catarticamente até um corpo de água. Tudo o que consegui foi guardar a caixa com os destroços da amizade num lugar de difícil acesso, assim poderia praticamente esquecê-la na maior parte do tempo.

Viver propriamente o luto do passado exigiria estar bem resolvida com ele. Avancei bastante, mas não cheguei lá. Por enquanto. Não tenho condições — e não sei se um dia terei condições ou sequer vontade — de lidar com o espólio. Não é por acaso que ações judiciais de direito sucessório duram décadas. É muito difícil trazer para o presente toda a vida de um morto e resolver questões que dizem respeito ao que não está mais aqui. Acaba sendo mais simples guardar tudo num lugar esquecido, mesmo sabendo dos riscos de se abandonar restos de afetos mal resolvidos no escuro. O tipo de fungo que se prolifera nessas condições é assustador.

Às vezes eu mesma tenho dificuldade de entender como chegamos a esse ponto. Quando recordo os primeiros anos de amizade com o ex-amigo — o período em que éramos próximos e acreditávamos que faríamos a revolução juntos, a época em que eu era completamente encantada por ele —, nem sempre consigo refazer os passos do percurso à ruptura.

Lembro como se fosse ontem a primeira vez que vi o ex-amigo. Ainda no primeiro mês da vida de estudante universitária, assisti a uma peça de teatro encenada e produzida por estudantes da faculdade de ciências sociais. No primeiro ano, eu ia a todos os eventos possíveis, comparecia a aulas sem qualquer relação com o curso, participava do máximo de reuniões dos mais diversos grupos e coletivos e passava horas andando pelo campus, observando as interações dos estudantes. Eu era apaixonada pela instituição e completamente deslumbrada pelo curso.

A peça aconteceu num dos antigos anfiteatros da universidade, o lugar era levemente decrépito, mas ainda preservava a solenidade de um espaço que sempre esteve na vanguarda do saber engajado. O campus inteiro é de uma beleza estonteante, é um deslumbre modernista. O país onde vivo hoje é famoso por seus campi bonitos, mas jamais conheci um que se iguale ao da minha alma mater. Enquanto me preparava para o vestibular, o que mais me motivava era a vontade de estudar lá. Acabei escolhendo ciências sociais porque era uma combinação meio óbvia comigo, mas eu queria mesmo era pertencer ao campus.

Quando cheguei ao anfiteatro, reconheci alguns rostos que circulavam pela faculdade e também vi alguns conhecidos da época do colégio. Não falei com ninguém, os cumprimentei apenas de longe com um discreto aceno de cabeça, me sentei sozinha no canto esquerdo da segunda fileira e peguei na minha mochila o texto que seria discutido na aula de introdução à ciência política do dia seguinte, para avançar na leitura enquanto esperava. Estava lendo Alexandra Kollontai pela primeira vez e experimentava um sentimento que até hoje me acompanha quando leio autoras clássicas: uma espécie de fascinação elétrica por estar dialogando com alguém relevante que viveu há tanto tempo.

As luzes se apagaram, guardei o texto e saboreei o gosto da expectativa que um palco escuro e vazio traz. Eu só sabia que se tratava de uma peça do projeto de teatro comunitário da universidade. Estou me esforçando para lembrar o nome, mas não consigo. Não me lembro do enredo, tampouco das demais pessoas no palco. O espetáculo permanece em destaque na memória apenas por causa do ex-amigo.

No palco escuro, um feixe de luz foi projetado no centro e um jovem de sobretudo preto com a gola para cima entrou em cena, como se estivesse enfrentando frio extremo, apesar de estarmos nos últimos dias do verão. O ex-amigo. Talvez o seu personagem fosse Yorick, ou o próprio Hamlet, pois me lembro vagamente de um crânio em sua mão. Mas talvez fosse algum outro objeto. O cabelo estava penteado de maneira cuidadosamente desleixada, e a fisionomia era tão tensa quanto a vida do personagem. O ex-amigo atuava bastante bem para um amador.

Como eu estava sentada muito perto do tablado, e lá os anfiteatros não passavam de uma sala de aula ampliada, pude ver todos os detalhes daquele garoto na minha frente. Um ano mais velho do que eu, o ex-amigo ainda não tinha completado vinte anos. Naquele momento, pensei que ele era o homem mais bonito que eu já tinha visto. Quando abriu a boca para começar o primeiro monólogo, sua voz me vestiu como uma bela túnica de seda. Por uma hora, fiquei numa espécie de transe a cada palavra, expressão e movimento corporal. Quando a peça finalmente acabou, me senti exausta e percebi o tanto que tinha me concentrado naquela última hora.

Depois disso, adquiri o hábito de sempre procurar o ex-amigo pelos espaços universitários, desde a biblioteca, meu lugar favorito, até as festas e cervejas depois da aula. Eu não era *stalker*. Na verdade, não me esforçava ativamente para encontrá-lo, nem forjava pretextos para ir até ele. Nos meses entre a primeira vez que o vi e o dia em que fomos apresentados oficialmente, era uma pequena alegria achar o ex-amigo meramente por acaso entre tantas pessoas naquele campus lindíssimo de outono. Como o prédio de ciências sociais era pequeno, eu o via quase todos os dias. Às vezes, ficava com a impressão de que ele tinha uma luz própria, tão marcante era a sua presença aonde quer que fosse.

Nos meses em que observei o ex-amigo, pude conhecer um pouco mais sobre ele, seus hábitos e interesses. Ele gostava de se sentar sozinho embaixo das árvores para ler. Nas rodas de conversa, dominava a atenção de todos. De passagem por essas rodinhas, eu escutava as risadas altas em resposta aos seus gracejos. Ele tinha muitas amigas e parecia tratá-las sempre com respeito. Quando conversava com uma colega, ainda que ela fosse lindíssima, a linguagem corporal dele era atenciosa e empática.

Certa vez, eu estava atrás dele na fila do balcão da biblioteca e reparei que ele segurava um exemplar de *O segundo sexo*. Impulsivamente, disse, em voz alta:

"Que alegria ver homens lendo umas das maiores filósofas do nosso tempo."

O ex-amigo se virou e, como se estivesse falando com uma amiga — e não com uma completa estranha que puxou assunto do nada —, respondeu que tinha se matriculado no curso de existencialismo só para ler Simone de Beauvoir.

Logo em seguida, chegou a vez dele de ser atendido e o nosso breve diálogo acabou. Antes de entregar o livro ao bibliotecário, o ex-amigo se dirigiu a mim mais uma vez e recomendou que eu fosse às reuniões do grupo de estudos de gênero das ciências sociais que aconteciam às segundas, no horário do almoço, e permitiam somente mulheres.

"Boa dica. Não sabia que tinha um grupo de estudos de gênero na faculdade. Obrigada, eu vou sim", respondi com um sorriso.

Antes desse episódio, eu tinha assistido a um evento de três proeminentes intelectuais da esquerda latino-americana sobre as possibilidades de uma revolução socialista no meu país. O ex-amigo realizou a mediação do debate com uma sensibilidade magistral. Durante as perguntas, era possível sentir na sua voz a indignação com as injustiças sociais. Ele queria saber como conseguiríamos erradicar a pobreza, superar o capitalismo e acabar de vez com a exploração dos homens pelos homens. Escutando atentamente aos participantes, fazia questionamentos pertinentes e demarcava contradições argumentativas com comentários perspicazes.

O ex-amigo era muito diferente de todos os caras que eu já tinha conhecido. Ele se sentia confortável no mundo de um jeito que eu nunca tinha visto. Não se preocupava em demonstrar confiança — como normalmente os homens inseguros fazem, de peito estufado e queixo erguido —, mas também não era retraído. Eu o via conversando com o reitor da faculdade e os professores com a mesma naturalidade e respeito que dispensava aos funcionários da limpeza e às garçonetes da cantina. Aliás, ele era um dos poucos estudantes gentis com os prestadores de serviço.

Além da inteligência e da beleza, também me chamava a atenção a inquietação no olhar do ex-amigo que aparentemente apenas eu era capaz de reconhecer, como um cumprimento de membros de uma sociedade secreta. Atraída por ele de um jeito inédito, eu ficava hipnotizada feito criança num show de mágica, sem entender muito bem o que estava acontecendo, mas me deixando levar pelo encanto.

O primeiro ano na universidade trouxe muitas novidades, e me sentir íntima de um estranho foi uma delas. Não posso dizer que estava apaixonada, porque até hoje não entendo a natureza da atração pelo ex-amigo. Eu não era capaz de reconhecer o que sentia.

Três

Depois das amenidades de praxe — *fez boa viagem?; quer descansar um pouco?; desculpa a bagunça, esse fim de ano tem sido muito corrido; tá com fome? eu fiz café; fica à vontade, deixei uma toalha limpa em cima da sua cama; sim, pode deixar as coisas aí, o quarto é seu; cuidado quando abrir a torneira de água quente, ela é escaldante* —, o ex-amigo está tomando banho. Os primeiros momentos foram tão banais que nem parece que estávamos havia tanto tempo distantes. Era como se fosse apenas mais um dia da nossa rotina de convívio diário.

Eu me ofereci para lhe preparar algo para comer, mas ele me contou que há uma semana não conseguia dormir mais de duas horas por noite e me perguntou se eu me importaria se ele tirasse um cochilo depois do banho. Poderíamos lanchar mais tarde. Por enquanto, ele estava precisando fechar os olhos.

"Ah, claro. Eu tenho algumas coisas pra fazer mesmo. Preciso me organizar pro início da semana. Descansa um pouco."

Enquanto o ex-amigo está no banheiro, até consigo fingir que tudo está normal em casa, ponho a louça acumulada dos últimos dias na máquina e guardo as roupas que acabaram de sair da lava e seca. Quase acredito que mais uma semana como qualquer outra está para começar.

Assim que escuto o chuveiro ser desligado, o meu coração começa a acelerar. Sinto uma necessidade súbita e urgente de sair do apartamento. Visto por cima do pijama o meu casaco mais quente, perfeitamente apropriado para esta tarde de domingo, e calço as botas de neve. Em alguns passos rápidos, chego ao café da esquina, onde bato ponto quase todos os dias.

Para o dono-e-barista, que está sempre no caixa, peço um chocolate quente com um *shot* de expresso, algo que nunca tinha experimentado, porque por algum motivo penso que é a melhor opção para aliviar esse pressentimento ruim. Não há ciência por trás disso, mas a combinação de café com chocolate deve ser o mais próximo que uma bebida não alcoólica pode chegar de um abraço. Quando me sento com a xícara quente, cujo calor irradia pelas mãos, pego o celular, tomo um gole do líquido espesso e doce, respiro fundo e decido que vou ligar para a Kal.

Provavelmente ela não vai atender. Deve estar terminando de preparar as aulas da semana enquanto toma um chazinho de boldo ao som de alguma banda indie do Sudeste Asiático que só ela e mais doze pessoas no mundo conhecem mas que, quando você escuta, acha que eles realmente mereciam ser mais famosos, porque são ótimos, e se pergunta como fazer para também descobrir bandas excelentes e desconhecidas. Ela vai olhar para o meu nome piscando na tela e escolher não atender, pensando que precisa se concentrar no trabalho e não pode passar horas conversando comigo, como normalmente acontece. O nosso horário informal de pôr a conversa em dia é sexta de manhã, quando a Kal encerra as obrigações docentes do pós-doutorado. Pode ser também que ela esteja com a namorada numa balada, tenha acabado de mandar um e-mail para os alunos cancelando as aulas de amanhã e esteja prestes a tomar uma dose moderada da droga sintética que elas estão experimentando hoje.

Com a Kal, os dois cenários são igualmente possíveis e teriam a mesma intensidade. Ela estaria tão apaixonadamente engajada na preparação das aulas quanto na descoberta dos efeitos da novidade entorpecente da cena festiva do norte atlântico. A sua mente extraordinária transforma qualquer experiência cotidiana numa oportunidade de análise crítica das questões mais profundas da humanidade.

A Kal foi a minha primeira grande paixão intelectual e a minha primeira amizade feminista — uma combinação tão potente que até hoje nunca me deparei com alguém tão impressionante quanto ela. Aliás, não conheço ninguém que não tenha se apaixonado pelo menos um pouco pela Kal à primeira vista. Além do baque de encontrar um mar de sagacidade e humor cáustico, todos ficam muito desconcertados com a sua maneira de lidar com a própria beleza gritante, que resiste ao seu esforço de não se encaixar no padrão estético. Kal não usa maquiagem, o cabelo está sempre curtinho, as roupas não marcam o corpo e os pelos jamais foram removidos por cera, pinça ou outra forma de tortura socialmente aceita contra mulheres. Tudo nela exala autenticidade, mas sem aquela ansiedade das pessoas que tentam fabricar uma aura autêntica. Fora que a Kal pode vencer qualquer debate, seja pela qualidade dos argumentos ou pelo cansaço do adversário diante da animação inabalável para discutir qualquer tema, com qualquer um, a qualquer hora.

Nós nos conhecemos ainda no meu primeiro ano da graduação, numa reunião para formar uma chapa para as eleições do Diretório Central dos Estudantes. Nessa ocasião, também fui finalmente apresentada ao ex-amigo depois de tanto observá-lo à distância. Talvez eu esteja projetando tudo o que aprendi nos últimos dezoito anos com a Kal, mas tenho a nítida impressão de que, desde o início, ela tentou me alertar sobre os possíveis perigos que o deslumbramento pelo ex-amigo me causaria.

A maioria dos participantes tinha sido convidada diretamente por algum dos quatro homens que organizaram a chapa — o ex-amigo e os três futuros companheiros de partido, os quais se transformariam na diretoria informal do nosso grupo político. Não era o meu caso. Fui porque vi um panfleto no mural da sede do DCE.

Como era uma caloura muito empolgada, não só fui à reunião, como também pensei em propostas para a campanha. Lembro bem como a Kal era a única mulher que parecia estar no mesmo nível dos organizadores, sobretudo do ex-amigo. Era evidente a deferência com que era tratada por eles. Ao mesmo tempo, ela não fazia questão de pertencer à panelinha masculina. Ao contrário das tantas garotas que orbitavam aqueles caras, a Kal não se esforçava para chamar a atenção deles.

Recordo como se fosse ontem o momento em que sugeri que uma das propostas da plataforma eleitoral fosse a ampliação dos programas de extensão oferecidos pela universidade. Com um rápido levantamento, pude perceber que cada curso tinha o seu próprio, sem dialogar com os demais. Se a gente criasse uma coordenação de extensão do DCE, poderíamos juntar iniciativas e potencializar todas.

Até articulei bem a ideia, apresentando-a de maneira convincente. Mas, na época, ainda não estava preparada para perceber o machismo que torna os homens simplesmente surdos quando uma mulher está falando numa reunião. Fiquei muito decepcionada quando apenas a Kal gostou da ideia. Os outros só ficaram apáticos e quietos, incluindo o ex-amigo. Minutos depois, um colega apresentou uma proposta parecida, só que menos elaborada, usando inclusive o nome de coordenação geral de extensão, e todos foram unânimes ao apoiá-lo.

Quando o projeto do cara foi aprovado, a Kal olhou para mim e, como se só houvesse nós duas na sala, disse:

"Muito boa ideia. É Alma o seu nome, né? Uma pena que eles precisem ouvir isso da boca de um homem para considerar."

Estávamos sentados em um círculo de cadeiras, a Kal e eu em pontos opostos da roda. Sorri genuinamente, feliz de ter encontrado alguém que me enxergou naquele espaço intimidador. Eles fingiram não ouvir o comentário sardônico da Kal. Ou talvez não tenham ouvido mesmo.

Será que eu teria seguido no movimento estudantil, me tornando uma junkie de política, completamente apaixonada pela militância, se não tivesse contado com o apoio e a experiência da Kal desde o início? Talvez, se não fosse pela minha aliada, eu nunca tivesse descoberto a minha grande paixão, me resignando aos simulacros de paixão medíocres que são as relações heterossexuais tradicionais. É bem possível que, não fosse a presença dela, eu tivesse ido embora e nunca mais voltado, acreditando não haver lugar ali para as minhas contribuições. Por causa do suporte decisivo da Kal, eu entrei definitivamente para o movimento estudantil e nunca mais consegui viver longe da política.

Estou quase terminando o chocolate quente com expresso quando finalmente tomo coragem e ligo para a Kal. Chama algumas vezes, mas, é claro, ela não atende. Não estou aliviada como achei que estaria. Eu queria mesmo falar com ela, ainda que não fosse uma conversa muito agradável. Afinal, a Kal estaria mais disposta a me mandar a real do que a me confortar. Ela não apoiaria a presença do ex-amigo na minha casa. E sabe que eu aguento puxões de orelha.

Ainda não falamos sobre isso, mas ela com certeza está a par da recente acusação de estupro e tem acompanhado de longe os desdobramentos públicos. Desde que a notícia saiu no jornalzinho da nossa universidade, as redes sociais foram inundadas por relatos, na maioria anônimos, que corroboravam com os indícios de que ele seria, sim, capaz disso.

O ex-amigo é ex-amigo da Kal há mais tempo do que é ex-amigo meu. Bem mais esperta do que eu, a Kal virou a mulher que ela gostaria de ser antes que eu virasse a mulher que eu gostaria de ser. Pensando bem, nunca tinha feito essa ligação, mas de fato os processos que transformaram o amigo em ex-amigo — e que fizeram de mim e da Kal as mulheres que gostaríamos de ser — não são concomitantes por coincidência. Realmente, talvez não seja possível ser a mulher que gostaríamos de ser e continuar amiga do ex-amigo. Ao mesmo tempo, a transição do amigo para ex-amigo pode ser o que nos torna essa nova mulher. Uma coisa retroalimenta a outra. A mulher que eu gostaria de ser consegue romper com o ex-amigo, e a ruptura com o ex-amigo faz de mim a mulher que eu gostaria de ser.

Nos últimos anos, tenho encontrado pouco a Kal, apesar das nossas ligações semanais e das trocas de mensagem praticamente diárias. Ela saiu do país alguns anos antes de mim, mas por outros motivos. Queria escapar da precariedade da vida acadêmica na América Latina, e eu só queria escapar. Até hoje não sei bem do quê, mas acho que fui bem-sucedida nessa missão.

Quando conheci a Kal, não sabia quase nada sobre feminismo.

"O nosso principal compromisso teórico-político precisa ser com o marxismo e a luta de classes", eu costumava dizer, esnobando orgulhosamente a luta das mulheres.

A Kal era paciente e pedagógica.

"Alma, não confunda o movimento feminista com o identitarismo típico do capitalismo tardio. A apropriação esdrúxula que o liberalismo faz da nossa agenda não tem nada a ver com a teoria crítica de gênero."

Ficávamos horas no apartamento dela tendo essas conversas. Aos poucos, esses aprendizados passaram a estar presentes em todas as minhas amizades com outras mulheres.

A Kal era totalmente pós-moderna e teimosamente refratária aos marxistas. Ela revirava os olhos quando a palavra "estrutura" aparecia nas discussões.

"Que estrutura? A gente tá falando da sociedade ou de um prédio? É pra transformar a realidade ou construir uma casa?", ela se exasperava.

"Amiga, você não acha que as feministas da terceira geração acabaram nos deixando sem ferramentas pra ação política? As análises são profundas e pertinentes, mas não apontam na direção revolucionária", eu costumava provocá-la.

"Você precisa parar de tentar procurar um mapa da revolução nas leituras. Do contrário, vai continuar lendo só homem europeu branco, que são os únicos com a arrogância de acreditar que têm todas as respostas", ela retrucava.

Quando eu contar que o ex-amigo está lá em casa, para passar um tempo até as coisas se acalmarem, ela vai duvidar de que eu tenha realmente me transformado na mulher que sempre quis ser. Talvez pense que, no fundo, eu ainda seja aquela garota lastimável que precisava muito parecer uma enciclopédia comunista para impressionar homens mais interessados em transar com ela do que em ouvir as suas opiniões.

Não, a Kal não pensaria isso de mim. Ela me conhece. Ela acompanhou o meu esforço para me libertar do ex-amigo e das dinâmicas da nossa relação. Apesar do jeito levemente pretensioso e exageradamente intelectual, sem dúvidas ela é uma das mulheres mais generosas com outras mulheres, em especial com aquelas que ainda não se tornaram quem gostariam de ser.

No ano passado, durante um feriado prolongado em que aproveitei para visitá-la, estávamos só as duas em sua casa, num desses jantares de horas comendo, bebendo e abrindo o coração uma para a outra, quando chegamos ao assunto da atual namorada dela, a Mia.

"Ela tá na cidade? Será que a gente ainda se encontra antes de eu voltar?"

A Kal me respondeu displicentemente, como se falasse a coisa mais banal do mundo:

"Mia viajou pra casa da ex, que mora em outra cidade, mas é aqui perto. Elas não superaram o término e de vez em quando se encontram pra falar sobre isso."

Acostumada com padrões heteronormativos, em que os términos conturbados são resolvidos individualmente, estranhei a situação.

"Mas você não se incomoda de saber que sua namorada está na casa da ex? De estarem ainda tão envolvidas emocionalmente?"

A Kal me olhou com um misto de pena e impaciência.

"Você sabe como é difícil ser mulher neste mundo, Alma. Agora imagina ser sapatão. Acha que sobram tempo e energia para reproduzir as neuroses narcísicas da heteronormatividade? O patriarcado se sustenta sobretudo na forma como nos relacionamos amorosamente. A gente precisa estar atenta. O namoro delas se transformou em outra coisa que elas ainda estão entendendo o que é. As duas têm responsabilidade emocional mútua nesse processo."

Mas eu não estava convencida.

"E a responsabilidade emocional da sua namorada com você? Isso não te afeta? Você fica bem nessa história?"

"Alminha, precisamos ser pacientes umas com as outras e até com nós mesmas. Não, nem sempre eu fico bem com o meu relacionamento. Às vezes, me irrito por Mia não saber exatamente o que quer. Claro que fico cansada de me sentir insegura, como se a qualquer momento ela pudesse decidir voltar com a ex, ou se apaixonar por outra de um jeito que não vai ter mais espaço pra mim. Mas converso com ela toda hora, e ela me escuta e me acolhe. Ela me explica o lado dela e eu compreendo. É disso que eu preciso. É disso que nós mulheres precisamos — nós, seres humanos, na real, mas os homens jamais vão chegar a esse estágio de maturidade emocional, coitados. Todas nós temos fraquezas e vulnerabilidades. É nosso dever político ser compreensiva umas com as outras."

"Mas a gente pode continuar não gostando de mulher escrota, né, Kal?", brinquei para aliviar o clima que pesava de sentimentalismo.

"Sim, mulher escrota tem mais é que se foder", a Kal respondeu, sem titubear.

Rimos, e ela completou:

"Só precisamos saber separar quando uma mulher é escrota mesmo ou quando é só produto do nosso tempo."

Envolvida nessas memórias e olhando para o copo vazio de chocolate quente com café, sinto o celular vibrar. Vejo que é a Kal e, ansiosa, atendo. Como é bom escutar a voz dela, ainda que em poucos minutos vá mudar de tom e se tornar mais fria, quase severa. Pergunto sobre as aulas, a universidade nova, o livro fruto de sua tese que deve ser publicado em breve e também sobre a Mia.

"Tudo certo, indo bem, tô um pouco cansada de ser imigrante, mas sem muita vontade de voltar pra nossa terrinha, aquilo de sempre", ela aproveita que estou disposta a escutar reclamações e continua: "Ainda tenho que lidar com um aluno especialmente problemático que me desafia o tempo todo em sala de aula e é sempre bastante desagradável. Ah! E nem te contei sobre o último e-mail do meu editor mala. Sério, Alma, eu nunca vi alguém extrair tanto prazer do pequeno poder. Ele é insuportavelmente detalhista. Toda hora questiona as minhas escolhas lexicais. *O que você quer dizer exatamente com o termo "capitalismo" aqui?* Sabe? Esse tipo de pergunta imbecil. Eu tô muito perto de mandar ele ir à merda. Não aguento mais", ela conclui com uma voz cansada.

Ficamos um pouco em silêncio enquanto aguardo para ver se ela vai falar sobre a namorada, mas a Kal opta por não mencionar o relacionamento. E eu não insisto, óbvio.

Antes de jogar toda a minha ansiedade em cima dela, fico feliz em poder retribuir um pouco do trabalho emocional, escutando atentamente e dizendo para ela não se preocupar, que a tese é brilhante (verdade), que o livro é ainda mais refinado (também verdade), que essa editora não é considerada uma das melhores do mundo à toa, e o fato de terem decidido publicar a sua proposta de livro só revela o quanto eles são realmente bons (acho mesmo) e, por fim, que o livro com certeza vai ser um grande sucesso (estou torcendo muito por isso, mas não tem como saber). Ela acredita em mim e fica mais tranquila.

"Valeu, amiga-Alma. Sempre me acalmo falando com você."

Apaziguadas as angústias dela, respiro fundo para explicar o motivo da minha ligação. Sem qualquer transição, as palavras começam a escapar da minha boca como se tivessem encontrado a oportunidade perfeita depois de anos elaborando um plano de fuga daquela prisão:

"Ele chegou aqui em casa hoje. Vai ficar comigo só até as coisas se acalmarem", digo, sem pausas.

"Ele quem?", a Kal está genuinamente confusa.

"Ele não tá muito bem com tanta pressão e não tinha para onde ir. Pediu abrigo por alguns dias, só até as coisas se acalmarem. Fazia anos que eu nem falava com ele, né? Cinco anos. Quando ele me ligou, assim do nada, eu não estava mesmo esperando e fui pega completamente de surpresa. Até tentei inventar uma desculpa, ou só dizer que não ia ser possível, mas não consegui, fiquei com pena. Quer dizer, não com pena, sei lá, ele tá muito na merda", tento justificar caoticamente algo que nem sequer está sendo questionado.

A Kal ainda não teve tempo de assimilar o que estou falando. Estou parecendo alguém que vive na rua há muito tempo e grita coisas sem sentido aleatoriamente.

"Ele quem, Alma?"

E diante da minha pausa reticente, a Kal entende que só posso estar falando do ex-amigo. Um silêncio pesado e desconfortável, eu poderia dizer até sepulcral, se estabelece e dura uma eternidade.

"O que ele tá fazendo aí, Alma?", soturna, a Kal deixa transparecer que neste exato momento o senso de reprovação está se sobrepondo à generosidade feminista com as minhas fraquezas.

"Ele precisa de um lugar pra ficar uns dias. O comitê de campanha deu uma suspensão temporária até o fim da investigação. Tem um processo formal instaurado para investigar o que a menina denunciou, e os gringos levam isso super a sério."

Sigo falando desenfreadamente, como se estivesse participando de um desafio de fazer caber um número exagerado de palavras em um espaço restrito de tempo.

"Todo mundo leva estupro super a sério, Alma", ela me corta sem pestanejar, e eu percebo que parece haver algo em meu tom que me trai a respeito do que acho da denúncia contra o ex-amigo.

"Sim, claro, eu sei. E essa merda de sociedade machista faz de tudo pra desculpar os caras e desacreditar as vítimas. Eu sei de tudo isso, Kal."

Silêncio de novo.

Eu sei, eu sei, Kal, desculpa, estou tentando o meu melhor, eu juro. Por favor, não se decepcione comigo. Ainda sou a sua companheira feminista para todos os desafios, todas as manifestações e todas as investigações jornalísticas. Por favor, tenha ainda um pouco da sua incrível generosidade comigo uma última vez. Só uma última vez, prometo. Eu vou chegar lá, pronta para enfrentar definitivamente o ex-amigo. Não vou deixar ele me usar e nos atacar. Não mais, de novo não.

"Eu preciso da sua ajuda, Kal", foi o que consegui dizer.

Mais silêncio.

Eu conheço bem as pausas pesadas da Kal e quase escuto o seu maquinário cerebral funcionando, fazendo um barulho que é uma mistura de locomotiva a vapor com processador de dados, desses de filmes antigos que tentavam retratar o futuro. A Kal nunca se arrepende do que fala, não tem arroubos verborrágicos, não cospe os sentimentos nos interlocutores. Como é muito deliberada nas palavras, cada conjunto de sílabas vem carregado de significado. Eu não tenho mais nada para falar, então me calo e espero.

"Precisa, mesmo, Alma. E eu preciso fugir um pouco durante o Natal, ou vou acabar irrecuperavelmente deprimida. Essa é a minha última semana de aula antes do recesso. Vou olhar as passagens para o próximo fim de semana. Acho que chego na sexta mesmo, no máximo no sábado. Te aviso."

Percebi que durante todo esse tempo eu estava segurando a respiração e com o punho esquerdo tão fechado que as unhas machucam a minha carne.

Quando a Kal terminou de falar, senti um alívio tamanho que lágrimas irromperam sem cerimônia, como se estivessem contidas até agora apenas pela tensão, tal qual uma barragem de concreto. Tentei agradecer, mas só consegui assentir, mesmo ciente de que a Kal não podia me ver. Sim, sim, vem, por favor, eu preciso tanto de você aqui, obrigada. A Kal entende o silêncio, ela sabe que nem todos os silêncios são iguais, e este foi bastante peculiar. De alguma forma, nossa conexão mística das bruxas das florestas de outrora funcionou.

"Alma, segura a onda nos próximos dias. Eu tô chegando."

Joana de Sousa Dias, 38 anos, nacional, solteira, socióloga, compareceu a esta Delegacia, na condição de testemunha, e relatou o que segue. Questionada se conhece o investigado, disse que sim, que o conhece há quase vinte anos, que se conheceram quando ambos eram estudantes de ciências sociais. Questionada se já se relacionou amorosamente com o investigado, disse que nunca manteve um relacionamento estável com o investigado, mas já se relacionaram sexualmente algumas vezes ao longo dos anos, sempre de forma consensual. Questionada se tomou conhecimento sobre as acusações feitas contra o investigado, disse que sim, que soube das acusações pelas redes sociais, mas que, antes disso, não tinha tomado conhecimento de nenhum tipo de acusação, formal ou informal, contra o investigado. Questionada se o investigado já praticou contra ela condutas inadequadas de caráter sexual, disse que não, que o investigado sempre a tratou bem e nunca praticou qualquer conduta de caráter sexual sem o seu consentimento. Questionada se já testemunhou o investigado praticando condutas inadequadas de caráter sexual contra alguma mulher, disse que não, que o investigado até onde ela sabe sempre foi respeitoso com as mulheres. Questionada se conhece Carolina Virgínia Machado Lins, disse que sim, que eram amigas próximas durante a graduação universitária, mas que se distanciaram nos últimos anos. Questionada se se recorda de conversas com

Carolina sobre o investigado, disse que sim, que Carolina manteve um relacionamento mais ou menos estável por alguns meses com o investigado, mas que pareceu ter se arrependido depois e costumava falar mal do investigado para os amigos. Questionada se recorda do teor das queixas de Carolina, disse que não se recorda em detalhes, que acredita terem sido em decorrência de desentendimentos comuns em relacionamentos desse tipo. Questionada se reconhece uma mensagem enviada por Carolina, em 05/02/2005, às 02h53, juntada aos autos às fls. 302, na qual se lê: "Amiga, tô preocupada. Acho que o boy tirou a camisinha no meio do sexo. Ele às vezes faz isso. Sem me avisar!!! Já até briguei, mas ele diz que fica com tesão demais e acaba tirando na empolgação. Mas eu tô no período fértil e agora vou fritar de medo de ficar grávida. Bora comigo amanhã na farmácia? Desculpa mandar mensagem a essa hora. Não tô conseguindo dormir, puta demais com ele pra conversar. Precisava só desabafar. Te amo.", disse que sim, que se recorda dessa mensagem, e que confirma que era sobre o investigado. Questionada se deseja acrescentar algo, disse que não. Nada mais foi dito nem lhe foi perguntado.

Quatro

Volto do café para casa, com passos resolutos e as lágrimas já secas. Decido fazer uma caminhada mais longa para acalmar a cabeça. Tudo bem o ex-amigo ficar no meu apartamento por uns dias, até as coisas se acalmarem. Não sei o que de fato aconteceu, né? Não é possível ter um veredito a partir de pedaços de uma ou outra reportagem mal apurada e de umas postagens em redes sociais. Até pesquisei se a suposta vítima tinha se pronunciado, se havia algum relato detalhado, mas não encontrei nada. Não dá mesmo para saber se as acusações contra o ex-amigo são verossímeis ou não.

Com isso na cabeça, sossego um pouco, evitando cuidadosamente a pergunta mais óbvia: ele seria capaz disso? Conheço o ex-amigo há quase duas décadas, e se existe uma pessoa no mundo na posição privilegiada de julgá-lo, essa pessoa sou eu.

Mas o ex-amigo está precisando de um teto, e não é fácil encontrar estando longe da nossa casa-casa. Ele só me procurou porque sou a melhor opção, provavelmente até a única, num raio de mais de nove mil quilômetros. Duvido que os gringos estejam dispostos a oferecer suporte a um latino acusado de estupro, e os nossos conterrâneos por aqui provavelmente não vão responder às mensagens ou atender as ligações de um procurado pela polícia. Ok, o ex-amigo não é exatamente um fugitivo da lei. Ele apenas está à mercê de uma investigação interna no seu local de trabalho. Mas não uma investigação interna qualquer: uma acusação de violência sexual. *Sexual misconduct.*

Quando penso nestes termos — acusação, investigação interna, *sexual misconduct* — me dou conta de que o ex-amigo deve estar em contato com o amante esporádico. O *meu* amante esporádico. Apesar de não serem mais amigos próximos, o ex-amigo e o amante esporádico com certeza são parte da mesma fraternidade secreta, dessas cujos membros todos se protegem diante de algum escrutínio público. Mais do que isso, o amante esporádico é um profissional experiente em gestão de crises desse tipo. O escritório dele atende um monte de famílias ricas cujos filhos vão estudar no exterior, se envolvem em problemas parecidos e precisam resolver a questão antes que se torne um escândalo público.

O trabalho do amante esporádico traz, inclusive, uma facilidade logística aos nossos encontros, mesmo depois de oito anos morando em países distintos. De vez em quando, ele aparece aqui por conta de um cliente ou uma reunião de trabalho. Os encontros com o amante esporádico, contudo, não são frequentes. Nunca foram. Desde a primeira vez que transamos, temos períodos mais e menos intensos de proximidade. Até já passamos um bom tempo sem qualquer contato. Nos últimos anos, por outro lado, adquirimos o hábito de trocar mensagens quase todos os dias, às vezes só piadas ou notícias, às vezes angústias pessoais do cotidiano, às vezes sacanagem explícita.

Nada disso consegue ser significativo o suficiente a ponto de ser uma relação amorosa. Uma amizade peculiar afetuosa, talvez, pois o amante esporádico é também um amigo querido e o meu principal interlocutor em questões profissionais.

Quando estou aperreada com problemas de trabalho ou precisando de um conselho de alguém de confiança, é para ele que eu corro. Não temos algo que chegue perto de um relacionamento, tampouco um caso extraconjugal tradicional. Somos apenas dois bons amigos que gostam de um pouco de confusão.

Ainda assim, o amante esporádico ocupa um espaço significativo nos meus desejos e invade insistentemente as minhas fantasias. É como se ele fosse o marco zero das minhas experiências sexuais, o parâmetro contra o qual avalio todas as transas, e nenhum cara já mexeu comigo como o amante esporádico. Gosto de entregar a ele o comando da minha libido, esse pequeno poder que talvez ele nem compreenda que tem — conseguir me acender sempre, mesmo à distância. Basta uma mensagem dele para que eu sinta aquela dormência úmida entre as pernas. É desconcertante.

Se eu fosse poeta ou escritora de verdade, e não uma jornalista que nas últimas duas décadas só escreveu artigos de opinião, matérias investigativas e um livro de não ficção, eu saberia construir uma metáfora bem trabalhada na sinestesia para explicar o efeito do amante esporádico em mim. Diria que o meu desejo é tão agudo que sinto algo dentro de mim queimar e gelar ao mesmo tempo quando penso nele. Ou ainda que, quando estamos juntos, a força do que acontece é tão devastadora, capaz de bagunçar tudo em mim, acordando milhares de pedacinhos no corpo que eu não sentia antes, e que quando acabamos de transar preciso me aninhar no amante esporádico, recuperando a mim mesma e as minhas energias, para então começar tudo de novo.

Como não sou escritora de verdade, vou me limitar a dizer que sinto muita vontade do amante esporádico, uma vontade que nunca arrefeceu desde que começamos os encontros furtivos. Quando estamos juntos, me deixo levar por ele, no seu corpo, numa espécie de exercício terapêutico-erótico para extravasar a pressão interna acumulada pela rotina. Depois passo dias sentindo o efeito da intimidade pulsante.

Quando o amante esporádico está por perto, gosto de tê-lo no meu lar. Ele nunca fica muito tempo, geralmente uma noite no máximo. O mais comum é apenas algumas horas de sacanagem. Nessas ocasiões, deixo a fantasia de um amor tranquilo se impor como verdade e me permito brincar de romance. Uma brincadeira, aliás, um tanto quanto perigosa, mas o flerte com o perigo faz parte da adrenalina que corre solta na presença dele.

A ilusão logo passa. Apesar de o amante esporádico ser o meu único amante, não sou a única amante dele. Ele não é especialmente machista, mas com certeza explora bem o privilégio das liberdades sexuais do homem hétero, sendo até irresponsável. Não é o tipo com quem se faz planos para um futuro a dois. Esses são os termos, é pegar ou largar, e eu nunca consegui largar.

A Elena costuma dizer: "Vocês são a minha série favorita. Amo demais assistir a esse relacionamento com ritmo de romance vitoriano e pegação de pornografia de baixo orçamento".

E eu explico a ela, rindo da minha própria cara:

"A parte da pornochanchada você até tem razão, amiga. Mas não é ritmo vitoriano, não. Isso é apenas um homem hétero acomodado com os arranjos extraconjugais. Você não entende porque tem a sorte de não precisar navegar a heterossexualidade".

A Elena não só é a maior entusiasta do romance com o amante esporádico, mas também de todas as experiências afetivo-sexuais leves e divertidas. É um posicionamento político dela, levado tão a sério que não se abala pelo fato de o amante esporádico ser casado e ter um filho pequeno. Tampouco ela me julga por isso, o que me deixa profundamente grata. Mas a tese da Elena é que eu e o amante esporádico estamos há doze anos no processo de construção de um relacionamento.

"Só mais dez anos e vocês se casam", ela debocha.

Conheci a Elena assim que vim morar aqui. Ela também era recém-chegada, veio estudar cinema com o sonho de dirigir documentários sobre as violações de direitos humanos cotidianas e invisíveis, e ambas estávamos na casa de um intelectual conterrâneo nosso que costumava organizar jantares para os expatriados na cidade. Como quase todo mundo era insuportável, passei a noite inteira conversando só com ela, encantada por aquela mulher que sabia fazer as mais sofisticadas críticas de arte, combinadas com as piadas mais engraçadas. Acho que eu nunca ri tanto como naquela noite em que conheci a Elena. Desde então, ela é a minha amiga de maior convívio. É por causa da Elena que ainda sou uma mulher minimamente equilibrada. Aqui no exterior, longe da família e das amigas e sem conseguir formar laços com os gringos, é com a Elena que supro a necessidade vital da presença de amigas feministas.

Nos encontramos pelo menos uma vez por semana e, sempre que estamos a sós, confessamos tudo que não compartilharíamos com mais ninguém, sem julgamentos, decepções e cobranças. A Elena é a pessoa para quem eu conto tudo mesmo. A amizade não se abala por nada que eu faça. Uma pena ela estar viajando a trabalho justamente agora que poderia me ajudar a lidar com o ex-amigo. Sinto tanto a sua falta nesse momento que parece fazer anos que não vejo a sua carinha redonda, com aqueles óculos imensos de bibliotecária dos anos cinquenta.

Na última vez em que nos encontramos, há alguns dias, falei sobre como os sentimentos em relação ao amante esporádico estavam se intensificando a olhos vistos. Apesar de transarmos há tantos anos, os últimos dois marcaram o período de maior frequência. Por acaso, temos estado na mesma cidade mais vezes ultimamente. Talvez isso por si só explique por que o que eu sinto por ele está se transformando rapidamente. Ou talvez o sentimento sempre tenha sido forte, mas só agora está vindo à tona.

Quando conversei com a Elena sobre isso, estava preocupada com os meus próprios limites, avaliando a possibilidade de interromper definitivamente os encontros antes que eu acabasse perdendo o controle sobre os efeitos dele em mim.

"Não acho que você vai conseguir acabar com nada agora, Alminha. E pra quê? Você tem essa porta mágica pra um sexo incrível — e, até onde eu sei, isso é raro no mundo hétero — e a fuga momentânea da realidade. Curte aí, se permite viver."

Ao lembrar disso ainda no caminho de volta, enrolando para retornar ao apartamento, mando uma mensagem para o amante esporádico, mesmo ciente de que o fim de tarde de domingo é um período comumente dedicado à família. Como fora do horário de trabalho só costumamos nos falar quando o assunto é putaria, dificilmente ele vai responder, para não correr o risco de que a esposa e o filho vejam algo inapropriado. Dessa vez, contudo, a mensagem é quase profissional, no limiar da amizade. Escrevo que o ex-amigo chegou aqui em casa e pergunto: "Vocês têm se falado?".

Para a minha surpresa, o amante esporádico responde na hora — além de falar constantemente com o ex-amigo, ele o está ajudando na investigação interna do comitê de campanha. Fico aliviada. Com certeza o ex-amigo receberá o melhor aconselhamento para o problema imediato, e a estratégia de controle de crise já estará garantida se a onda acusatória crescer.

O ex-amigo e o amante esporádico conectados mais uma vez, quem diria? O amante esporádico foi chefe do ex-amigo. Não acompanhei de perto como isso aconteceu, pois tudo se passou durante o período em que o ex-amigo e eu começávamos a nos distanciar, apesar de as nossas vidas permanecerem ainda bastante entrelaçadas. Tínhamos nos formado há pouco mais de um ano e trabalhávamos juntos há quase três quando ele decidiu que não queria mais aquele emprego. Se sentia sufocado lá, um ambiente que considerava conservador demais para as suas aspirações profissionais.

Desde o programa de estágio, nós respondíamos diretamente ao editor-chefe de política na redação do jornal de maior circulação do país. Não era comum estudantes de ciências sociais trabalharem em locais do tipo, mas o ex-amigo e eu éramos tão viciados em política que convencemos um dos professores a nos arrumar um estágio onde ele era colunista. Depois da formatura, fomos contratados como staff da redação.

O jornal contava com o suporte de um escritório de gerenciamento de crise que designou para nós um jovem advogado simplesmente brilhante. Pelo menos uma vez por mês, eu e o ex-amigo participávamos de reuniões em que o jovem advogado e o nosso chefe discutiam apaixonada e incansavelmente. Quase nunca eu conseguia intervir nos debates, insegura por não ter nada pertinente a dizer. O ex-amigo, por sua vez, participava ativamente quase sempre, emitindo opiniões bem elaboradas, ainda que um tanto pueris.

Eu percebia que a postura segura demais do ex-amigo incomodava o chefe, mas pelo visto conquistou o jovem advogado, que convidou o ex-amigo para trabalhar na equipe de redes sociais do escritório. Foi uma oportunidade que caiu como uma luva para o ex-amigo e seus delírios vanguardistas. Um escritório de gerenciamento de crise — cheio de homens jovens que se achavam no controle de todas as narrativas políticas relevantes — era o lugar ideal para ele.

Depois que o ex-amigo trocou de emprego, ele falava de vez em quando sobre o novo chefe, de quem gostava bastante. Evidentemente, eu já o conhecia. Apesar de ainda não ter se tornado o amante esporádico, desde a primeira vez que o vi, discutindo intensamente com o meu chefe, desenvolvi uma atração considerável por aquele homem lindo, extraordinariamente inteligente e com ares de jovem Stálin em uma versão mais alta e atlética. Mesmo quando nem sequer parecia reconhecer a minha existência, o jovem advogado e futuro amante esporádico já era um convidado frequente nas fantasias eróticas da Alma.

É uma possibilidade intrigante de interpretação psicanalítica atribuir a atração ao amante esporádico ao fato de ele ter sido chefe do ex-amigo, esse sim um homem complicadamente presente na minha vida. Talvez até deixasse a história com ambos mais interessante. De fato, o amante esporádico e eu começamos a transar um pouco depois que o ex-amigo se tornou subordinado dele, mas isso é facilmente explicado por outras questões. Com certeza são duas coisas muito diferentes. O amante esporádico já ocupava a minha imaginação muito antes. Se em algum momento o ex-amigo e o amante esporádico se embaralharam, foi algo muito breve. Eles entraram na minha vida separadamente e separadamente seguiram nela.

Há mais ou menos três anos, mandei mensagem para o amante esporádico contando que em breve estaria na cidade. Eu queria combinar a logística para nos vermos. Normalmente, os encontros são precedidos de uma construção cuidadosa de expectativas, com foco em mensagens que vão de meras declarações de saudade a safadeza escrachada.

Mas, dessa vez, quando iniciei o flerte, já sentindo a animação de costume, a resposta acendeu uma luz amarela. Ele não entrou no jogo e apenas me perguntou se eu estava sabendo da novidade.

"Putz, não. Que novidade? Vai ser pai, né?", pressenti imediatamente.

Ele confirmou.

Desde sempre, o amante esporádico me dizia que estava tendo problemas no casamento. Aliás, quando começamos a transar, e a atual esposa era apenas uma namorada, ele já reclamava do relacionamento, como se precisasse justificar o sexo extraconjugal. Nunca levei muito a sério, pois faz parte da etiqueta da masculinidade dizer essas coisas.

Dentre os caras de esquerda considerados legais, como é o caso do amante esporádico, há duas possibilidades: ou eles dizem que o relacionamento está em crise, ou que é aberto. Às vezes até é verdade, mas o fato é que os caras legais de esquerda compartilham desse leque argumentativo pouco refinado basicamente para acumular experiências sexuais com mulheres. Eu sempre tive consciência disso com o amante esporádico e, nas conversas sobre o casamento dele, que a bem da verdade não foram muitas, nunca vi algo além do cumprimento protocolar que precede o sexo que não é feito com a esposa, apenas para que o cara legal de esquerda possa continuar se sentindo legal. Tanto é que eu adivinhei na hora que a novidade era a paternidade iminente. Porque é isso o que as pessoas do nosso meio social fazem: casam, procriam e continuam casadas e traindo.

"Parabéns. Fico feliz por você, mas vou sentir saudade de te ver."

Eu achava que ele estava comunicando que os encontros para fins sexuais parariam por ali. O que ele disse a seguir, em contrapartida, deixou evidente que ele gostaria de continuar transando comigo. Então fui confrontada com um dilema.

"Não estou querendo dar uma de moralista. Não quero tentar me sentir moralmente superior nem nada, até porque você sabe que acho a persistência de Kant no nosso imaginário ético uma das heranças mais malditas da Modernidade. Nunca senti culpa por transar com ele, não acredito que eu seja responsável pelo casamento, nem me sinto mal em relação à esposa. Mas ela estando grávida é diferente", desabafei um dia com a Elena.

"É diferente mesmo, Al. Dá pra entender o seu receio", a Elena começou cuidadosamente.

Eu sabia que ela tinha mais a dizer.

"Pode falar, amiga. Eu preciso escutar", encorajei.

"Amiga, não é sobre você, sabe? A minha questão é mais estrutural mesmo. Só pra te ajudar a entender de onde pode estar vindo essa dúvida. Se você vai ou não continuar transando com ele, é uma decisão sua, e da minha parte não tem julgamento moral nenhum. Só o julgamento por essa escolha de transar com homens mesmo. E homem casado é ainda mais onda ruim, bora combinar."

A capacidade de acolher as amigas mesmo quando não agimos lá muito de acordo com as ideologias da luta feminista é um dos talentos da Elena. Ela é capaz de me confortar, mas sem transigir com o arcabouço crítico da teoria de gênero, ou abrir mão da responsabilização de cada uma por suas escolhas.

"Obrigada, amiga, eu sei."

Ela, então, prosseguiu:

"Uma mulher grávida tá fazendo trabalho reprodutivo,

né, Al. Não preciso te explicar isso, você sabe. Já debatemos mil vezes e lemos centenas de páginas sobre a invisibilidade e a precarização do trabalho relacionado à maternidade. A gente escuta as nossas amigas e vê na prática como são as mulheres que se lascam nessa história toda. Eu acho que não se trata de moralismo, você tá certa, foda-se o Kant. Estou pensando mais no lado da mulher que vai ficar em casa parindo e depois cuidando desse filho. Acho que é uma questão de respeito à trabalhadora da reprodução."

"Sim, é isso", eu nem escondi o desânimo. "E sabe o que mais? Depois que ele me contou, dei uma olhada nas redes sociais da esposa e descobri que ela tá grávida de trinta e duas semanas."

A Elena ficou levemente horrorizada.

"Caramba, Al, até quando ele ia guardar segredo? Ia mandar uma foto quando o bebê nascesse? Ia esperar algum amigo em comum comentar? Que loucura esses homens!"

"Não só isso, amiga. Contei no calendário as trinta e duas semanas. E olha só o que constatei: a concepção deve ter sido na mesma semana em que a gente transou pela última vez", falei em tom conspiratório, como se fosse muito evidente onde eu estava querendo chegar.

Diante do olhar confuso da Elena, expliquei: "Se fosse ele quem estivesse grávido, eu poderia ser a outra genitora do bebê. Se estivesse gestando um ser humano, ele ia lidar com a dúvida cruel de não saber quem é a mãe, porque teria pelo menos duas possibilidades, quem sabe até mais".

A Elena demorou alguns segundos até cair na gargalhada. Eu fiz o mesmo, aliviada por ter trazido um pouco de leveza a um assunto que estava me perturbando.

Decidi de fato suspender os nossos encontros durante o período de gestação e puerpério. Passado esse tempo, voltamos a nos ver. A paternidade definitivamente mudou a nossa dinâmica. Desde então, o sexo se tornou mais urgente, com mais tesão; o momento pós-coito, por outro lado, mais carinhoso, tranquilo e doce. É como se a paternidade houvesse consolidado ainda mais a vontade do amante esporádico de escapar daquela sua vida, mas, ao mesmo tempo, de voltar para ela. As duas forças estão presentes, fazendo ele se entregar, cheio de luxúria, ao desejo pela outra, mas também aproveitar sem ansiedade a suspensão de tempo e espaço causada pelos meus braços, sabendo que o risco de abandonar de vez a família tediosamente padrão não existe. Agora, depois que caímos os dois no torpor pós-orgasmo, o amante esporádico me abraça muito forte, entrelaça as pernas nas minhas e me agarra como se eu fosse escapar, deixando muito evidente, inclusive com palavras, o quanto gosta daquilo.

Pensar no amante esporádico como o suporte profissional do ex-amigo nesse momento mexe demais comigo, mais do que eu esperava. Quero muito conversar com ele sobre o caso e sinto uma necessidade quase física de ouvir alguém que está apoiando completamente o ex-amigo. Quero me juntar ao time de gestão de crise, meio porque quero mesmo estar ao lado dele, meio porque quero trabalhar lado a lado do amante esporádico. Preciso urgentemente ouvir aquela voz. Entendo de onde vem essa necessidade e sinto vergonha dela, mas, quando se trata de relacionamentos, nem sempre é possível se manter coerente com o feminismo. Nem sempre o compromisso com a luta das mulheres está alinhado com a nossa disposição emocional.

Antes que o superego militante me censure, escrevo rapidamente para o amante esporádico: "Posso te ligar? O nosso amigo deve ficar aqui em casa ainda um tempinho, até as coisas se acalmarem. Você tá a par de tudo, né?".

Ele responde que é melhor falar com mais calma amanhã de manhã. Fim de tarde de domingo é hora da família.

"Beleza. Eu te ligo cedo. Bom restinho de domingo", escrevo, já subindo as escadas do prédio, encerrando a longa caminhada.

Abro a porta e encontro a escuridão familiar para quem mora sozinha. Dessa vez, consigo sentir que o apartamento não está vazio. A presença do ex-amigo se impõe não apenas pela respiração profunda que ouço da sala, mas principalmente pela mudança de energia entre as quatro paredes. Aquele espaço sempre seguro e acolhedor, o meu lar, não me recebe da mesma forma agora. Há uma agitação excessiva das moléculas de ar, algo elétrico passando por fios invisíveis entre o chão e o teto. O ex-amigo com certeza vai continuar dormindo até amanhecer. A exaustão é tamanha a ponto de emendar dois turnos de sono e ainda assim não se recuperar do cansaço acumulado. Não é muito tarde, a noite está apenas começando, mas me sinto tão esgotada deste dia que decido ir me deitar também.

Tomo um banho quente para lavar as emoções que me inundaram hoje. O corpo dói como se eu tivesse corrido uma maratona. Não deixo de escovar os dentes e passar os cremes que fazem parte da minha rotina noturna. Enrolada na toalha e ainda um pouco molhada, vou para o quarto, na ponta dos pés para não acordar o ex-amigo, planejando o que fazer assim que estiver na cama. Sinto até um tilintar na região do abdômen. Faz muito tempo, anos na verdade, que não penso no ex-amigo para as minhas atividades autoeróticas. O amante esporádico é o personagem mais recorrente das minhas fantasias sexuais e quase indissociável do uso do vibrador, mas nunca esteve junto do ex-amigo. A expectativa do que está por vir me faz aproveitar cada minuto, sentindo algo crescer dentro de mim. Assim, em poucos minutos de estimulação clitoriana, tenho um orgasmo tão intenso que me tremo toda e levito por instantes, para logo cair num sono profundo, embalada pela descarga potente de energia.

SEGUNDA-FEIRA

Cinco

Depois da prática autoerótica estrelando o ex-amigo e o amante esporádico, acordo, já na manhã seguinte, exatamente na mesma posição em que adormeci. Estou descansada e pronta para encarar o hóspede. Ainda que ele tenha uma versão diferente dos fatos em que tudo não passa de um mal-entendido — sim, pode ser o caso —, eu sempre soube que chegaria o dia de o ex-amigo prestar contas às mulheres com quem se envolveu. Até demorou demais. E ele precisa enfrentar isso de uma vez por todas. Ótimo. Muito bom saber que eu não regredi, nas últimas doze horas, à condição de submissa ao ex-amigo. Que alívio seguir firme acreditando que ele não é o homem incrível que um dia pensei que fosse.

Vou até a cozinha ligar a cafeteira enquanto me visto para mais uma semana. Segunda-feira sempre foi o meu dia favorito. Eu adoro o sentimento de que um novo começo vem explodindo de possibilidades e oferecendo recomeços generosos. Esta segunda chega sobretudo carregada de promessas. Finalmente vou provar para mim mesma que eu sou, sim, a mulher que eu gostaria de ser. Esta pode ser a semana em que vou me livrar de vez do espólio dessa amizade.

Vejo que a porta do quarto do ex-amigo está aberta, mas ele não está no apartamento. Sei disso porque os pelinhos do meu braço estão repousando tranquilamente no devido lugar, em vez de eriçados como se eu estivesse diante de um espírito. Não tinha reparado no post-it grudado no balcão da cozinha que informa que o ex-amigo saiu para correr. Deve ser um hábito novo, adquirido nos últimos cinco anos.

Aproveito para me aprontar rapidamente e até desisto de preparar o café; posso comprar um a caminho do trabalho. Prefiro não encontrar o ex-amigo agora. Quando me dou conta, estou saindo correndo de casa como se estivesse fugindo da polícia, pondo na bolsa algumas maquiagens para terminar de me arrumar no banheiro do escritório ou no metrô.

Quero sair daqui antes que ele volte. Talvez eu tenha receio de que cada minuto juntos seja uma oportunidade para ele me convencer de que nunca fez nada errado e me lembrar de quão fortes já foram os meus sentimentos por ele. Felizmente hoje é segunda, e a minha ausência durante o dia não precisa ser justificada. Tenho que ir para o escritório, fazer centenas de reuniões, escrever intermináveis relatórios e discutir calorosamente com o meu chefe sobre feminismo contemporâneo. A semana vai ser cheia, e pretendo passar o mínimo de tempo possível com o ex-amigo. E na sexta ou no sábado a Kal chega. E tudo vai ficar bem.

Em segurança dentro do metrô, mando uma mensagem para o ex-amigo perguntando se ele dormiu bem e digo que tem cereal no armário em cima da pia e leite de amêndoas na geladeira, uma das coisas que ele mais gosta de comer de manhã. Foi com ele, inclusive, que aprendi a gostar disso também. O ex-amigo não bebe café, e por isso não acrescento instruções para usar a cafeteira. Se bem o conheço, ele levou dinheiro trocado quando saiu para correr e vai comprar um chá verde na *deli* da esquina. O ex-amigo agradece pelo cereal com leite de amêndoas e pergunta se vou estar em casa para o jantar, dando a entender que gostaria que comêssemos juntos.

"Sim, eu devo chegar por volta das sete. A gente se vê."

Ele sugere pedir uma "comida boa" mais tarde, como se tivesse motivo para celebrar. Decido não o responder mais.

Sentada no escritório no primeiro dia de trabalho desde que o ex-amigo veio passar uns dias comigo, só até as coisas se acalmarem, finalmente me sinto bem o suficiente para compartilhar essa notícia com mais uma das minhas amigas próximas, a Malu. Nos conhecemos numa reunião do coletivo feminista, depois de eu ter me formado, quando ela ainda era estudante de biologia na mesma universidade que frequentei. Naquela época, a minha história com o ex-amigo já tinha virado a esquina do fim. Para a Malu, ele é como qualquer cara que estava comigo no partido: mais um machista de esquerda que se acha o próprio Che Guevara.

A Malu não acredita em partidos políticos e tem verdadeira aversão a homens-militantes-de-esquerda. Ela nunca entendeu por que eu gastava tanta energia em reuniões com caras que estavam interessados primeiro no próprio ego e só depois em mudar o mundo. Aliás, a Malu detesta esse tipo de política masculina grandiosa que recorre constantemente ao discurso de fazer a revolução.

Não é que ela ache irrelevante destruir o capitalismo e acabar com a propriedade privada. Mas a Malu acredita muito mais na micropolítica. E ela está na linha de frente do que se aproximaria de uma revolução de verdade. Pelo menos três vezes por semana, a Malu atende mulheres que querem abortar em um país onde abortar é um crime. Ela não apenas fornece os remédios necessários, que chegam clandestinamente por uma rede de ativistas gringas, como também acompanha as mulheres durante todo o procedimento. Nas próprias palavras, a Malu é uma "doula do aborto".

Ela também é uma das poucas pessoas que conhece exatamente os meus defeitos, não tem receio de apontá-los e ainda assim continua sendo minha amiga. Em geral, o meu círculo social se divide entre quem gosta de mim e admira o meu trabalho e quem não me suporta e deprecia tudo o que eu faço. As pessoas do primeiro grupo me veem como uma intelectual relevante, uma jornalista bem-sucedida, uma feminista engajada e uma amiga presente. Já as do segundo grupo me veem como uma escritora medíocre, uma privilegiada que escolheu sair do país durante a maior crise da história, uma militante oportunista com aspirações da política pequena e uma pessoa que se mantém sempre distante de todo mundo. Dos dois lados, tudo isso são meras impressões, projeções e até mesmo ilusões. Nenhuma delas corresponde fidedignamente a quem eu sou.

Mas com a Malu é diferente, sinto que ela me vê de fato, sem qualquer artifício. Ela conhece as minhas imperfeições e não gosta menos de mim por causa disso. Ela lê o que eu escrevo e sente orgulho, mas sabe que performar como uma pensadora é difícil para mim. E ela me cobra, de verdade. Não consigo fingir com a Malu, não invento desculpas para o meu comportamento quando estou com ela. A Malu é como uma super-heroína com visão infravermelha capaz de ver além das máscaras sociais. Justamente por isso, nunca contei para ela a minha história com o ex-amigo.

A Malu não vai ser compreensiva comigo. Não vai tentar me tranquilizar por estar hospedando um cara acusado de estupro. Vai falar que estou errada e que preciso romper o que quer que seja isso que eu tenho com esse homem, de uma vez por todas. A solução para ela será simples e direta, sem espaço para hesitação, sem tempo para ambivalência.

Os relatos de algumas mulheres que se relacionaram com o ex-amigo chegaram até a Malu no passado. Ela já ouviu diversas histórias que circulam por aí, na nossa cidade, além de ter lido postagens em grupos feministas. Talvez por isso o ex-amigo nunca tenha sido um assunto entre nós. Nunca conversamos sobre ele. Ela entende que eu quero deixá-lo para lá e não tem a dimensão do que ele representou para mim. Ela não conheceu a versão da Alma que era amiga dele e o defendia. E eu tenho vergonha de mostrar esse meu lado para ela.

Uma vez, uma amiga próxima da Malu chamada Carol alguma coisa, que eu achava levemente insuportável e com quem não convivia muito, teve um caso com o ex-amigo. Numa mesa de bar com a Malu, escutei a história da boca da própria Carol. Eles se conheceram numa festa, começaram a trocar ideia e rapidamente foram ao banheiro transar. Quando retornaram, ele nem sequer dirigiu mais a palavra a ela, como se, ao cruzarem o umbral da porta, tivessem voltado a ser desconhecidos. Não só isso, ainda na festa, ela viu ele entrar no mesmo banheiro com outra mulher horas depois.

Passados alguns dias, ela encontrou o ex-amigo almoçando num restaurante e o provocou sobre o que tinha acontecido. Precisava que ele soubesse o tanto que tinha se sentido terrivelmente mal pela forma como foi tratada. O ex-amigo teria se desculpado e dito que festas daquele tipo despertavam nele uma atitude da qual se envergonhava profundamente. Segundo a Carol, ele alegou ainda que, quando saía com os amigos, se comportava como um predador, e acabava rolando muita competição e muita comparação entre eles.

"Naquele momento, apesar das palavras patéticas que mostravam toda a fragilidade da boa e velha socialização masculina, achei que o cara estava sendo honesto, ainda que ele mesmo achasse que estava inventando uma desculpa", a Carol finalizou.

Toda vez que escuto uma mulher fazendo contorcionismo hermenêutico para relativizar as babaquices dos homens, me encolho de vergonha. Todas nós, feministas ou não, fazemos isso em certa medida, mas ver com meus próprios olhos é fisicamente desconfortável.

A Carol, entretanto, não percebeu o meu constrangimento.

"Sabe que eu fiquei comovida? Eu sei, idiota, mas fiquei. Aí, mergulhando nessas águas equivocadas, tentei beijá-lo na boca. O que eu não esperava é que ele fosse reagir tão mal. Foi como se ele estivesse na presença de um panda espirrando sangue e bolotas de matéria cinza do próprio cérebro. O imbecil não só se afastou, horrorizado, como ainda por cima teve a pachorra de ficar bravo comigo. Ele me puxou pra um canto e começou a me dar bronca, como eu me atrevia a beijá-lo em público, ele tinha namorada e não queria de maneira nenhuma pôr o precioso relacionamento em risco. Eu nem sabia que ele namorava! Sempre via o cara sozinho nas festas, ele nunca mencionou uma namorada. Nas redes sociais não tem nada de namorada. Como eu ia adivinhar?"

Foi brutal escutar o relato da Carol. Ela não deu indícios de que a experiência tinha sido traumatizante nem nada do tipo. Naquela mesa de bar, compartilhando com a gente sua história com o ex-amigo, ela estava mais para uma comediante de stand-up do que para uma vítima de um cara machista. Nem eu, nem a Malu ficamos surpresas, mas também nunca falamos sobre isso. A Malu estava feliz por eu estar cada vez mais afastada da militância partidária, e eu me dava por satisfeita de não ser cobrada pelas amizades do passado.

Assim que eu contar que ele veio passar uns dias aqui em casa até as coisas se acalmarem, porém, ela vai reativar todas as memórias. Vai lembrar que algumas mulheres já me acusaram de proteger abusadores. A Malu sabe que nunca foi a minha intenção defender homens expostos por serem babacas nos relacionamentos. Mas também sabe que fui omissa quando podia ter sido mais reativa.

Mando uma mensagem perguntando se podemos fazer uma chamada de vídeo, já que ainda faltam algumas horas para o primeiro compromisso da manhã. Quero ver a reação dela quando eu contar. Quero olhar para ela enquanto dou as últimas notícias. Adivinhei exatamente o que a Kal falaria, mas no caso da Malu não faço a menor ideia. Só espero que ela não fique muito decepcionada a ponto de não querer mais ser minha amiga. Isso eu não aguentaria.

Imediatamente a Malu responde que eu posso ligar. Ela segue morando na nossa terrinha e estamos em fusos horários de apenas uma hora de diferença. Presumo que ela ainda esteja em casa tomando café da manhã, a sua refeição favorita, que ela em geral prefere não interromper. Mas a Malu também é um pouco bruxa e deve ter sentido que preciso muito falar com ela.

Abro o computador, respiro fundo e ligo. Enquanto está chamando, penso em como adoro esta hora do dia no escritório, ninguém chegou ainda, tudo está silencioso e calmo, mas a cidade lá fora está agitada para mais um dia de trabalho.

"Oi, Alminha! Que saudade de você!"

"Oi, Malu. Muita saudade também. Não quer se teletransportar pra cá agora, não?"

"Eu quero. Deixa eu buscar minha máquina desintegradora de partículas."

Seria tão bom se a Malu pudesse estar aqui do meu lado. Sei que a Kal vai chegar em poucos dias e estou muito reconfortada com isso, mas se a Malu também pudesse vir, aí sim o ex-amigo não teria a menor chance. Quantas superamigas são necessárias para uma feminista conseguir se livrar de um ex-amigo acusado de estupro?

"Alminha, o que tá acontecendo? A essa hora de uma segunda-feira você tá organizando a agenda da semana ou revisando o seu livro. Por que a capricorniana disciplinada me ligou em vez de trabalhar?"

É maravilhoso sentir que uma pessoa no mundo me conhece tão bem a esse ponto. Realmente, jamais ligaria para ela numa hora dessa. As manhãs, especialmente antes das nove, são o meu horário preferido para escrever, e tenho a impressão de estar desperdiçando momentos preciosos de cabeça fresca com conversas que podem acontecer quando o cérebro não precisa mais funcionar em plena capacidade. Mas a conversa com a Malu não pode esperar. E, de qualquer forma, eu não poderia escrever ou me concentrar em mais nada até falar com ela.

Conto então que o ex-amigo chegou ontem na minha casa. Explico que ele estava morando por essas bandas há alguns meses, deixando bem estabelecido que não nos víamos havia mais de cinco anos. Não acho que a Malu esteja interessada, mas informo mesmo assim que ele está trabalhando na equipe de campanha de um gringo que pode se tornar o primeiro socialista eleito para o congresso desse país que se identifica tanto com o capitalismo. A expertise que o ex-amigo desenvolveu trabalhando com redes sociais e gestão de crise no escritório do amante esporádico acabou lhe rendendo oportunidades de trabalho em campanhas eleitorais, e essa era a sua primeira experiência internacional nessa frente.

Relato para a Malu que, por causa de uma denúncia de estupro, o ex-amigo foi suspenso do comitê e precisou de um lugar para ficar uns dias, até as coisas se acalmarem. De uma vez só, conto também o que li na imprensa sobre o caso, mas enfatizo que ainda não conversei com ele a respeito.

Termino tentando ser incisiva:

"Eu tenho consciência de que não colocaria a mão no fogo por ele. Não posso afirmar que ele seria incapaz de estuprar alguém. E sei que ele é um cara com muitas histórias que flertam com abuso. Mas ele me pediu essa pequena ajuda, e não tive como recusar."

Não digo que, apesar de saber bem quão deplorável o ex-amigo é com as mulheres, realmente não acredito que ele estupraria alguém. Existe um limite que ele não ultrapassaria.

"E como você tá se sentindo, Alma?"

Tento não notar que ela não me chamou pelo apelido. Tudo bem, já me sinto acolhida o suficiente com a pergunta em si.

Entretanto, não consigo responder de cara. Não entendo bem como me sinto. Costumo demorar meses ou até anos para compreender os sentimentos que circulam por mim. Levo tempo demais para mensurar como experiências me impactam.

"Não sei, Malu. Não sei explicar por que eu disse sim, por que aceitei o pedido. E tô achando muito estranho ter ele em casa. A minha casinha, que eu demorei tanto tempo para achar, o lugar que é só meu, com as coisas arrumadas como eu queria. Agora tem esse cara lá, bagunçando tudo."

Antes que a primeira lágrima escape, paro de falar.

"Deve ser muito difícil mesmo, Alminha. Não tem como você pedir pra ele ir embora?"

Essa é a Malu. Sem paciência para complicar aquilo que na realidade é bem simples. Não, eu não tenho como pedir para ele ir embora. Jamais conseguiria falar isso para ele.

"Ele não tem para onde ir. Tá suspenso e proibido de ficar com a equipe de campanha no comitê. Sem grana pra pagar um hotel. Até a investigação ser concluída, ele não pode sair do país. E tá completamente desorientado. Só ficou dormindo lá no apartamento."

Sei que a Malu não ficou convencida.

Diferente da Kal, ela não acompanhou todos os altos e baixos da minha amizade com o ex-amigo. Ela nunca soube do meu caso com ele, mas também nunca fez perguntas. Não sei se é porque acha que eu teria contado se algo entre nós tivesse acontecido, ou se é porque desconfia da verdade e prefere não saber que eu fiz isso comigo mesma. Mas a Malu entende, em algum nível, que algo podre rolou entre mim e o ex-amigo.

"Alma, não sei o que te dizer. Tô acompanhando o burburinho por aqui. É muito sério. Acho que essa denúncia nem é das mais graves. Até em escracho estão falando. Escutei que algumas meninas estão pensando em formalizar uma queixa criminal coletiva."

Por conta dos anos cobrindo justiça criminal, sei que não existe queixa criminal coletiva, mas de fato várias mulheres podem se juntar e ir a uma delegacia fazer uma queixa se tiverem sido vítimas de um crime. Provavelmente até sairia na imprensa local.

Decido que quero saber mais sobre o que está acontecendo na nossa terrinha e peço à Malu:

"O que mais você ouviu? Me conta."

A Malu abaixa o olhar e prende os cachos num coque alto.

"Alma, eu não vou poder explicar muito agora. Tô bem ocupada. E, honestamente, não tô com saco pra ficar falando de homem abusador. Vamos conversar melhor amanhã. Aí te conto em detalhes o que ouvi desde que tudo isso começou. Mas pode acreditar em mim, os relatos são bem sérios."

Imediatamente sinto um frio subir pela espinha. A Malu sabe de várias histórias. Parte dos relatos pode ser inclusive da época em que o ex-amigo e eu éramos próximos. Será que ela está fazendo essa conexão e se perguntando se eu sabia de algo e me calei?

Quando já não éramos mais amigos, fui cobrada na internet sobre a minha relação com ele, e foi a Malu quem me defendeu mais veementemente. Uma aluna da universidade, onde o ex-amigo chegou a dar aula depois que nos formamos, postou que um de seus professores parecia ter escolhido a profissão só para ter garotas sempre à sua disposição. O nome não foi divulgado, mas ela dizia que ele era conhecido por ter se relacionado com várias estudantes, inclusive as próprias alunas.

Nos comentários, uma conhecida minha e da Malu, com quem convivíamos nos círculos feministas, mas para quem não tínhamos muita paciência por uma série de motivos que nem vale relembrar, disse que sabia quem era o tal professor, escreveu o nome do ex-amigo e ainda completou: "A Alma é amiga dele, pode confirmar a história e tentar explicar o lado dele".

Ela fez isso de má-fé, na intenção de me pôr na posição de mulher que passa pano para abusador — essa figura tão abominável no nosso meio político. Antes que eu espumasse de raiva, a Malu respondeu ao comentário nos seguintes termos: "Nada mais machista do que responsabilizar uma mulher pelos abusos de um homem".

A fulana apagou tudo e pediu desculpas por mensagem. Nunca respondi.

Agora a Malu me acolhe mais uma vez.

"Não precisa ficar angustiada, amiga. Vai ficar tudo bem. Mas você tem que pôr o cara pra fora de casa."

Eu balanço a cabeça, concordando.

"Sim, você tá certa", deixo escapar a ansiedade ao pensar no possível confronto com o ex-amigo. Estou decepcionando mais uma vez a mulher que eu gostaria de ser, essa sim capaz de impor limites diante de situações que a fazem mal.

Ela percebe e tenta me acalmar.

"Não é como se ele não tivesse opções. Um dos privilégios da nossa classe social é sempre ter portas onde bater. Fica tranquila que na rua ele não fica, se essa é a sua preocupação. Mas preciso ir, amiga, desculpa. Tenho uma reunião. Depois nos falamos com mais calma."

Mandamos beijinhos, a ligação é encerrada, e então me recosto na cadeira para tentar organizar os pensamentos.

A Malu está certa como sempre. Se eu falar que o ex-amigo não pode continuar lá em casa, ele vai se virar. E se eu nunca tivesse vindo morar no exterior, por exemplo, o que ele faria? Ou se eu tivesse sido mais firme no propósito de cortar os laços entre a gente e não atendesse a ligação, o que ele faria? Ou ainda, se eu tivesse tido a coragem de botar tudo para fora, falar que não queria mais ele na minha vida, que ele já tinha sido um bom amigo mas se transformou em uma pessoa que não reconheço mais, que não é um cara legal como ele próprio se imagina — e se eu tivesse falado tudo isso, o que ele faria?

Preciso tentar ao máximo ser honesta comigo mesma. Não posso flertar assim com a autoilusão. Sim, tenho que falar para o ex-amigo que ele não pode mais ficar na minha casa. Vou fazer isso ainda hoje, quando estivermos jantando. Amanhã, ao ligar de novo para a Malu, quem sabe vou poder dizer para ela que o ex-amigo foi embora? Talvez, quem sabe?

Júlia Tavolari Santos, 29 anos, nacional, casada, professora, compareceu a esta Delegacia, na condição de testemunha, e relatou o que segue. Questionada se conhece o investigado, disse que sim, que foi sua aluna há sete anos, na disciplina Teoria Política Moderna, no curso de graduação em ciências sociais; que se relacionaram amorosamente por alguns meses, que não se recorda exatamente quantos; que começaram a se relacionar em uma festa na casa do investigado, que foi à festa porque uma amiga a convidou e que apenas quando chegou à festa percebeu que estava na casa de seu professor. Questionada se o investigado já praticou contra ela condutas inadequadas de caráter sexual, disse que não, que o investigado se mostrava preocupado com o fato de estar se relacionando com uma aluna, que ambos decidiram manter o relacionamento em segredo, que o investigado não usou de sua posição hierárquica ascendente para constrangê-la, nem para forçá-la a fazer algo que não quisesse. Questionada se tomou conhecimento sobre as acusações feitas contra o investigado, disse que sim; que soube primeiro por algumas amigas de um boato sobre uma acusação no exterior, e que depois viu nas redes sociais. Questionada se já testemunhou o investigado praticando condutas inadequadas de caráter sexual contra alguma mulher, disse que o investigado "tinha fama" de ficar com suas alunas na universidade, mas que, além dela, só soube de mais um caso; que se trata de uma colega de turma, de nome Ana Laura Gouveia, que também se relacionou com o investigado enquanto ambas eram suas alunas, mas afirmou que só soube desse caso alguns anos depois, quando ficou mais próxima de Ana Laura e se tornaram amigas, não eram próximas na época em que foram colegas de sala; que um dia estavam conversando sobre doenças sexualmente transmissíveis e disse a Ana Laura que uma vez teve clamídia e desconfiava de que tinha sido um professor da época de faculdade; Ana Laura perguntou se o professor seria o investigado, pois Ana Laura também teve clamídia depois de se relacionar com ele; que assim descobriram que ambas haviam se relacionado com ele no mesmo período em que foram suas alunas, que nenhuma das duas mencionou este fato ao investigado, pois perderam o contato com ele depois que se formaram. Questionada se deseja acrescentar algo, disse que não. Nada mais foi dito nem lhe foi perguntado.

Seis

Não vou conseguir voltar para casa tão cedo. Apesar de ser um dia atípico, já que antes das cinco terminei de escrever os textos que preciso entregar, opto por ficar mais um pouco no escritório e trabalhar na revisão da segunda edição do meu livro, que é uma versão ampliada com novas fontes, fruto de uma longa investigação jornalística que fiz sobre o acobertamento de casos de assédio sexual praticados por parlamentares dentro do Congresso Nacional.

    Na minha sala, pelo menos consigo ter algumas horas que parecem imunes ao tempo e ao espaço, inserida numa realidade transitória na qual só eu e o meu manuscrito existem no mundo. A leitura hoje se torna quase uma meditação, um exercício necessário de forjar normalidade. Passo um bom tempo assim, lendo, fazendo anotações e pensando nos ajustes necessários. Quando finalmente olho para o relógio e vejo que passa das sete, começo a guardar as minhas coisas e a me preparar para ir para casa, onde o ex-amigo me espera para jantar.

    Com a bolsa a tiracolo, em direção ao elevador, quase trombo com o chefe — o meu primeiro e único chefe, o homem que ocupa essa posição há quase quinze anos, desde que fui estagiária e ele era o mais jovem editor de política do jornal de maior circulação do país. O chefe que há oito anos foi convidado para ser o diretor de uma organização internacional e me levou junto para fora do país. O chefe que diz que está preocupado comigo, porque soube pelo amante esporádico, de quem ainda é muito próximo, que o ex-amigo está na minha casa.

Ele me diz que não teria feito o mesmo no meu lugar, que o ex-amigo não merece a minha amizade e que estou sendo ingênua ao acreditar que ele é inocente. Tudo isso dito assim, de uma vez, enquanto estamos os dois em frente ao elevador.

"Mas eu não acho que ele seja inocente. Só não consegui recusar o pedido de ajuda. O que eu podia fazer?", respondo com os olhos fixos no chão.

E esse diálogo curto me perturba tanto que me despeço abruptamente quando as portas do elevador se abrem e vou embora do escritório.

O chefe deve estar feliz que o ex-amigo está nessa situação. Aposto que ele, mesmo sendo agnóstico, acredita que seja alguma espécie de justiça divina. Nunca decifrei qual é exatamente o ponto de inflexão em que o corporativismo masculino se deflagra em disputa. Via de regra, diante de acusações de práticas misóginas, homens defenderão outros homens, ou se manterão estrategicamente neutros. Proteger uns aos outros, sobretudo em relação ao comportamento com as mulheres, é o laço inquebrantável entre eles. Unidos pela irresponsabilidade emocional e pela licenciosidade sobre os nossos corpos.

Entre certos homens, no entanto, por vezes a fraternidade é rompida. Apenas nesses casos, vemos homens criticar outros homens abertamente por seu comportamento com mulheres. Mas a questão nunca é a situação em si. E nunca parte de uma reflexão mais profunda sobre os privilégios do patriarcado e a perpetuação da dominação masculina. Quando essa crítica acontece, é porque um elo se partiu entre eles, e nada além disso. Infelizmente, quase nunca sabemos exatamente do que se trata, pois como uma boa máfia, a roupa suja é lavada dentro da fraternidade.

O chefe é um dos homens na espécie de mini-harém às avessas que eu cultivo. Diversas vezes fiquei tentada a pensar como seria ter uma relação amorosa com ele, ou simplesmente um caso, como é com o amante esporádico, mas nunca dei abertura a esse horizonte de possibilidade. Há vários homens na minha vida — poucos amigos e muitos colegas e conhecidos —, mas a maioria não desperta qualquer tipo de atração sexual, nem me interessa como parceiro amoroso. São homens indiferentes nesse sentido. O chefe, por sua vez, desperta um interesse. E não por ser atraente, mas porque não consigo definir como me sinto em relação a ele.

Quando ele era meu chefe na redação do jornal, as fofocas sobre os motivos pelos quais eu tinha sido contratada — *Ah, ele gosta de estar rodeado de moças bonitas, não é mesmo? Por que você acha que ele chamaria uma menina de vinte e poucos anos para sua equipe?* — eram suficientes para me manter a quilômetros de distância de qualquer chance de uma relação com ele. O próprio ex-amigo, que também tinha sido contratado como estagiário e era apenas um ano mais velho, me perguntou uma vez se eu não me incomodava com o fato de ter sido admitida porque o chefe era evidentemente a fim de mim. Fiquei tão chocada com a pergunta que respondi feito uma criança negando que roubou um brigadeiro antes dos parabéns:

"Ele não é a fim de mim! Ele não é a fim de mim!"

Se eu transasse com o chefe naquela época, estaria provando que todos, inclusive o ex-amigo, estavam certos. E eu não podia permitir aquilo.

Na redação do jornal, o chefe era conhecido por ser exigente e difícil de lidar, mantendo constantemente um ambiente de alta-tensão. Por ser muito jovem para estar naquela posição, ele com certeza sentia a pressão para se provar competente e transferia a responsabilidade de um desempenho impecável para toda a equipe. Todos os dias, eu estudava intensamente e me preparava além da conta para as reuniões com o chefe, tendo aprendido a importância desse preparo quando era a estagiária responsável pela checagem de fatos.

Depois que fui contratada e passei a assinar meus próprios textos, a diligência que tinha com cada matéria me permitia intervir nas reuniões com comentários bem fundamentados e úteis. Eu defendia as minhas matérias mesmo diante das mais brutais críticas e dos mais severos questionamentos, sempre prevendo possíveis barrigas. Talhada pela política hegemonicamente masculina do movimento estudantil e da militância partidária durante a graduação, me formei e comecei a trabalhar oficialmente como jornalista sabendo discutir no mesmo tom com homens — ou pelo menos manipulando a condescendência deles ao meu favor.

A pressão no jornal injetava em mim adrenalina o bastante para dar um barato, desses que logo se tornam vício. O chefe inclusive era um evidente viciado, mas não sei qual prática de redução de danos ele utilizava. Desenvolvi uma bem particular e comecei a procurar o amante esporádico nos dias de overdose para desaguar toda a energia que sobrava.

Gosto do meu trabalho agora, é bem mais tranquilo, e gosto especialmente do reconhecimento pelo que construí. Mas, de vez em quando, ainda sinto saudades dos primeiros anos como jornalista na redação, quando eu era desafiada em cada reunião por pessoas que olhavam para mim e viam uma menina bonitinha que devia estar ali só para tomar notas. Jogada num mar de tormenta, sentia todos os dias o prazer de continuar nadando.

O chefe já era o chefe há mais de quatro anos quando percebi que sentia amor por ele, na noite em que comemoramos o dia das mulheres. O coletivo feminista do qual eu participava com a Malu tinha feito uma intervenção artística no parque mais movimentado da cidade, ocupando o espaço com grandes painéis de fotos de ícones da luta feminista. Foi um dia lindo, desses que trazem a certeza de que a militância faz sentido e que transformações profundas acontecem com dedicação e paciência quando há mobilização coletiva.

Diversas mulheres das mais variadas classes sociais passaram pelo local, que era uma opção de lazer acessível, gratuita e agradável numa cidade que não tinha muitos espaços assim. Com cada transeunte interessada pela exposição, nós conversávamos um pouco, apresentávamos o coletivo e compartilhávamos as histórias das mulheres estampadas. Os enredos das lutas criavam oportunidades de diálogo a respeito dos nossos desafios cotidianos e dos caminhos possíveis para superá-los. A troca direta com mulheres, na rua ou em discussões sobre a micropolítica do dia a dia, é uma das experiências mais potentes que o movimento feminista me trouxe.

Naquele 8 de março, eu estava encarregada de levar os painéis de volta para o depósito com os materiais do coletivo. Imaginei até que os painéis caberiam no meu carro e com certeza poderia transportá-los sozinha, mas provavelmente fazendo mais de uma viagem. Decidi então ligar para o chefe e pedir ajuda. Até hoje não sei bem por que fiz aquilo. Só senti uma vontade inexplicável de compartilhar com ele algo que eu não sentia mais vontade de dividir com nenhum outro homem, especialmente os da militância partidária.

Ele tinha um carro grande e espaçoso para levar tudo de uma vez. Eu não esperava que ele fosse atender num sábado à noite, mas confiei que, caso ele de fato desse bola para a chamada, o pedido seria inusitado demais para aceitar de surpresa. No primeiro momento, pedi emprestado o carro dele por algumas horas. Ele estava se preparando para a reunião da manhã seguinte — as famosas reuniões dos chefes de redação com os donos do jornal no segundo domingo de cada mês — e seria bom fazer uma pausa.

O chefe foi até o parque, pusemos juntos os painéis no seu carro, fomos até o depósito, deixamos tudo lá e retornamos ao parque, onde estava o meu carro. Durante o percurso, contei sobre o coletivo feminista, as dinâmicas internas e o que aquele espaço representava para mim. Não sei se ele realmente escutou. Tenho quase certeza de que, até aquele momento, ele nem sabia que eu participava de um coletivo feminista. Mas, dentro do veículo, dividindo com o chefe essa parte da minha vida tão protegida das outras, experimentei uma cumplicidade tão tranquila quanto improvável.

Depois desse dia, passei a achar que o meu único impedimento para refletir sobre a possibilidade de estar apaixonada pelo chefe era o fato de ele ser o meu chefe. Era muito evidente que, enquanto estivéssemos na dinâmica do trabalho, qualquer envolvimento estava fora de cogitação, porém comecei a cultivar a ideia do que aconteceria se algum dia ele não ocupasse mais o cargo.

Sanei a dúvida quando o chefe decidiu que, depois de uma década de dedicação ao jornal, ele precisava de um período sabático. Ele finalmente terminaria de escrever o livro sobre os bastidores de um dos casos mais rumorosos da sua carreira.

Aproveitando o ensejo, também decidi sair do jornal e retomar os estudos acadêmicos, sem pretensão de voltar a trabalhar em redação. Exausta da rotina de lá, achei que era o momento de finalmente começar o mestrado, restabelecer o plano de ser professora e me colocar à disposição do partido caso se entendesse que eu deveria me candidatar a algum cargo eventualmente. Depois de quase cinco anos cobrindo a política institucional num jornal tão grande, um tempo consideravelmente longo para alguém de vinte e sete anos, eu começava a ver os limites daquele tipo de atuação.

Durante o ano sabático, o chefe se mudou de país, tentando espairecer para conseguir terminar o livro enquanto se recuperava de uma década de trabalho intensamente estressante, sem férias de verdade, no máximo com cinco dias seguidos de descanso. Como ele estava morando numa linda casa no alto de uma montanha com neve, mas perto de centros urbanos interessantes, decidi aceitar o convite para visitá-lo. Não nos víamos havia oito meses, e eu ainda estranhava a ausência dele no cotidiano. Os dois passávamos por um processo similar de tentar encontrar novos caminhos profissionais fora da redação, ainda que os dez anos que nos separavam fizessem do processo algo bastante particular para cada um.

Entre a compra das passagens e o dia da viagem, pensei muito sobre como seria o convívio com o chefe, ele não sendo mais o meu chefe pela primeira vez. Não o via desde a sua festa de despedida, em que ele fez algo inédito: me abraçou carinhosamente e me elogiou para todos ouvirem, numa combinação de gestos e palavras de validação profissional e acolhimento afetivo. Depois daquilo, nos falamos poucas vezes e apenas por mensagem, sempre sobre assuntos relacionados ao antigo trabalho.

Quando cheguei na casa no alto da montanha com neve, o chefe estava correndo para dar conta do prazo de entrega da primeira versão do livro. Nos primeiros dias, ele passou o tempo todo enfurnado na biblioteca da universidade ali perto, enquanto eu caminhava pelo vilarejo ou visitava de trem os centros urbanos. De modo geral, foram dias muito tranquilos que passamos juntos, cada um cuidando da própria vida durante o dia e nos encontrando de noite para jantar.

Durante as refeições, na casa mesmo, conversávamos sobre diversos assuntos, revisitando o tempo no jornal, conjecturando sobre a política da nossa terrinha e compartilhando os planos para o futuro. Aproveitávamos também para contar as novidades pessoais, o que era um pouco estranho, pois nunca tivemos esse costume. Na redação, apesar do convívio diário, sabíamos muito pouco sobre a vida um do outro. Eu contei para ele sobre o mestrado e expliquei que ainda não sabia o que faria depois que terminasse no próximo ano. Ele estava avaliando oportunidades de trabalho e disse que adoraria voltar a trabalhar comigo, se eu quisesse ir para onde ele fosse.

Na quarta noite dessa rotina, perguntei sobre a vida amorosa dele — um tópico que sempre foi um mistério. Muito discreto quanto a isso, antes dessa noite eu nunca soube sobre os relacionamentos do chefe. Hoje em dia, até que falamos mais nisso, mas também nem tanto. Ele contou que tinha começado a ficar com uma antiga amiga de faculdade que, por coincidência, estava morando ali perto e fazendo doutorado na universidade mais próxima. Eles passaram alguns meses juntos, mas tudo havia acabado recentemente, um pouco antes de eu chegar. O chefe contou apenas por alto a história do término e poupou detalhes sobre os motivos.

Finalmente, na sexta e última noite, a dúvida sobre um possível interesse sexual ou afetivo pelo chefe foi apaziguada. Sim, o chefe é um dos caras legais de verdade, por quem eu tenho bastante carinho, mas está circunscrito no campo da amizade e provavelmente permanecerá assim para sempre. E foi nessa noite que confirmei isso.

Eu dormia no sótão, que havia sido transformado num pequeno quarto. Como a calefação não chegava até ali e era inverno, o chefe tinha posto três aquecedores portáteis para tornar o espaço minimamente habitável. A casa era térrea e, apesar da sala ampla e da cozinha generosa, tinha apenas um quarto. Então, em uma das noites mais frias do ano, no meio da madrugada, escutei o chefe batendo na minha porta. Quando abri, meio atordoada de sono, o encontrei enrolado da cabeça aos pés em duas cobertas grossas. Ele literalmente batia os dentes de frio.

Logo entendi tudo. A calefação havia parado de funcionar, e um ar gélido se espalhava impiedosamente por todos os cantos do térreo. O chefe se desculpou bastante e me perguntou, até educadamente demais para alguém que parecia estar perto de uma hipotermia, se seria possível dividir o quarto comigo. Ele até se ofereceu para deitar no chão.

"Não seja besta. A gente pode dividir o colchão", eu disse com um misto de afeto e certeza.

Naquela cama improvisada no sótão da casa no topo nevado da montanha, numa noite ofensivamente fria e debaixo de várias cobertas, abracei o chefe de conchinha, esfreguei as mãos nos antebraços dele para aquecê-lo e senti o corpo frio se esquentar com o meu toque. Ficamos assim, em silêncio e imóveis dentro do abraço, por um bom tempo até cairmos no sono. Quando acordei e olhei para o chefe ainda dormindo tranquilamente, soube que o que quer que eu sentisse por ele era de fato significativo, mas não a ponto de eu querer ter um relacionamento amoroso com ele, nem mesmo sexo. Não tinha mais nada que eu pudesse querer do chefe além daquilo na minha frente. A nossa relação havia chegado à maturidade final, e ambos ganhamos, talvez exatamente naquela noite, uma amizade duradoura.

Sete

Faltam cinco minutos para as oito da noite quando o metrô por fim para na minha estação. O coração acelera conforme sigo para o apartamento, onde o ex-amigo me espera. No caminho, paro para comprar absorventes na farmácia da esquina do meu quarteirão, mesmo sabendo que só vou ficar menstruada daqui a duas semanas. Há uma resistência quase palpável a chegar em casa. Todo o meu corpo está consciente de que estou cada vez mais perto de conversar com o ex--amigo e escutar a sua versão sobre a denúncia. É impossível que ele imagine que vamos apenas jantar juntos sem mencionar o motivo de sua presença na minha casa depois de cinco anos sem contato.

Quando abro a porta, ouço o ex-amigo no banho. O apartamento está todo escuro e do mesmo jeito que o deixei pela manhã. Ponho a mochila no chão, penduro o casaco, tiro os sapatos, lavo as mãos — sempre na mesma ordem — e começo a preparar a janta, picando vegetais para levá-los ao forno. Se não há qualquer razão para celebrar, também não há motivo para pedir uma "comida boa", como o ex-amigo propôs mais cedo. Vamos jantar vegetais assados e pronto.

Ao ouvir a porta do banheiro se abrir, os pelos na minha nuca se arrepiam. O ex-amigo vai até mim na sala. Preciso parar de cortar os pimentões porque minha mão não está mais firme o suficiente para evitar um acidente doméstico. É impossível cozinhar e reunir a energia necessária para conversar com o ex-amigo sem me abalar. Aliás, não sei bem o que dizer. Será que é melhor abordar diretamente o assunto ou deixar ele escolher se quer ou não conversar a respeito?

Também não sei como faria para abordar diretamente o assunto. Quero que ele saiba que não sou mais aquela fonte inesgotável de afeto sempre acessível. Quero também que ele esteja consciente da gravidade das acusações. O estômago já embrulha quando penso em enfrentá-lo. Sou imediatamente transportada às reuniões intermináveis do grupo político, nas quais eu vivia batendo de frente com ele sobre a conjuntura e as estratégias de ação.

Bem aos poucos, fui aprendendo a me impor diante do ex-amigo e a não me importar tanto com suas opiniões. Quanto mais eu me aproximava da mulher que eu gostaria de ser, mais sentia a necessidade de desconstruir a relevância dele. De alguma maneira, sempre soube disso. E tanto antes como agora, mesmo com a força e a segurança de hoje, o ex-amigo consegue me paralisar enquanto pico pimentões. Vou agir conforme deveria? Bem que a Kal poderia já ter chegado. Minha amiga consegue se manter fiel a si mesma independente do ex-amigo. A criptonita dela é diferente da minha.

Escuto os passos do ex-amigo se aproximando da sala, depois do tempo no banheiro escovando os dentes e passando desodorante. O ex-amigo sempre teve um cheiro de limpeza e frescor, ainda que passasse um dia inteiro na assembleia de uma ocupação do movimento de trabalhadores sem moradia, debaixo de uma tenda de lona preta num terreno baldio no meio da secura do cerrado.

Ele aparece na cozinha, que é integrada com a sala, e sem

dizer nada, com um sorriso de boca fechada, pega um copo de vidro no armário e enche de água da torneira. Depois de beber tudo em três goles rápidos, ele se serve de novo. Dois copos inteiros em menos de trinta segundos. Durante esse tempo, apenas olho para ele, analisando o movimento da água resoluta e firme que desce na garganta. Ele termina o segundo copo, ainda em silêncio e sem me olhar nos olhos, e se senta no sofá, permanecendo no meu campo de visão.

Estou em pé no balcão que separa a cozinha da sala, com apenas metade dos pimentões cortados, sem conseguir continuar. A faca segue na mão direita, mas não faço nenhum movimento que dê utilidade a ela. O ex-amigo diz as primeiras palavras, que saem como mineradores das profundezas da terra depois de uma jornada de doze horas de trabalho — aliviados, porém tomando cuidado para a luz natural não machucar os olhos. A voz está rouca, típica de alguém que passou o dia trancado em casa sem falar com ninguém e ainda não está totalmente preparado para interagir com o mundo dos vivos.

Ele me oferece ajuda para cozinhar e pergunta, brincalhão, se eu continuo com a frescura de não gostar de cebola na comida. Fico surpresa com o tom jovial e divertido e respondo sem pensar muito:

"Minha cozinha, minhas regras. E se eu escutar alguma reclamação, vou te mandar de volta pro quarto sem janta."

Ele reage com um pedido de desculpas e me chama de mãe, imitando um filho sem graça com a bronca. É uma antiga piada nossa. Finjo irritação e me permito um riso tímido.

Independente de quem seja esse homem na minha frente, alguém que eu não reconheço mais, sinto uma alegria tranquila ao reencontrar no presente a dinâmica do passado de duas pessoas que já foram muito amigas. E agora, mais calma, finalmente termino de cortar os pimentões e ponho a porção no forno com diferentes tipos de batatas, couve-de-bruxelas e castanhas.

"Faz quase três anos que virei vegana", conto para o ex-amigo.

Ele comenta que também está no processo de aderir ao veganismo e relembra um episódio de uns doze anos atrás. Uma companheira de partido — durante uma reunião nacional de unificação de correntes internas que já vinha de meses de conversas com pautas comuns, visões estratégicas convergentes e espaço suficiente para todos os egos envolvidos — quase pôs tudo a perder por causa do veganismo. Ela era coordenadora nacional de uma das correntes, além de militante vegana, e arrumou confusão porque todos os pratos do almoço tinham ingredientes de origem animal, exceto o arroz e a salada.

Eu e o ex-amigo, representando o nosso grupo e tendo a missão de fazer tudo dar certo, usamos todo o repertório acumulado no movimento estudantil para apaziguar os ânimos e relembrar aos grupos o que tinham em comum. Depois de um dia inteiro de discussões, a unificação saiu — apesar do escorregão. No fim, o ex-amigo e eu fomos sozinhos ao bar lá mesmo, fora da nossa cidade, para comemorar a vitória e tirar sarro da coordenadora que quase estragou tudo por algo que então considerávamos uma besteira. Pedimos até uma porção de torresmo em homenagem a ela. A união para falar mal dos outros sempre fez parte da nossa dinâmica.

Agora, enquanto o forno transforma pedaços sem graça de vegetais numa refeição gostosa, sento no sofá segurando uma cerveja e entrego outra ao ex-amigo.

"Daqui uma meia horinha podemos comer."

Ele agradece e se cala, sem tirar os olhos dos meus. Sou a primeira a piscar e abaixo a cabeça. Sem perceber, as palavras fogem da minha boca como passarinhos que acabaram de descobrir como abrir a porta da gaiola.

"O que aconteceu? Eu li algumas coisas por aí nas redes e vi a reportagem sobre o caso. Também tive que sair de um grupo das mulheres do partido, porque começaram a falar sobre você e eu me senti desconfortável demais. Mas que porra tá rolando? Qual foi a merda?"

O ex-amigo respira fundo, põe as mãos na nuca e abaixa a cabeça até quase entre os joelhos, parecendo que resolveu fazer um abdominal sentado. Tinha esquecido que isso fazia parte de sua linguagem corporal, um costume durante debates que desandavam. Entendo o que o ex-amigo está sentindo: impaciência e irritação. Será com a situação ou consigo mesmo? Então diz que vai começar com um relato objetivo do que se passou naquela noite e o motivo para ter sido suspenso temporariamente do comitê de campanha.

Com os cotovelos apoiados no joelho e os dedos entrelaçados, ele me conta que a mulher que o está acusando de estupro é voluntária da campanha, e doze anos mais nova. Ele faz questão de ressaltar que ela saiu da graduação direto para o mestrado e na sequência para o trabalho voluntariado. Supostamente é uma menina de família rica e privilegiada que nunca precisou trabalhar por dinheiro na vida.

Tenho muitas perguntas. Sucessivamente, começo a dispará-las quase sem respirar. Questiono aleatoriedades na tentativa de entender melhor a situação. Quero saber mais sobre a mulher — e talvez me comparar a ela, entender se compartilhou com o ex-amigo as mesmas intimidades que eu.

O ex-amigo responde cuidadosamente cada pergunta. O nome dela é Ashley. Não poderia ser mais gringa. Ela tinha votado na candidata do feminismo liberal branco nas últimas eleições.

As perguntas sobre a Ashley também me ajudam a resistir à força sedutora do ex-amigo. A tentativa sutil de desqualificá-la não vai funcionar. A Ashley é uma mulher jovem, que existe de verdade, de quem eu poderia ser amiga. Preciso manter a Ashley próxima de mim, preciso me identificar com a sua dor e pôr sob a perspectiva dela tudo o que o ex-amigo vai me contar.

Não deve ser a primeira vez que ele fala sobre isso. As palavras soam como um depoimento coletado na delegacia, apesar de eu não saber se ele está reencenando ou treinando para o futuro. Mas não vou servir de preparadora de elenco para ele. Estou aqui para ouvir a sua versão da história, não para ajudá-lo a desenvolver a melhor estratégia de disputa de narrativa, seja pessoal ou pública.

Tampouco estou disposta a gastar energia para o ex-amigo se sentir melhor consigo mesmo e com suas ações. Não vou fazer esse trabalho emocional hoje. Estou muito mais perto de ser a mulher que eu sempre quis ser, e parte disso significa que reservo o acolhimento às amigas e às companheiras de vida e de luta que reconhecem o esforço exigido pelo trabalho emocional. Sem demonstrar nenhuma reação, fico ouvindo em silêncio todo o relato do ex-amigo, que aos poucos parece estar mais e mais desconfortável com a falta de um sinal de compreensão.

Ele conta que conheceu a Ashley logo no primeiro dia que chegou no comitê para trabalhar. Mesmo depois de ter trabalhado em diversas campanhas eleitorais, o ex-amigo ainda se sentia inseguro e deslocado por estar no meio dos gringos. A língua estrangeira dificultava a comunicação, e ele também era significativamente mais velho do que a média da sua equipe, formada em quase sua totalidade por voluntários. Interessante o ex-amigo mencionar isso. Será que ele percebe que talvez tenha usado a colega mais nova como um amuleto protetor contra a insegurança, um sentimento com o qual os homens têm tanta dificuldade de lidar?

Ele explica que a atração pela Ashley foi imediata. Quando ela entrou na sala de reunião, na qual quatro mesas estavam dispostas num grande quadrado, escolheu um lugar de frente para ele. O ex-amigo ficou tão fascinado que teve dificuldade de não ficar encarando a moça indiscretamente.

"Tem alguma foto dela?", pergunto, demonstrando mais ansiedade do que gostaria.

O ex-amigo tira o celular do bolso e faz menção de desbloqueá-lo, mas hesita, com um suspiro irritado. Algo muito perturbador está acontecendo na tela — posso imaginar a quantidade de mensagens e notificações que um homem do nosso meio acusado de estupro está recebendo. Ele apenas diz qual é a arroba da Ashley e que é melhor eu mesma procurar.

"É ela?", mostro o meu aparelho e recebo uma resposta afirmativa.

Paro por alguns segundos e analiso a foto que me encara. Queria muito reconhecer esse rosto, lembrar dele e conectá-lo a alguma boa memória, mas a Ashley é uma completa desconhecida.

Ela tem a pele muito branca, da cor — e possivelmente da textura — de algodão. Deve ser gostoso fazer carinho nas costas e nos braços dela, passando os dedos levemente pelo tecido macio. O cabelo muito liso e loiro-quase-branco está cortado na altura da clavícula, e os olhos são verdes. Na foto, a Ashley está sentada à mesa de estudos de uma biblioteca, diante de um livro aberto e com uma caneta na mão, onde há vários papéis e mais dois livros espalhados (*Les Mots et les choses* e o outro deve ser *Archaeology of Knowledge*, mas isso é só um palpite informado) e um computador na sua diagonal.

A pose é de quem estava realmente concentrada nos estudos e foi chamada da mesa da frente por alguém que aproveitou para tirar a foto. Ela não está nem sorrindo, nem muito séria. A expressão é de alguém perdida na leitura que foi convocada subitamente a retornar à realidade.

Apesar de estar vestindo um suéter vermelho muito maior que o seu tamanho, as mangas dobradas na altura do cotovelo revelam antebraços cobertos por tatuagens. O ex-amigo sempre falou das tatuagens que gostaria de fazer, mas não sei se algum dia chegou a fazê-las. Talvez tenha sido sobre isso a primeira conversa entre os dois.

Nada era muito marcante na Ashley, ela seria mais uma gringa branca comum e difícil de distinguir de outras gringas brancas, não fosse a combinação de características banais que resultaram numa mulher extraordinariamente bonita. É claro que só por foto é difícil dizer, mas a espontaneidade daquela captura mostra que a Ashley é bem assim mesmo, espantosamente linda.

"Poxa, muito bonita. E estava lendo o Foucault mais legal."

O ex-amigo solta um risinho triste como se escondesse uma dor profunda. Será que ele estava de fato apaixonado pela Ashley? Talvez esteja se sentindo estúpido por ter se envolvido com ela, ou talvez esteja finalmente com remorso e entendendo a gravidade das suas ações. Não dá para saber. E eu preciso parar de querer adivinhar os sentimentos e ler os pensamentos dele.

Agora me sinto mais próxima da Ashley e mais preparada para defendê-la do que está por vir. Fora isso, a Kal continua ressoando aqui dentro: *Todo mundo leva acusação de estupro a sério, Alma.*

O ex-amigo prossegue. Logo quando se conheceram, ele e a Ashley se aproximaram. Nas saídas depois do trabalho, eles acabavam se desligando do grupo e se concentrando apenas um no outro. Foram algumas noites de excelentes conversas e encantamento mútuo, mas nada além do flerte moderado. A Ashley estava participando pela primeira vez de uma campanha e pedia dicas ao ex-amigo com frequência sobre qualquer assunto que a experiência de alguém como ele pudesse oferecer.

Antes de ir adiante com a história linear e objetiva, o ex-amigo abre um parêntese para reforçar o tanto que ele estava se sentindo sozinho e deslocado morando e trabalhando no estrangeiro. De fato, mudar de país e começar um trabalho novo não é uma decisão fácil, especialmente para alguém que acreditava que, a esta altura da vida, já estaria fazendo a revolução. Eu mesma senti isso ao adentrar os trinta: para nós, que acreditávamos muito em nós mesmos e éramos completamente megalomaníacos nos planos políticos aos vinte, a idade chega de maneira tão desagradável quanto uma convocação para ser jurado no Tribunal do Júri.

É nessa altura que o ex-amigo menciona pela primeira vez uma tal de Mari que não tinha conseguido se mudar com ele para fora porque a mãe ficou doente.

"Mari?", pergunto, confusa.

E o ex-amigo, fingindo estar ofendido por eu não lembrar, explica impaciente que ele e a Mari, a sua namorada de longa data, tinham se casado.

"Vocês se casaram?", indago como se não entendesse o conceito em si, como se fosse a primeira vez na vida que estivesse ouvindo a palavra casamento.

Começo a sentir algo me ferir por dentro, uma dor tão intensa e uma sensação tão concreta que chego a olhar para baixo para encontrar a pedra que foi arremessada nas minhas costelas.

Eu me lembro da Mari, claro. Mais uma das namoradas com um nome tão genérico quanto a própria personalidade — ao menos pela maneira como nos era apresentada. O ex-amigo sempre conciliou uma vida pública de solteiro com uma vida quase secreta de casado. Ele tinha longos relacionamentos, todos com namoradas que se confundiam umas com as outras, de tão parecidas sob a sombra que o ex-amigo projetava.

Tal qual personagens femininas escritas por roteiristas homens, as namoradas do ex-amigo jamais se portavam como pessoas completas ou autênticas. Raramente se faziam presentes nos momentos de socialização e, nas poucas vezes em que estavam lá, passavam quase o tempo todo caladas e reclusas como gueixas, ao lado do ex-amigo. Sob o conveniente manto daquele tipo de relacionamento aberto, isento de prestar conta sobre seu comportamento, o ex-amigo mantinha uma vida intensa de festas e pegação. A maioria dos nossos conhecidos inclusive nem sequer sabia que ele tinha namorada.

A tal Mari eu só encontrei duas vezes e não trocamos mais de três palavras. Na primeira, estávamos no bar e eu me sentei bem de frente para ela, mas a noite terminou e não ouvi a sua voz nenhuma vez. Na segunda, estávamos no velório do pai de um amigo meu e do ex-amigo, e a Mari foi com ele, segurando a mão, dispondo seu tempo e oferecendo carinho. Os dois pareciam ser um casal comum e bem resolvido, dois companheiros que compartilham uma vida nos altos e baixos. Mas isso tinha acontecido havia mais de seis anos, e eu não fazia ideia de que ainda estavam juntos. Muito menos casados.

Preciso de um follow-up sobre isso. O ex-amigo agora é um homem casado. Um homem casado acusado formalmente de estupro.

O lado bom de ter recebido essa pedrada na costela é lembrar com quem estou lidando. Apesar de ser difícil conciliar as duas versões do ex-amigo — o meu amigo que ainda desperta carinho e o cara que sempre tratou mal as mulheres com quem ficava —, saber que ele se casou secretamente com uma namorada que parecia nem existir me traz de volta à percepção correta que preciso ter dele.

Continuo escutando em silêncio, organizando toda a energia disponível para manter uma cara séria e impávida enquanto sinto me despedaçar por dentro. Com certeza o ex--amigo não está percebendo o meu tormento interno e silencioso, não só porque ele nunca teve interesse em acessar os meus sentimentos, mas sobretudo porque ele também demonstra estar mobilizando esforços para contar objetivamente o que aconteceu, sem deixar transparecer as emoções. É o nosso velho jogo de pôquer outra vez, que mantém a relação sempre muito mais racional do que emocional, uma antiga amizade em que toda a paixão é projetada na política em que acreditamos.

No entanto, não sei quanto tempo mais vou aguentar manter essa fachada, e estou cada vez mais perto de começar a despedaçar por fora também. Não entendo por que isso está acontecendo. Ainda não sei como me sinto em relação a tudo isso e decido que, como uma aluna na aula de física sem saber os princípios básicos para compreender a matéria, vou apenas me concentrar no que ele está contando, guardando as informações para revisitá-las, estudá-las e, quem sabe, ser capaz de entendê-las depois.

A acusação de estupro está relacionada a um episódio específico. Depois de algumas noites em bares nas primeiras semanas de trabalho, a Ashley finalmente aceitou o convite do ex-amigo para ir à casa dele. A Mari estava a quase dez mil quilômetros de distância, sem perspectiva de chegar, e o ex-amigo estava morando sozinho em um flat alugado pela campanha. Foi nessa noite que ele e a Ashley começaram uma relação, apesar de ele não ter usado essa palavra para descrever o conjunto de encontros ao longo de dois meses, de duas a três vezes por semana em média, nos quais um ia para a casa do outro transar. Pela descrição do ex-amigo, eles apenas se encontravam discretamente e inclusive pararam de frequentar lugares públicos juntos.

A Ashley também tinha um namorado na sua cidade, na outra ponta do país, mas o ex-amigo e ela nunca chegaram a discutir de fato a situação conjugal de cada um. Para o ex-amigo, era muito evidente que nenhum dos dois estava construindo um relacionamento amoroso e que o compromisso afetivo deles era com outras pessoas, que estavam longe momentaneamente. Parecia ser um bom arranjo para ambos. O ex-amigo chega a adotar um tom familiar de inocência e confusão, mas hoje já não me engana mais.

Quando a equipe de voluntários teve direito a um final de semana prolongado, a Ashley viajou para o seu estado e voltou com a novidade de que tinha terminado com o namorado para finalmente assumir uma relação estável com o ex-amigo. Ela se deu conta do quanto estava apaixonada no momento em que entrou no avião para casa e percebeu como estava sentindo falta do ex-amigo. Na aterrissagem, estava convencida de que precisava romper com o namorado e ficar definitivamente com o ex-amigo, que — nas palavras dele — foi pego completa e absolutamente de surpresa.

O ex-amigo diz que jamais deu brecha para que a Ashley achasse que haveria qualquer possibilidade de um relacionamento. Tudo havia sido um grande mal-entendido. Ele estava casado e comprometido com a Mari, que inclusive estava tentando resolver as questões familiares para ir morar fora com o marido secreto. O marido que virou marido numa cerimônia de que ninguém soube, um casamento sem um mísero registro nas redes sociais, uma celebração para a qual nem os amigos mais próximos foram convidados.

Será que a Ashley sabia que o ex-amigo era o marido de alguém? Não sei, mas posso imaginar que depois de tantas noites juntos, depois das muitas conversas íntimas na cama, depois das repetidas vezes em que o ex-amigo falou apaixonadamente sobre as injustiças do mundo, depois das dezenas de horas de reunião em contato com a impressionante habilidade analítica dele, a Ashley acabou se apaixonando pelo ex-amigo. E acabou fazendo o que tantas outras antes dela fizeram: confundiu a intimidade do sexo com amor e achou que estava construindo um relacionamento entre companheiros, enquanto o ex-amigo na verdade estava apenas se servindo livremente daquele bufê de trabalho emocional.

Enquanto a Mari estava longe, a Ashley deve ter assumido o papel de reconstruir a autoconfiança do ex-amigo, sistematicamente abalada pela rotina de ser um latino trabalhando no hemisfério Norte. Posso apostar que a Ashley satisfazia todos os caprichos dele, mesmo os mais banais, e ria das piadas, ainda que não achasse graça.

Chega a ser enlouquecedor como o ex-amigo não reconhece a responsabilidade pelo desalinhamento das expectativas. Para ele, a Ashley era mais uma da sua lista de mulheres, de quem ele tiraria o que precisava, desde sexo até apoio e carinho, e com quem depois romperia os laços.

Pelo que aprendi nos nossos anos de amizade, posso afirmar que o ex-amigo e a Ashley nunca participaram da mesma relação, e desde o início jamais estiveram em pé de igualdade. Muitas mulheres caíram nessa cilada. O ex-amigo carrega um longo histórico de fins trágicos de casos extraconjugais, mas sempre atribuiu as reações ferais das amantes às particularidades de suas personalidades. Eu mesma demorei muito tempo para compreender que não era apenas coincidência que tantas exs deles tinham os mesmos comportamentos dramáticos depois do término.

Sigo ouvindo o ex-amigo sem interrompê-lo. Quando ele diz que não entende — mesmo, de verdade, ele jura — por que a Ashley achou que eles poderiam namorar se ela terminasse com o atual, não esboço reação, estou impassível diante dessa performance.

O ex-amigo conta que a briga com a Ashley foi horrorosa. Eles tiveram uma discussão violenta, mas não chegaram às vias de fato. Nunca houve violência física. Ao fim de uma longa noite de gritaria e de intermináveis horas de conversas complicadas, que na opinião do ex-amigo não deveriam ser tão complicadas assim, a Ashley foi embora de coração partido e sem disposição para voltar a olhar na cara dele.

Durante algumas semanas, ela ignorou o ex-amigo no comitê e não respondeu às várias (duas, na verdade) mensagens tentando amenizar a tensão entre eles. O ex-amigo achou que o caso tinha definitivamente chegado ao fim, já que o silêncio da Ashley seria a forma dela de lidar com os seus processos internos de autorregulação emocional. Sim, ele usou a expressão "processos internos de autorregulação emocional".

Passado esse período de gelo, durante uma celebração de trabalho pelo crescimento do candidato nas pesquisas, a Ashley, depois de beber uns bons copos de coca-cola com rum, se aproximou do ex-amigo e puxou conversa, como se o hiato das últimas semanas entre eles nunca tivesse ocorrido. Ela perguntou sobre a programação das próximas postagens, se ele precisava de alguma ajuda com as legendas, se tinha conseguido se matricular na academia e outras amenidades. Passaram então a festa quase inteira conversando a sós, retomando a intimidade familiar e frágil. Quando os últimos colegas pegaram seus casacos para ir embora, a Ashley propôs ao ex-amigo que fossem para a casa dele. Como a Mari ainda não tinha chegado, ele aceitou a sugestão.

O ex-amigo diz que a Ashley estava um pouco bêbada, mas longe de estar incapacitada. Ele inclusive insiste que perguntou várias vezes se ela tinha mesmo certeza de que era isso o que queria, e a resposta sempre foi entusiástica e afirmativa. Enquanto ouço essa parte, lembro que na matéria não havia a acusação de que o ex-amigo teria se aproveitado da embriaguez da Ashley, mas sim que a teria drogado para estuprá-la. Essa é a acusação formal.

"Mas ela tinha consumido outra coisa além de bebida?", interrompo o ex-amigo.

Ele entende que não apenas vi a notícia, como também estou acompanhado a repercussão nas redes sociais. Neste momento, pela primeira vez, vejo um sentimento de derrota transparecer na expressão do ex-amigo. Se até eu, sua fiel escudeira e admiradora incansável, está possivelmente acreditando que ele seria capaz de cometer esse crime, não há mesmo qualquer esperança para ele. Nada mais deve estar se passando pela cabeça do ex-amigo.

Ele responde que não, não houve consumo de nenhuma droga além de álcool na confraternização. Nem mesmo de maconha, que ele sempre fumou com assiduidade. Aliás, álcool ele só consome em festas, e geralmente apenas cerveja. Já sem pudores de tentar disfarçar que eu estou, sim, acompanhando o assunto de perto, assumo a completa familiaridade com o caso:

"Segundo o jornal, a suposta vítima teria dito aos investigadores que ela foi drogada por você."

O ex-amigo explica onde estaria toda a confusão. Um pequeno detalhe estúpido que tomou proporções absurdas, descontextualizando completamente o que de fato se passou naquela noite.

Uma noite durante as semanas em que Ashley não estava lhe dirigindo a palavra, o ex-amigo saiu com alguns colegas da época de colégio que estavam visitando a cidade. Na balada, todos eles tomaram ecstasy, exceto o ex-amigo, que precisava trabalhar no dia seguinte. Diante da insistência dos amigos, ele fez um truque: tomou o último comprimido de um frasco de analgésico que tinha no bolso e guardou o comprido de ecstasy em seu lugar. Por um grande azar, esse frasco de analgésico estava esquecido na mesa de cabeceira na noite em que Ashley retornou ao seu flat. Ela perguntou ao ex-amigo se podia tomar o remédio, pois estava com uma leve dor de cabeça, e ele respondeu que sim, esquecendo-se de que ali dentro na verdade tinha um comprimido de ecstasy.

A Ashley teria dito aos investigadores externos contratados pelo comitê de campanha, de acordo com a reportagem do jornal, que achou estranho o tamanho do comprimido, menor do que de costume, e chegou a comentar com o ex-amigo, que não a teria informado àquela altura que se tratava de ecstasy. E foi ali que a noite começou a se desdobrar num ritmo fora de controle. Até a respiração do ex-amigo fica mais acelerada quando chega nessa parte.

Com mais ou menos vinte minutos de sexo, a Ashley começou a se sentir mal. Ela reclamou que estava com vertigem e uma palpitação estranha, chegando a dizer que achava que estava morrendo. Foi apenas nesse momento que ele fez a ligação entre o ecstasy no frasco de analgésico e o mal-estar da Ashley. O ex-amigo tentou acalmá-la, mas não conseguiu.

A Ashley estava confusa, sem compreender o que podia ter causado o ataque de pânico. O ex-amigo, na intenção de tranquilizá-la, explicou que era um comprimido de ecstasy no frasco, que ela havia tomado por engano. A Ashley devia estar tendo uma reação à droga, mas com certeza passaria rápido. Ele até fez uma piadinha para aliviar o clima, brincando que pelo menos o ecstasy estava sendo usado adequadamente, ou seja, para fins recreativos-sexuais.

Foi a reação da Ashley à gracinha que deixou muito evidente como ela estava entendendo a situação. Ela disse que jamais imaginaria que o ex-amigo fosse capaz de drogá-la às escondidas, que estava chocada e horrorizada, se sentindo exposta e violentada. O ex-amigo achou que pudesse ser a droga causando uma espécie de paranoia. Pediu muitas desculpas e se ofereceu para levá-la a pé de volta à casa dela. A Ashley não queria nunca mais olhar na cara dele e foi embora sozinha, enfrentando a noite especialmente escura com um céu nublado e sem estrela, como eu imagino a cena.

No dia seguinte, quando a Ashley não apareceu na reunião obrigatória aos voluntários, o ex-amigo pensou em mandar uma mensagem perguntando se estava tudo bem. Mas, ainda sob as fortes impressões da noite anterior, achou mais prudente lhe dar um pouco de espaço. Como o ex-amigo precisou fazer uma viagem a outro estado com o candidato por alguns dias, não encontrou mais com a Ashley. Na volta, soube que ela havia pedido para ser desligada da equipe e não integrava mais o time de voluntários. Foi então que, passadas exatamente seis semanas do episódio fatídico, o ex-amigo recebeu um e-mail informando que o comitê de campanha iniciaria um procedimento investigativo, conduzido por profissionais externos, para averiguar sérias alegações de violência sexual denunciadas pela voluntária Ashley Brown. Ele seria suspenso imediatamente até a conclusão do procedimento e estava proibido de contatá-la ou se aproximar dela.

Por alguns minutos, confuso com a intimação e sem saber exatamente do que se tratava, o ex-amigo achou que pudesse estar sendo denunciado pelo porte de ecstasy. Logo se lembrou de um caso de um colega que havia sido sumariamente demitido por ter aparecido ao fundo de uma foto postada numa rede social cheirando cocaína. Apenas depois de reler o e-mail e perceber as palavras "violência sexual", se impondo inquisitivamente, foi que o ex-amigo se ligou no que estava acontecendo.

Ele não sabe — nem procurou saber — como a estudante que escreveu a matéria no jornalzinho de nossa universidade foi informada sobre o caso. Ele está ciente de que há uma série de mulheres que começaram a compartilhar suas próprias experiências pessoais com ele, mas não se sente forte o suficiente para lidar com isso neste momento. Precisa se concentrar na investigação que pode acabar com a sua carreira. O ex-amigo justifica a preocupação dizendo que os gringos levam acusações de estupro muito a sério.

"Todo mundo leva uma acusação de estupro muito a sério", eu respondo, me levantando para tirar os vegetais do forno que até que enfim estão prontos.

Comemos praticamente em silêncio, com exceção de um ou outro comentário sobre a diferença entre o clima da nossa terrinha e o do nosso atual país. Digo que ele pode pegar um dos casacos no armário da sala se precisar.

"Parece que a temperatura vai ficar constantemente abaixo de zero pela próxima semana inteira", comento.

O ex-amigo agradece e fala sobre os vegetais, elogiando as minhas habilidades culinárias.

Com a barriga cheia, depois de comer compulsivamente mais do que deveria, por conta da ansiedade gerada não só pela presença do ex-amigo, mas sobretudo pela história, me sinto completamente exausta.

"Tenho que acordar muito cedo amanhã. Vou dormir, tá? Você pode cuidar da louça, por favor? Quem cozinha não lava", era nossa regra nos retiros com o grupo político.

Na época do movimento estudantil, a cada dois ou três meses, passávamos um fim de semana na chácara da família de um dos companheiros, afastados de tudo e desconectados da tecnologia. Os dois dias eram tomados por discussões sobre conjuntura política, princípios do grupo e as nossas linhas estratégicas e táticas. Quando ainda éramos estudantes que acreditavam no próprio protagonismo na revolução.

Nesses retiros, normalmente a alimentação era responsabilidade minha e do ex-amigo, os dois que mais entendiam de cozinha — o que, em comparação aos colegas, não dizia muito. Eu adorava estar na cozinha a sós com o ex-amigo, em geral depois de um longo dia de muito debate e de algumas brigas quando as discussões se acirravam. Tenho prazer em preparar refeições para pessoas queridas e dividir a cozinha com o ex-amigo dava cores quase sagradas à atividade. Os momentos em que cozinhávamos juntos, só nós dois, eram os mais especiais nos retiros e dos quais me recordo em mais detalhes.

O ex-amigo sorri ao lembrar da referência, diz para eu não me preocupar com a louça e me deseja boa-noite.

Maria Luiza de Abreu Cintra, 22 anos, nacional, solteira, estudante, compareceu a esta Delegacia, na condição de testemunha, e relatou o que segue. Questionada se conhece o investigado, disse que sim; que conheceu o investigado durante um evento acadêmico quando ela era caloura na graduação de ciências sociais, há quatro anos. Que a partir desse evento, começaram a se encontrar romanticamente por mais ou menos seis meses, mas depois desse período ela começou a namorar e encerrou os encontros com o investigado. Que há três anos, durante o carnaval, encontrou o investigado em um bloco de rua, que o investigado aparentava estar sob o efeito de álcool, que o investigado a beijou e ela o beijou de volta, que até então a depoente estava consentindo com o que acontecia. Que o investigado começou a comentar sobre uma amiga dele, de nome Bruna (não sabe informar o sobrenome), dizendo que Bruna gostaria de beijar a depoente e perguntando insistentemente se a depoente beijaria Bruna. Que o investigado então apresentou uma mulher que estava ao seu lado explicando que essa mulher era Bruna. Que a depoente ficou muito constrangida com a situação, pois não tinha interesse em beijar Bruna. Que o investigado então começou a beijar Bruna na sua frente, que a depoente ficou perplexa, sem saber o que fazer. Que o investigado ato contínuo parou de beijar Bruna e segurou a cabeça de Bruna e a cabeça da depoente, uma em cada mão, e juntou forçosamente a cabeça das duas para que se beijassem.

Que Bruna começou a beijar a depoente, que o investigado abraçou a depoente por trás e começou a beijar sua nuca e a esfregar as partes íntimas contra suas nádegas, que a depoente ficou presa entre o investigado e Bruna, que tentou desvencilhar-se de ambos, mas não conseguiu, que apenas quando empurrou Bruna, conseguiu sair e foi embora do evento. Questionada se teve algum contato com o investigado depois desse episódio, disse que não, que ficou com raiva mas também sentiu vergonha do ocorrido, que não falou com ninguém sobre isso, que pensou em procurar o investigado para lhe dizer que não havia se sentido confortável com o que ele havia feito, mas desistiu, que prefere não ter mais nenhum tipo de contato com o investigado. Questionada se há testemunhas do ocorrido, disse que não sabe informar, que o bloco estava cheio, mas que não conhecia ninguém que estivesse perto. Questionada se sente medo ou ameaçada pelo investigado, disse que não. Questionada se deseja acrescentar algo, disse que não. Nada mais foi dito nem lhe foi perguntado.

Oito

Mesmo exausta, com o corpo dolorido como se tivesse descarregado sozinha um caminhão de tijolos e sacos de cimento, tenho dificuldade para dormir. Não sinto nenhuma emoção, nem ansiedade, nem raiva, nem compaixão, nada. Só dor e o estranhamento de quem acabou de encarnar num conjunto de órgãos e tecidos. Deitada na cama, percebo uma mancha escura de infiltração no teto do quarto. Que esquisito não ter reparado nela antes. Pode ser algo dos últimos dias. Tomara que não seja realmente uma infiltração: isso é o máximo que consigo elaborar sobre aquela marca. Qualquer habilidade de pensar um pouco melhor foi suspensa por ora.

Não consigo reunir energia nem sequer para começar a processar o que ouvi. Tal qual um estômago digerindo carne gordurosa depois de anos de veganismo, também não sou capaz de digerir o relato do ex-amigo — muito menos formar uma opinião sobre a veracidade daquilo. Não sei mesmo julgar. E estou ainda mais ciente da razão para ele vir se hospedar justamente na minha casa. Não posso mais fingir que nada está acontecendo, que a vida do ex-amigo não tem a ver comigo e que não preciso formar uma opinião sobre tudo o que está se passando com ele.

O difícil processo de me tornar a mulher que eu gostaria de ser foi profundamente firmado pelos esforços de desvencilhar a minha autoestima na atuação política da necessidade de validação do ex-amigo. Durante muito tempo — tempo demais, na verdade —, vivi em função de ver os olhos dele acenderem por alguma coisa que eu fizesse nos espaços de militância. Poucas coisas nos primeiros anos de amizade me deixavam mais radiante do que perceber que o ex-amigo estava admirado por mim, fosse nas reuniões do movimento estudantil com mais de duzentas pessoas, fosse nas intermináveis conversas particulares. Quando eu fazia um comentário jocoso sobre os companheiros, a risada dele melhorava o meu humor, me deixando imediatamente feliz.

Nos pátios a céu aberto do campus — vazios e absolutamente silenciosos depois das últimas aulas, exceto pelo ruído de bichos exóticos do cerrado que às vezes vinham dar oi, se aproveitando de uma arquitetura sem cercas ou muros ao redor —, passávamos horas tagarelando sobre a viabilidade de uma insurgência revolucionária. Quando o ex-amigo me validava com uma expressão positiva, eu sentia todo o conforto possível, pelo menos durante breves segundos.

Quanto mais eu me envolvia com a política estudantil, mais me apaixonava pelos espaços de militância. Em todos eles estava também o ex-amigo, uma figura proeminente no nosso grupo. Apesar de termos perdido as primeiras eleições para o Diretório Central dos Estudantes, organizamos uma campanha tão mobilizadora e empolgante que, certo ano, vencemos com recorde de participação nas urnas. Durante meses, o ex-amigo e eu íamos semanalmente ao restaurante universitário conversar com possíveis eleitores e panfletar. Também passávamos de sala em sala nos intervalos para tentar convencer os colegas sobre a importância de participar da escolha dos representantes discentes. O ex-amigo tinha ideias criativas para conquistar votos e organizava intervenções artísticas para engajá-los na política universitária.

Já no segundo mandato da coordenação do DCE, o ex-amigo e eu fomos representar a entidade numa audiência com um ministro do Supremo Tribunal Federal. Tratava-se de uma iniciativa organizada por movimentos sociais para obter, depois de mais de quarenta anos, a certidão de óbito do líder estudantil que foi vítima de um dos casos mais chocantes de sequestro e assassinato pela ditadura militar.

O processo havia chegado até o Supremo porque não houve consenso sobre o caráter da perseguição política contra o estudante. Os agentes militares responsáveis pela barbárie alegavam que era um traficante de drogas preso em flagrante e morto durante uma briga com outro traficante no cárcere. A discussão girava em torno da dúvida se o jovem era um perseguido político ou um criminoso comum. E isso era importante para enfim obter o documento que reconhecesse, inequivocamente, se tratar de um assassinato cometido pelo regime ditatorial.

Na época, eu não compreendia por que o Supremo estava sendo mobilizado e os ministros se empenhavam tão calorosamente no debate só pelo direito de tratar como criminoso comum um estudante que há tantas décadas tinha lutado contra um governo autoritário. Essa perseguição era um absurdo completo. Como era frustrante pensar em tamanha resistência a uma iniciativa simbólica. Se todo o escarcéu estava acontecendo por causa de um pedaço de papel inofensivo, imagino o que não tentariam quando chegasse o dia de acertar as contas com a classe trabalhadora.

Quando fui buscar o ex-amigo em casa para levá-lo à reunião em que discutiríamos a estratégia para a audiência com o ministro do Supremo no dia seguinte, subi para usar o banheiro. A televisão na sala transmitia justamente a entrevista sobre o caso com o ministro em questão. Ouvi-lo defender cheio de ódio a tese de que o líder estudantil era um criminoso comum, adotando uma retórica inflamada e feroz, arrancou de mim um choro compulsivo. Eu conhecia a família da vítima, lia obsessivamente sobre as técnicas de tortura utilizadas pelo regime militar, passava horas imaginando como teriam sido os últimos dias de vida dele — será que sentiu medo? Será que se esforçou para transparecer tranquilidade e impavidez? —, e me escapavam as razões pelas quais ele despertava tanta fúria nos ministros e na imprensa, que quase espumavam de raiva.

Compartilhei com o ex-amigo a dor causada pelo sentimento de injustiça, além da frustração com os homens brancos, velhos e poderosos o suficiente para tomar decisões tão importantes. O que estava em jogo para que os ministros se engajassem em deturpar a imagem de um garoto que, no fundo, só queria construir uma sociedade mais justa? Por que tamanha resistência para reconhecer que a ditadura havia assassinado brutalmente seus opositores? Perguntas do tipo surgiam em meio às lágrimas.

O ex-amigo me olhou como se estivesse diante de uma criança esperneando para subir em mais um brinquedo no parque e o choro fosse resultado de uma ingenuidade desprezível e uma fraqueza irritante. Ele me explicou — como um pai paciente se sente estando no auge da performance parental — que há uma constante disputa entre hegemonias no mundo; a judicialização da política havia lançado o Supremo ao centro da disputa neste caso; o preso político em si, a pessoa cuja família eu visitava de tempos em tempos, era uma preocupação secundária; quando os ministros vociferavam contra ele, na verdade estavam defendendo a própria ideologia com unhas, dentes e toda a força de um coração conservador que percebe que a sua visão de mundo está ameaçada. Para o ex-amigo, nós tínhamos a responsabilidade histórica de entender que a defesa da memória do líder estudantil dizia mais sobre o que ele representava (e contra o que ele resistia) do que sobre a pessoa física.

Até hoje, passados quase quinze anos, lembro como me senti, envergonhada pelo choro e pela dor que eu deixava transparecer. Recordo tudo que me passava pela cabeça enquanto dirigia para a reunião, com o ex-amigo no banco do carona. O discursinho dele fez com que eu me sentisse uma mocinha de um romance pequeno-burguês — frágil e boba — que não entende o mundo como ele realmente é e se preocupa apenas com as próprias agulhas. Saí da casa do ex-amigo refletindo sobre a longa estrada que ainda precisaria percorrer para me tornar uma líder política convincente. Ali tive certeza de que ainda estava longe de compreender a complexidade da conjuntura em absoluto.

Cheguei na reunião me esforçando para me imbuir do sentimento de responsabilidade histórica, em vez de permanecer machucada pela injustiça contra alguém de carne e osso. Durante as discussões, briguei para ser uma das representantes na audiência, apesar dos olhares céticos de alguns homens. Nós podíamos mandar duas pessoas, sendo que apenas uma falaria pelo movimento estudantil e mais doze organizações também estariam presentes. Insisti na importância de ser uma mulher a representar o diretório central, mencionando os nossos princípios de equidade de gênero. Decidimos que eu e o ex-amigo compareceríamos, e eu seria a porta-voz.

Imagino nitidamente a conversa entre a diretoria informal do grupo depois disso. Toda organização política tem uma diretoria informal, que consiste na pequena facção que de fato toma as decisões importantes, enquanto o restante acredita que as deliberações são horizontais e democráticas. No caso, a diretoria informal tinha quatro homens, incluindo o ex-amigo, que organizaram a chapa do DCE. Com a chegada da formatura, também foram eles que decretaram que todos se filiariam a um partido político. Se viam como os fundadores do grupo e, como tais, seriam titulares permanentes da direção.

Não posso afirmar categoricamente, mas aposto que houve um burburinho entre a diretoria informal, preocupada com a escolha da Alma como representante na audiência com o ministro do Supremo.

Ela é boa, claro, mas talvez não esteja preparada ainda, ou *não estou duvidando da capacidade dela, mas com certeza tem pessoas melhores para a tarefa*, devem ter dito com aquele constrangimento afetado típico de quem sabe que está sendo babaca mas não pode evitar. Também imagino o ex-amigo os tranquilizando, prometendo que me treinaria antes da audiência e me pautaria adequadamente para que o grupo fosse bem representado. *Não se preocupem, companheiros. Beleza, cara, a gente confia em você.*

Seria ótimo uma mulher falar pelo grupo, especialmente se os homens pudessem se sentir legais por estar num contexto em que as companheiras acham que atuam de igual para igual com eles sem tirá-los da segurança de serem os grandes articuladores políticos. Eu sentia que estava sendo tratada com condescendência, mas não conseguia afastar a necessidade de me provar à altura daquela missão histórica. Tratar as mulheres como seres inferiores e incapazes de participar da vida política por séculos, até hoje, teve consequências concretas. Chamar isso de "síndrome de impostora" faz parecer que o problema é individual, quando na verdade cada uma precisa ocupar, com marra e teimosia, os espaços de poder dos quais fomos sistematicamente excluídas.

Na sequência, a Kal e eu fomos comer um lanche e tomar uma cerveja, como sempre fazíamos. A essa altura, estávamos cada vez mais próximas, e nossos debriefings eram o meu momento favorito da semana — saíamos apenas nós duas e tecíamos uma resenha muito particular da reunião.

Abordávamos desde as deliberações — os fatos ocorridos, quais seriam as consequências, será que deveriam ter tomado outro rumo, como nos organizaríamos para garantir um resultado mais alinhado às nossas expectativas — até a conduta de certas pessoas, em especial dos homens da diretoria informal. Ríamos de um que se comparava a Marx, debochávamos de outro que acreditava ter decidido toda a reunião com um discurso inflamado, reparávamos naquele que parecia ter tido um estranhamento com os demais e estava magoado com alguma bobagem. Era muito curioso como nunca ficávamos sabendo das brigas entre eles, mas podíamos percebê-las quando um passava a criticar sutilmente o outro.

Contudo, toda vez que a conversa se concentrava nos homens, a Kal mudava bruscamente de assunto.

"Eu me recuso a estar numa mesa de bar que não passaria no teste de Bechdel. Não dá pra aceitar que a única pauta seja os homens do nosso dia a dia", ela bradava.

Até hoje ela fica atenta a isso, apesar de as nossas conversas terem se adaptado aos critérios do teste há muito tempo.

Naquele bar pós-reunião em que decidimos que eu representaria o grupo na audiência com o ministro do Supremo, dividi com a Kal a minha insegurança de não fazer jus ao desafio. Contei o que havia se passado na casa do ex-amigo e como me senti envergonhada por estar tão emocionalmente envolvida com a história. Porém, a vergonha rapidamente se transformou em raiva por ter sido tratada como uma criança pelo ex-amigo.

A raiva logo virou um ódio borbulhante quando tomei consciência de que os companheiros provavelmente não estavam seguros quanto à minha competência e concordaram com o arranjo só porque o ex-amigo teria garantido que me treinaria. E não era paranoia minha. Antes de eu ir embora, o ex-amigo marcou de ir junto à audiência, sugerindo um encontro prévio para "alinhar a estratégia da fala".

Quanto mais eu desabafava com a Kal, mais revoltada eu ficava. Ela me ouvia paciente, dando espaço para que eu assimilasse os sentimentos complexos e contraditórios. Quando terminei de reclamar de como aqueles homens me tratavam — sem conseguir rejeitar completamente a necessidade de aprovação —, a Kal finalmente falou.

"Alma, o que está em jogo nesse caso é, sim, resistir à tentativa de intimidação autoritária e o apagamento dos horrores da ditadura. Mas também estamos nessa pela memória do líder estudantil em si, um jovem de carne e osso que foi preso e torturado até a morte, deixou uma família que o amava, sofreu e sentiu medo nos últimos dias de vida e, mesmo assim, enfrentou o regime porque acreditava na luta. Uma coisa não é mais importante do que a outra."

Essa com certeza foi uma das lições mais importantes que aprendi com a minha amiga, mudando profundamente a minha relação com a política. Hoje, mais perto de ser a mulher que eu gostaria de ser — muito graças à Kal —, tenho segurança de acreditar em algo que naquela época apenas timidamente se insinuava em minhas convicções e era logo abafado pelas megalomanias narcísicas dos meus companheiros de grupo. Na política, há muito espaço tanto para empatia quanto para afetação diante da dor alheia. Eu tinha o direito de chorar pelo líder estudantil. Com a revolta genuína de um coração machucado, enxerguei uma pessoa real nas consequências de uma injustiça abstrata e fui bem articulada no momento da audiência. Passei a noite anterior me preparando cuidadosamente e disse ao ex-amigo que era melhor nos encontrarmos direto no Tribunal. Eu não queria ouvir o que ele tinha para dizer.

Quando comecei a falar com o ministro, a sala se tornou completamente silenciosa. Desde então, sou reconhecida como uma oradora talentosa, mas aquela foi a estreia. Todos me escutaram com atenção e respeito. Senti na pele o olhar de admiração do ex-amigo, mesmo sem ousar pôr os olhos nele. Não porque eu perderia o foco ou ele poderia me distrair, e sim porque não queria que o momento fosse dele. Eu não seria a criança que procura os pais na plateia ao se apresentar no teatro da escola. No fim, o reconhecimento acendeu como eletricidade no rosto dos presentes.

O ministro perguntou se ele tinha entendido certo, seria eu ainda uma estudante universitária? Poucas vezes ele tinha visto, mesmo em advogados experientes que costumam frequentar a Corte, uma combinação tão competente de convicção apaixonada e argumentação eloquente. Só depois disso me permiti olhar para o ex-amigo no outro lado da sala. Ele deu um sorriso lindo, aberto e autêntico que eu quase nunca via. Os olhos tinham um brilho tão quente que davam vontade de mergulhar neles e ficar lá para sempre. Ele estava orgulhoso de mim e fez questão de mostrar. Naquele ambiente sóbrio e formal, na outra ponta do gabinete lotado, me olhando como se estivéssemos só eu e ele ali, o ex-amigo chegou a fazer o gesto comemorativo que ele faria se o seu time marcasse o gol decisivo na final do campeonato. E tudo dentro de mim era festa.

TERÇA-FEIRA

Nove

Depois de uma noite cheia de pesadelos, acordo cedo, me arrumo rapidamente, consigo sair de casa sem esbarrar no ex-amigo e ainda chego no escritório quase duas horas antes da equipe. O objetivo de hoje é me esconder na minha sala e não interagir com ninguém. Por sorte, tenho uma série de tarefas administrativas que adiamos até não ter nenhuma opção a não ser fazê-las. Vou mergulhar em busca de um transe que me impeça de pensar na noite de ontem. Se a Elena estivesse na cidade, seria um dia perfeito para almoçarmos juntas e conversarmos sobre qualquer outra coisa que não fosse o ex-amigo no meu apartamento. Sei que preciso refletir sobre o que ele me contou, mas são tantos fios para puxar que decido deixar este emaranhado para lá por enquanto. Daqui a pouco volto para enfrentá-lo, quando conseguir me recuperar.

Espero que o chefe não apareça aqui. Ele costuma chegar mais tarde, com o cabelo molhado de quem veio direto da natação ou da academia. Se não nada ou corre todos os dias, o chefe explode de ansiedade. Imagino que ele vá me procurar para saber como estou e se o ex-amigo ainda está hospedado comigo. Nossa conversa ontem foi encerrada abruptamente pela minha partida, mas o chefe não vai me deixar em paz até saber a minha sentença sobre o caso.

O chefe costuma brincar que eu sou o alter ego feminista dele, uma espécie de controladoria-geral da sua masculinidade, por conta de todas as vezes que eu o censurei por comentários ou comportamentos machistas. Ele deve estar adorando o fato de que o meu arsenal crítico está alocado em outro homem. Mal sabe que guardo para mim julgamentos ainda piores, inclusive para ele, apenas esperando o momento certo.

Nas primeiras horas da manhã, ponho as pendências em ordem. Enquanto me envolvo em pedidos de reembolso e procuro fotos de nota fiscal para comprovar gastos, os pensamentos soltos me levam para a última vez que encontrei o ex-amigo antes de nos afastarmos, no aniversário de um companheiro do partido. Morando fora havia três anos, eu estava passando férias na terrinha quando chegou o convite da festa. Normalmente, eu inventaria uma desculpa para recusar, respeitando os meus próprios limites. Detesto a sensação de retorno — me dá ansiedade voltar justamente ao lugar do qual me esforcei para escapar. Tento ao máximo não me banhar nas reminiscências de uma vida cheia de dramas desnecessários que, ainda bem, não existem mais.

No entanto, diante da insistência de antigos amigos e sabe-se lá mais por quê, decidi ir ao aniversário. A primeira pessoa que vi quando cheguei lá foi o ex-amigo. Isso acontecia com frequência. Em qualquer ocasião ele quase sempre era o primeiro que eu encontrava. Quando ele chegava depois de mim, eu o via antes de todo mundo, como se ele mandasse um sinal telepático que só eu pudesse captar, anunciando a sua entrada no recinto. Inclusive, já aconteceu de eu saber que ele tinha chegado antes mesmo de vê-lo.

Como de costume, ele fez um aceno discreto de cabeça, não sorriu e seguiu seu rumo, sem tempo para me cumprimentar com uma palavra ou um gesto afetuoso. A essa altura, eu tinha aceitado a deterioração da amizade e não esperava qualquer demonstração de carinho em público.

Não que antes o ex-amigo costumasse ser carinhoso comigo nas interações sociais. Nesse quesito, ele era o exato oposto da maioria dos homens que eu conhecia — na presença dos outros, forçavam uma intimidade que não existia em espaços privados.

Quando se é uma mulher considerada bonita, os homens tentam expandir o próprio capital social ao insinuar que se relacionam ou se relacionaram sexualmente com você. E fazem isso te tratando de maneira intimamente calorosa na frente de todos. Até hoje, é por isso que quase nunca saio em público com os caras com quem transo. Sempre dou preferência aos que têm mais vontade de fazer sexo comigo do que de alardeá-lo.

Consegui ficar na festa por uma hora e dezesseis minutos antes que a ansiedade trouxesse a vontade incontrolável de sair dali. Uma sensação que sempre foi bastante familiar, mas talvez tenha se exacerbado pelas dinâmicas típicas de uma festa como aquela. O lugar estava abarrotado do pior tipo de pessoa para a situação: as semiconhecidas, que não são amigas nem completamente estranhas — com quem você não tem trocas sinceras nem consegue renovar as energias por meio da simpatia mútua, mas que também não te oferecem o anonimato para que você se misture completamente e viva o momento sabendo que nunca mais vai se encontrar com ninguém ali.

Conversei com gente que por muito tempo fez parte da minha vida, mas com quem não tinha mais quase nada em comum. Revi amigos antigos de quem até sentia falta, mas não o suficiente para manter contato à distância. Com todos, o papo foi o mesmo. Sim, eu estou gostando bastante do trabalho no exterior. Não, não tenho planos de voltar por agora. Quem sabe mais para a frente? Pois é, não era a minha intenção emigrar de vez. Claro que sinto saudade daqui. Não, eu não penso em me candidatar a nada, já estou afastada da política institucional há muito tempo. Ah, eu ainda sou filiada, mas participo muito pouco do dia a dia do partido. Beleza, me manda o seu currículo que eu posso ver se tem alguma vaga lá.

Antes que eu ficasse deprimida demais para conseguir ir embora, fui para a saída sem me despedir de ninguém. Percebi que estava com vontade de fazer xixi e me dirigi ao banheiro do lado da entrada. Demorei um pouco mais do que o habitual porque parei na frente do espelho para fazer o exercício respiratório que mais me ajuda com a ansiedade crescente. Para melhorar um pouco, inspirei contando até cinco e expirei contando até sete.

Quando enfim saí, o ex-amigo aguardava do lado de fora. Muito provavelmente, estava apenas na fila do banheiro e não imaginou que fosse dar de cara comigo. Mas pode ser, sim, que estivesse esperando por mim.

"Parabéns pela última campanha. Acompanhei de longe. Que eleição difícil", disse, ainda dentro do banheiro, no momento em que abri a porta.

Ele agradeceu e complementou que estava exausto, com vontade de ir morar fora e dar um tempo da nossa cidade, como eu tinha feito.

Ali mesmo, de pé na frente da porta, eu do lado de dentro e ele do lado fora, falamos um pouco sobre os caminhos possíveis para sair do país. Fiz algumas perguntas, ele respondeu, e ambos demonstrávamos real interesse naquela conversa, ainda que o desconforto entre nós fosse evidente. Como de costume, ele não fez nenhuma pergunta sobre a minha vida, nem mesmo só por educação, e não se importou em saber como eu estava. Fiquei desapontada comigo mesma por permitir que a frieza do ex-amigo ainda me magoasse. Tentei relevar, recordando que a minha experiência profissional no exterior era praticamente uma ofensa pessoal a ele, que com certeza se considerava muito mais apto a ocupar o cargo que eu exercia.

O assunto durou pouco e terminou abruptamente assim que alguém chegou.

"Bom, tô indo. Até mais", eu disse um pouco na expectativa de que ele fosse me abraçar.

Em vez disso, tive direito somente a dois tapinhas no ombro. Atravessei o alpendre em direção ao meu carro enquanto ele entrava no banheiro. Depois disso, nunca mais encontrei o ex-amigo — até ele chegar para passar um tempo comigo, só até as coisas se acalmarem.

Foi um processo difícil me afastar da convivência com o ex-amigo e os antigos companheiros de militância. Às vezes, inclusive, acho que decidi trabalhar no exterior com o chefe especialmente para conseguir me distanciar de todos eles. Ao mesmo tempo que não aguentava mais o partido, tampouco era capaz de pôr para fora esse descontentamento. Tanto é que, no último ano antes de emigrar, estava cada vez mais cansada das dinâmicas do grupo e raramente participava do dia a dia; também me envolvia muito pouco com os participantes.

Certo dia, quando já estava preparando a mudança, mas ainda não tinha informado ao grupo, liguei para a Kal para compartilhar como estava feliz em conseguir finalmente fugir da nossa cidade.

"Você já parou pra pensar que está deixando pra trás um monte de mulheres desavisadas nas mãos daqueles homens, Alma?", a Kal perguntou, muito séria.

O tom dela era tão austero que, por um momento, achei que pudesse ser brincadeira. Mas evidentemente não era.

"Como assim, Kal?", eu estava surpresa.

"O grupo cresceu. Tem várias mulheres novas que parecem ser bem legais. Todas superjovens, né? Será que sabem onde estão se metendo? Você já conversou com elas?", a Kal insistiu na cobrança.

Eu não sabia que a minha amiga ainda tinha interesse no que acontecia dentro do grupo. Nem sequer sabia que ela estava a par da recente expansão. Desde que a Kal tinha ido morar fora, nós raramente falávamos sobre o assunto. Com a partida, ela havia rompido cem por cento com o partido, sem olhar para trás.

"Eu mal participo mais do grupo, Kal. Tenho ido a pouquíssimas reuniões. Nem conheço direito essas meninas", tentei me explicar.

"Pois é, Alma, mas você é a mulher que está lá há mais tempo. Você se tornou uma referência no movimento feminista local. Já pensou que a sua presença é uma espécie de validação do grupo como um espaço seguro para outras mulheres? Quando a gente sabe muito bem que não é! Quem imaginaria que uma mulher tão engajada na luta feminista participa de um núcleo com homens tão problemáticos? E elas com certeza vão entender logo logo onde se enfiaram — se já não tiverem entendido."

Envergonhada com o puxão de orelha, no dia seguinte decidi convidar todas as companheiras para ir ao bar na noite de sexta-feira, com o intuito de conhecê-las melhor e conversar sobre o grupo. Eu convivia superficialmente com elas durante as reuniões, e não havia nenhuma que pudesse chamar de amiga. A considerável diferença de idade entre nós — já que tinham entre dezessete e vinte e dois anos —

também era uma barreira para a aproximação. No auge dos meus vinte e sete anos, não frequentava mais festas universitárias. Por outro lado, ia a jantares em restaurantes com colegas de trabalho e pagava pela refeição com o meu salário. Uma experiência de gente velha e privilegiada, de acordo com a visão de jovens revolucionários da elite universitária.

Quando cheguei ao bar alguns minutos atrasada, todas já estavam me esperando. Reparei que, além das oito mulheres ao redor da mesa, também havia três garrafas de um litro de cerveja vazias. Concluí que elas tinham chegado pelo menos uma hora antes, provavelmente para discutir o que falariam. Como eu estava só um pouco fora do horário, o que na nossa cultura equivale a chegar adiantada, acabei interrompendo a pré-reunião.

A tensão entre elas deixava o ar pesado e angustiante. A minha presença trouxe um constrangimento adicional, como se eu fosse um Papai Noel cheio de presentes chegando sem querer a um funeral no mês de julho. Nenhuma conseguiu me olhar nos olhos, mas uma moça em particular parecia especialmente aflita: Cristina, a mais nova, era uma estudante secundarista. O rosto estava vermelho e inchado, com rastro de lágrimas.

Logo de cara, ficou evidente que seria um encontro mais tenso do que eu previa. Esperei tempo demais para me interessar pelo que se passava com as mulheres mais novas do grupo. Me convenci de que não era um problema meu, afinal, elas eram adultas e responsáveis pelas próprias decisões. Se sobrevivi por nove anos àqueles homens, elas também conseguiriam.

O intuito do convite era conhecer melhor as novatas, criar laços de amizade e abrir espaço para a força que uma organização de mulheres pode mobilizar. Há alguns meses no grupo, essas jovens tinham passado do ponto da sororidade para enfrentar o machismo diário e, àquela altura, sentiam apenas uma raiva crua pelos companheiros. O que estava por vir era, portanto, uma conversa séria e dolorosa na qual eu mesma teria que revirar monte de gavetas internas que havia muito tempo guardavam o que eu queria esquecer.

Chamei todas para subirem ao meu apartamento, pertinho do bar. Precisávamos de paredes ao redor para aquele diálogo. E assim terminou o meu processo de rompimento com o grupo, agora sim definitivo e incontornável. Naquela noite, as mulheres passaram horas contando tudo o que havia acontecido efetivamente durante o ano em que estive ausente. Enquanto eu me tornava uma profissional bem-sucedida, lidava com dúvidas quanto aos meus próximos passos e me encontrava cada vez mais no movimento feminista, as novatas do partido descobriram pouco a pouco o que a minha geração tinha aprendido a duras penas na última década: até mesmo os caras legais de esquerda são homens na sua mais plena masculinidade.

A Cristina, a secundarista, chorava porque a sua primeira experiência sexual havia sido com um dos homens da diretoria informal, um amigão do ex-amigo — um cara que tinha ido morar com a namorada de longa data e feito uma linda postagem sobre companheirismo para celebrar a ocasião. O amigão dizia que o relacionamento era aberto, mas a Cristina descobriu por amigas em comum com a moça que ela rejeitava veementemente a mera possibilidade de estar com um homem que transasse com outras.

A Cristina se sentia boba por ter acreditado no amigão do ex-amigo. Devia ter sacado que, quando ele falava que estava apaixonado e não conseguia parar de pensar nela, era apenas um truque para receber paixão redobrada, além da admiração por aquele homem mais velho e tão inteligente e comprometido com a luta. A Cristina sabia que deveria ter sido mais esperta, mas era só uma menina de dezessete anos, ainda no colégio. Se já é tão difícil reconhecer os perigos e nos proteger de homens assim, para nós mulheres-de-trinta-e-tantos-anos, imagina o que é ser exposta a isso antes da vida adulta.

As lágrimas e as palavras tão juvenis e doloridas da Cristina teceram um tapete na sala do apartamento sobre o qual cada uma começou a pôr delicadamente as próprias histórias, como oferendas em uma cerimônia religiosa. Uma a uma, cuidadosamente adicionavam as peças à composição sinistra que se desdobrava diante dos nossos olhos.

Antes de a Cristina se filiar ao partido, o mesmo homem mantinha uma relação com outra mulher do grupo, a Dani. Já sendo maior de idade, a Dani começou a transar regularmente com ele, e foi apenas na quinta vez que ele se lembrou de contar sobre a namorada. A Dani primeiro ficou magoada, e logo a indignação tomou conta, mas a reação foi sufocada por uma habilidosa resposta da parte dele que fazia os sentimentos dela parecerem imaturos, mal orientados e perpetuadores da moralidade pequeno-burguesa obtusa.

Algo parecido aconteceu entre a Clara e o ex-amigo. Antes de entrar oficialmente no grupo, a Clara tinha sido aluna do ex-amigo na faculdade de ciências sociais. Foi lá mesmo que começaram um caso. O ex-amigo falava para a Clara que ela era a melhor aluna da turma e que as suas ideias eram radicais, persuasivas e elaboradas. A Clara retribuía se dedicando mais e mais à disciplina, gastando muita energia para escrever os trabalhos e se envolvendo intelectualmente com o professor. Quando o semestre acabou, o ex-amigo a convidou para participar do grupo, o que para a Clara representou uma forma de reconhecimento tão incrível que ela decidiu se entregar de vez a ele — corpo, mente e coração.

Enquanto ela contava a história, eu me recordei de quando discutimos a entrada da Clara no grupo, precisamente porque tive que afastar racionalmente a pontada de ciúmes que às vezes escapava das minhas entranhas e eclodia na pele. O ex-amigo descreveu uma jovem inteligente e comprometida, ainda verde, mas com muito potencial. Assim que a Clara começou a participar das reuniões, contudo, o ex-amigo passou a tratá-la com mais formalidade, como se fossem apenas colegas de uma repartição pública. Quando ela foi pedir explicações sobre a mudança tão brusca, ele respondeu que não era uma boa ideia trazer os dramas pessoais para a política.

Para cada homem da diretoria informal havia uma história diferente. Para cada uma das mulheres na minha casa havia pelo menos uma angústia similar. Todas, sem exceção, tinham se envolvido de alguma forma com aqueles caras. Os detalhes específicos mudavam as implicações, os traumas e as dores, como as tragédias gregas que nos ensinam sobre as diferentes facetas da natureza humana mas que no geral podem ser resumidas a uma grande obra da desgraça dos homens.

A Mariana, uma novata da minha faixa etária e de fora da universidade, tinha transado casualmente com dois da diretoria informal, em ocasiões distintas, e ambos tinham alegado não conseguir transar com camisinha, insistindo para ela consentir a penetração desprotegida.

Em seguida, a Raquel, caloura na universidade, mas do curso de direito, território de um dos caras, contou que só tinha transado com o próprio namorado, até que resolveu subir para o quarto de um daqueles homens e transar sem camisinha. Ela não soube explicar por que decidiu tão facilmente trair o namorado, mas tinha bebido na festa e estava animada para uma aventura. Alguns dias mais tarde, começou a sentir uma queimação na vulva e foi à ginecologista, que a diagnosticou com gonorreia.

E assim, pouco a pouco, elas passaram a noite compartilhando depoimentos, que iam compondo o tapete que a Cristina começou, num ritual catártico de purificação. Cada oferenda era um elemento a mais no quadro que se formava diante de nós. Aquela fraternidade de homens — tão enredados pela política e tão entretidos pelos próprios delírios revolucionários — realizava todos os seus desejos na militância. Homens que se entregaram tanto ao apetite que foram incapazes de perceber a própria tirania. Cada história por si só não causaria tanto espanto. Isoladas, seriam apenas exemplos banais de como é difícil a vida da mulher que já teve relacionamentos heterossexuais. Mas oferecidas assim, como um bloco único de peças encaixadas num quebra-cabeça que demorou tempo demais para ser resolvido, causavam um desconforto impossível de ser ignorado.

Platão alertava sobre os perigos do político que fica enamorado demais pelo amor que recebe do povo e passa a não conseguir mais controlar as próprias paixões, se entregando ilimitadamente a elas. Distantes da posição de poder à qual Platão se referia, mas tendo provado o gosto do engajamento político, os membros daquela fraternidade satisfaziam a vaidade nas mulheres mais próximas. Assim como o incontrolável Alcebíades, cada vez mais se apaixonavam pelo amor, pela dedicação e admiração que as jovens ofereciam.

Eu ouvi tudo, porém não compartilhei nada. Não participaria da cerimônia de sobreviventes. E não porque me sentisse superior ou porque não pertencesse à melancolia — mas porque eu pertencia demais e talvez não conseguisse retornar caso me juntasse a elas.

Dez

Fico tão submersa nas tarefas administrativas e nas lembranças amargas da derrocada do nosso grupo político que levo um susto quando o chefe bate na porta. Ele obviamente está atrás de notícias sobre o meu hóspede. Pergunta se estou precisando de apoio, talvez como uma maneira de se desculpar — sem de fato precisar se desculpar — pela nossa última interação. O chefe me convida para almoçar, o que me surpreende, pois ainda parece cedo.

Verifico o horário no celular e me dou conta de que passei horas sem olhar para a tela.

"Deixa eu só dar uma checada nas mensagens e podemos ir naquele lugar de salada na esquina", demonstro certo entusiasmo para aliviar o clima.

Dentre as várias notificações e e-mails das últimas horas, vejo o nome da Malu como se estivesse escrito em neon, gritando pela minha atenção. Não sei explicar por quê — são coisas da amizade entre mulheres que vêm dos tempos em que éramos bruxas nas florestas —, mas imediatamente sei que devo ler a mensagem dela primeiro.

Ao clicar, preciso me sentar antes que as pernas percam a capacidade de me sustentar. Sinto o coração bater tão forte que não duvido que o chefe possa ouvi-lo. Leio algumas vezes em silêncio e, diante da minha reação, o chefe pergunta o que aconteceu, então leio a notícia em voz alta:

"Amiga, tô sendo levada pra delegacia. Por enquanto, tudo bem. A Aurora tá aqui comigo."

O chefe não faz ideia de quem é a remetente, muito menos do que se trata.

"Não vou poder almoçar. Mais tarde passo na sua sala. Preciso resolver isso", digo como se estivesse me comunicando com uma entidade esotérica, sem saber ao certo para onde dirigir a fala.

O chefe é quase um estranho para mim neste momento, alguém completamente protegido do furacão que se aproxima. Ele entende que é algo grave, diz que sente muito e espera que tudo se resolva.

"Beleza, até mais tarde", é tudo que consigo responder.

A única coisa que está me impedindo de entrar numa espiral de desespero é saber que a Aurora está com a Malu. A Aurora é uma advogada brilhante, dedicada à defesa de lideranças e ativistas de direitos humanos. Ela faz parte do nosso círculo de amizades feministas e está sempre pronta para defender qualquer uma de nós. Obviamente, se o seu objetivo é sair do radar da Receita Federal, que descobriu um esquema de evasão de divisas em um paraíso fiscal, ou se você está envolvida em uma elaborada operação de lavagem de dinheiro obtido por corrupção passiva ou ilegalidades em geral, a Aurora certamente não será a sua melhor opção. Mas esse tipo de advogado não falta por aí. Por outro lado, se você é militante político, parte de uma minoria autonomista engajada em atividades subversivas ou simplesmente alguém que acredita na transformação profunda da sociedade, faz política fora das instituições formais de poder e está sendo coagido e intimidado por agentes de Estado, a Aurora é a melhor pessoa para se ter ao lado.

As feministas do coletivo dão bastante trabalho para a Aurora. Aliás, esta não é a primeira vez que a Malu recorre a ela. Há quase dez anos, minha amiga organizou um escracho contra o dono de um bar que tinha expulsado um casal de lésbicas. O homofóbico ficou enfurecido e partiu para cima da Malu. Ele só não conseguiu fazer nada porque diversas pessoas separaram, mas ambos foram parar na delegacia no fim da noite. Foi a Aurora quem conseguiu que o delegado dispensasse a Malu e indiciasse o dono do bar por homofobia.

Eu particularmente sou muito fã da Aurora, mas sinto que o verdadeiro potencial da nossa amizade foi interrompido pela minha saída do país. Os nove mil quilômetros de distância entre nós, combinados com a resistência dela a tecnologias de comunicação, enfraqueceram os nossos laços. A Aurora é uma discípula de Paulo Freire na própria forma de existir no mundo. A cabeça pensa e o coração sente onde os pés pisam. Mantemos a amizade existindo quando estamos longe, mas não conseguimos exercitá-la propriamente, tal qual um biquíni no meu armário neste país frio. Se estamos na mesma cidade, encontrar a Aurora é resgatar uma parte de mim mesma. É finalmente poder vestir o biquíni e ir à praia depois de um longo inverno debaixo de várias camadas de roupa.

Na última vez em que nos vimos, há pouco mais de quatro meses quando eu estava na terrinha, assistimos a uma peça cujo roteiro havia sido escrito pela Malu. Tratava-se de uma versão quase de terror de *Um teto todo seu*, da Virginia Woolf. Nela, a escritora finalmente conseguia ter um teto todo para ela, mas acabava trancada lá com os dois filhos pequenos, de um e seis anos, sem poder sair, porque uma pandemia de um vírus altamente contagioso havia obrigado todos os países do mundo a trancarem os cidadãos em casa.

"É uma utopia inserida numa realidade inserida numa distopia. Uma espécie de *matrioska* perversa da condição da mulher na sociedade", a Malu explicou quando nos encontramos no fim do espetáculo.

Já imaginávamos que a peça seria um sucesso, como de fato foi, e assim saímos para comemorar.

Agora a Aurora está com a Malu numa delegacia: advogada e acusada sentadas em cadeiras de plástico numa sala iluminada por luz branca, provavelmente lidando com um delegado — do tipo condescendente e que, ao entrar para a polícia, sonhava em poder atirar em bandido mas em realidade encarava o dia a dia monótono e burocrático de mexer em papelada e colher depoimentos de civis. A Malu com certeza não era o tipo de criminosa que ele tinha em mente enquanto fazia o treinamento de tiro na academia.

Sozinha na minha sala, no escritório vazio no horário do almoço, tento ligar para a Aurora. Penso que ela vai estar mais disponível do que a Malu. De fato, ela atende no primeiro toque, com o tom de quem precisa falar baixo, mas com a firmeza de quem também precisa demonstrar confiança.

"Oi, Alminha."

"Aurora, meu bem, que bom ouvir a sua voz."

As primeiras lágrimas já começam a se acumular nos meus olhos. A distância amplifica a angústia nos momentos de crise. Sinto na pele a vontade de estar perto, sob as luzes frias da delegacia a que fui tantas vezes cobrir prisões de líderes políticos e dirigentes de movimentos sociais.

"Me conta o que tá acontecendo", pelo menos consigo terminar a frase antes que o choro irrompa. Ariana com ascendente em câncer, a Aurora é dura na queda, mas não pode ver uma amiga chorar que acaba derramando umas lágrimas também. E ela precisa ser o porto seguro da Malu agora. Portanto, meu dever é segurar a onda para facilitar o trabalho de advogada.

"Por enquanto, não temos muitas informações", a Aurora fala, usando o seu chapéu jurídico.

A entonação é firme; a linguagem, profissional. Não é o momento de ser a amiga da Malu, mas sim a melhor defensora que ela pode ter.

"A polícia foi na casa da Malu às sete da manhã", prossegue a Aurora, sem rodeios. "Foi direto no computador. Segundo ela, eles olharam todos os cômodos procurando algo específico. Mas não encontraram nada."

A Aurora não diz, mas com certeza está pensando a mesma coisa que eu. De alguma forma, eles sabiam que a Malu tinha caixas de Cytotec em casa, onde fornecia os comprimidos para mulheres em busca da autonomia reprodutiva. Alguém denunciou. E a Malu, que é meio bruxa, duas semanas antes tinha levado as caixas para a garagem de uma tia, guardando em um armário com cadeado. Ela disse que vinha sentindo que precisava ser mais cuidadosa, quase podia escutar um murmúrio crescente, alguma coisa lhe dizendo que a perseguição à rede das aborteiras ia aumentar. Até me arrepio lembrando disso agora.

"Assim que os policiais chegaram, a Malu me ligou e eu fui correndo pra lá. Acompanhei toda a busca e apreensão de evidências, e depois eles a trouxeram pra depor. Estamos aqui aguardando o delegado."

Enquanto a Aurora me atualiza, abro o notebook para procurar notícias sobre a suposta operação, com as mãos ainda trêmulas. Nenhum veículo está falando sobre isso, ou pelo menos eu não encontrei. Talvez não seja uma operação grande. Tomara.

"Não tem nada no jornal ainda. Nem nos locais. Vamos

torcer para que seja um circo montado só para atender aos caprichos do delegado", digo, esperançosa. Mas a Aurora, que está sempre mais por dentro do que eu da perseguição articulada aos movimentos sociais, responde, baixinho:

"Pelo que apurei com outras advogadas, foram atrás de pelo menos mais duas mulheres hoje cedo. Em duas outras cidades do estado. Elas são... colegas da Malu."

Merda. A rede de aborteiras foi exposta. Três casos assim não podem ser coincidência.

"Teve alguma notícia da coordenação?"

"Tudo sob controle por enquanto", a Aurora responde laconicamente, sabendo que a conversa pode estar sendo ouvida.

Não sei os detalhes, mas a comissão de segurança da rede de aborteiras tem um plano para essa situação específica. Não dá para estruturar uma rede de distribuição de remédio, apoio emocional e logístico para mulheres que desejam abortar em um país onde isso configura crime doloso contra a vida, sem que haja planejamento constante para proteger as envolvidas.

Os protocolos de atendimento são tão estritos e cuidadosos que deixariam a KGB orgulhosa. Há diretriz para tudo, cobrindo desde as etapas iniciais, de acesso ao remédio — sempre por indicação de alguém que tenha sido atendida pela rede ou faça parte dela —, até o momento final, em que há risco de a mulher atendida acabar expondo a rede — seja contando para alguém, seja sofrendo pressão externa para se arrepender.

As mulheres da rede sabem se cuidar e tomam as medidas necessárias para que a polícia não possa rastreá-las. A precaução, porém, não impede que o acaso ponha tudo em risco. Dentre as centenas que distribuem o remédio, apenas três estão depondo na delegacia, então podemos ficar tranquilas porque a rede em si não está ameaçada. E como nenhuma caixa de Cytotec será encontrada com a Malu, nem qualquer mensagem incriminadora no computador, ela sabe que só precisa responder que não faz ideia do que está acontecendo e que estará em casa em algumas horas.

"Aurorinha, me avisa se eu puder ajudar à distância. Acho que a situação tá razoavelmente tranquila. Eles não têm nada contra a Malu, né?", pergunto como uma criança segurando na mão da fada-madrinha.

"Não, absolutamente nada", a Aurora assegura e termina apressada: "O delegado chegou, te ligo assim que terminar."

Fim da conversa. E estou sozinha de novo na minha sala, no meio de um dia de trabalho, sem conseguir almoçar.

É impossível me concentrar agora, com toda a adrenalina circulando no corpo. Fico ainda um bom tempo revirando a internet para ver se alguma notícia sobre a Malu foi publicada. Nem uma nota por enquanto. Respiro aliviada. Se nada apareceu até agora, ninguém deve ter intenção de pôr o caso na mídia. Mas precisamos estar atentas.

Mando algumas mensagens para confortar amigas envolvidas na rede, me colocando à disposição para o que precisarem. Com o estômago num nó de ansiedade, decido que o melhor a fazer é preparar um chá de erva-cidreira.

Vou à copa, que está cheia. O chefe está numa roda com outros colegas, tomando o seu tradicional expresso pós--almoço. Ele me vê e pergunta se está tudo bem.

"Sim, sim. Tudo certo. Eu te conto depois. Talvez precise da sua ajuda pra acionar uns contatos", digo, sem nem pensar, de tão acostumada a recorrer a ele quando se trata de problemas envolvendo instituições formais de poder.

Zeloso como sempre, ele manda com firmeza que eu passe na sala dele daqui a pouco.

"Obrigada. Vou só fazer um chá e tô indo lá."

Pego uma xícara e ponho a água para ferver. Enquanto espero, percebo a grande — o que exatamente? Ironia? Coincidência? Tragédia? — coisa que é ter uma amiga e um ex-amigo sendo alvos de possíveis inquéritos policiais. Um suspeito de estupro, outra suspeita de assistência ao aborto. Um possivelmente sairá ileso, outra já está na delegacia prestando depoimento. Tem algo intensamente alegórico aqui, mas ainda não consigo entender exatamente. Talvez eu precise da ajuda da Kal para elaborar melhor. Se a Elena estivesse na cidade, sem dúvida eu sairia mais cedo para conversarmos. Ela saberia esclarecer como os dois possíveis indiciamentos se relacionam.

A Kal definitivamente poderia escrever uma tese de doutorado inteira juntando os casos. E ainda pensaria num título impactante, tipo "Entre a perseguição ao aborto e o silenciamento do estupro: a construção do corpo da mulher no sistema de justiça criminal". Em contrapartida, seria precipitado abrir a minha caixa de ferramentas analíticas. Mas o incômodo está aqui, me pressionando a ligar os pontos, como se eu fosse um matemático assistindo aos números de uma equação complicada dançarem e se alinharem no quadro para me mostrar a resposta.

Com o ex-amigo, fui confrontada pela primeira vez com a possibilidade de uma gestação indesejada, que para o meu alívio — e graças à pílula do dia seguinte — não se confirmou. Ele nunca soube disso, porque escolhi não contar. Dirigi vários quilômetros para chegar a uma farmácia num bairro onde ninguém me reconheceria. Comprei o contraceptivo, pedi um copo d'água ao farmacêutico e tomei o remédio ali mesmo. A minha pressa vinha da necessidade de acabar logo com qualquer possibilidade de gestação, resolvendo o quanto antes um problema do qual não queria pensar a respeito.

E, lembrando disso, vem o clique. No fim das contas, a Malu existe porque o ex-amigo existe. Num mundo sem ex-amigos, não precisaríamos de uma rede de aborteiras — afinal, um mundo em que ex-amigos são tolerados é um mundo que oprime as mulheres, e a criminalização do aborto é talvez o principal mecanismo dessa opressão. Ex-amigos seguem impunes reproduzindo suas práticas abusivas contra mulheres, enquanto quem trabalha para libertar nosso corpo é perseguida pelo Estado e pela sociedade. É isso que está em jogo na minha ambivalência irresponsável em relação ao ex-amigo: enquanto há tolerância para ex-amigos, as Malus precisarão continuar existindo.

Assim que eu voltar para casa, vou pedir que ele arrume outro lugar para ficar.

Beatriz Vasconcelos Beltrão, 38 anos, nacional, solteira, jornalista, compareceu a esta Delegacia, na condição de testemunha, e relatou o que segue. Questionada se conhece o investigado, disse que sim, que são amigos próximos há quase vinte anos. Questionada se já testemunhou ou foi vítima de algum ato de violência física ou constrangimento do investigado, disse que nunca viu o investigado cometer qualquer ato violento ou constrangedor com mulheres, nem foi vítima de tais atos, que, ao contrário, acredita que o investigado está sendo alvo de uma espécie de histeria coletiva, que não acha que as denúncias sejam feitas por má-fé, mas que está acontecendo uma tentativa de reescrever o passado a partir dos debates que estão acontecendo agora, que algumas mulheres parecem precisar estar na posição de vítima para terem uma identidade, para se sentirem ouvidas e validadas socialmente. Questionada sobre o comportamento do investigado com as mulheres de seu convívio, disse que o investigado sempre se relacionou com muitas mulheres, que era de conhecimento de todos de seu convívio esse aspecto, que o investigado jamais tentou esconder esse fato, que algumas meninas que se relacionavam com ele pareciam querer acreditar que o investigado ficaria exclusivamente com elas, mas que sabe, pelo próprio investigado, que ele sempre deixava explícito o acordo disponível. Questionada se acredita então que as denúncias contra o investigado são falsas, disse que nos quase vinte anos de amizade com ele, não pôde perceber qualquer comportamento que indicasse a possibilidade de ele cometer algum crime sexual contra uma mulher. Questionada se deseja acrescentar algo, disse que não. Nada mais foi dito nem lhe foi perguntado.

Onze

Antes que o expediente acabe, preciso falar com o chefe. Com certeza ele vai ter boas ideias de como podemos ajudar a Malu mesmo de longe. Depois de mais uma olhada nos portais de notícias, mando uma mensagem para a Aurora — "Amiga, não precisa responder. Sei que ainda deve estar confuso aí. Só queria te avisar que conferi de novo e não tem nada na imprensa. Tranquiliza a Malu, por favor." — e vou para a sala do chefe. A Aurora responde imediatamente com um áudio:

"Excelente notícia, Alminha. Qualquer coisa, me avisa. Pode deixar que te mantenho informada. Nossa companheira está protegida."

Bato na porta. O chefe está no telefone, mas sinaliza para eu entrar e me sentar, indicando que já vai desligar. Em poucos segundos, deduzo que do outro lado da linha está a diretora global, a sua chefe imediata, mas o tom da conversa é descontraído. Me pergunto se o chefe, ao falar com ela, alguma vez sentiu o nó na barriga que até hoje me aflige quando preciso discutir com ele assuntos sérios de trabalho. Por mais segura que eu esteja tanto com a pauta quanto com a excelente profissional que sou, ainda preciso lidar com o sentimento de inadequação que insiste em me aporrinhar no ambiente corporativo. É como se eu fosse uma penetra numa festa muito exclusiva que torce para não ser desmascarada pelos seguranças e convidados.

Sentada de frente para o chefe, aguardando a ligação terminar, surge uma chamada do amante esporádico. Ele nunca me liga espontaneamente no meio do dia. Ao contrário, se comunica quase exclusivamente por mensagens curtas e diretas, honrando o homem de poucas palavras que ele é. Algo sério deve ter acontecido. Como o chefe ainda está no telefone, saio da sala para atender o amante esporádico, mostrando ao chefe o nome na tela e gesticulando que volto já.

Não há uma boa razão para avisar ao chefe que o amante esporádico está me ligando, exceto pelo fato de que me sinto bem ao garantir que ambos saibam o quanto sou próxima de cada um. Velhos hábitos não morrem com facilidade. A minha carência por atenção masculina ainda é vergonhosamente grande. Tenho todo o apoio possível das minhas amigas, mas ainda sinto com certa frequência a necessidade de alimentar o pequeno monstro que mora aqui dentro e só encontra saciedade ao ser validado por homens específicos. Uma ferida que de vez em quando pinica — e não resisto a uma coçadinha.

Evidentemente, o chefe não sabe que o amigo dele é o meu amante esporádico. Pelo menos eu nunca falei sobre isso com ele. Mas sabe-se lá sobre o que os homens conversam quando estão juntos. Vai que o amante esporádico já mostrou ao chefe até as fotos e os vídeos eróticos, todos bastante gráficos e sem a menor pretensão de ser de bom gosto. O mais provável é que eu nunca tenha surgido como pauta entre os dois.

Atendo o celular ansiosa, sussurrando ao amante esporádico que espere um segundo enquanto saio da sala do chefe. Ele me cumprimenta tranquilo, o que é bem típico, com um tom levemente gaiato de um menino arteiro que está escondendo um chocolate. A voz do amante esporádico me envolve da cabeça aos pés. Toda vez que nos falamos, me sinto um pouco como uma adolescente que tem a atenção do garoto mais popular do colégio, meio nervosa, meio sem graça e se esforçando para parecer descolada.

"Ei, que bom ouvir a sua voz. O dia por aqui tá tão difícil. O que você me conta?"

Ele me traz algumas atualizações sobre a investigação interna do ex-amigo, mas nada muito relevante. Ainda estão aguardando a Ashley apresentar a lista de testemunhas. Só depois de concluída essa fase inicial, eles apresentarão a defesa formal por escrito e o ex-amigo será ouvido pelos investigadores. O amante esporádico tem uma estratégia pronta para gerir as consequências de uma eventual condenação.

O tom dele é de indignação pela injustiça que o ex-amigo está sofrendo. Não uma indignação raivosa, uma versão mais melancólica.

"Fico feliz que você esteja cuidando do caso", digo, sem muita certeza se é isso mesmo o que eu sinto.

Não deveria, mas quero assegurar ao amante esporádico que não o julgo por assumir o caso — coisa que ele faz não só porque é o seu trabalho, mas porque realmente avalia que nada grave aconteceu.

Ele me pergunta por que o dia está difícil.

É incrível como o amante esporádico consegue me fazer acreditar que ele está de fato preocupado comigo. Me sinto protegida, pois a experiência me mostrou que, toda vez que eu pedir ajuda, ele virá ao meu resgate. Uma espécie de guarda-costas particular que também me leva à loucura na cama.

"Uma amiga foi levada à delegacia hoje. Estão investigando o fornecimento clandestino de Cytotec. A polícia não tem nada concreto contra ela, mas ainda assim tô bastante preocupada."

O amante esporádico entende bem a gravidade. Já tinha conversado com ele sobre a rede de aborteiras. Ele quer saber se é uma amiga próxima.

"É uma irmã. Uma das minhas melhores amigas", preciso segurar as lágrimas mais uma vez.

Nunca fui de chorar em público, mas nos últimos dias venho compensando isso. As minhas emoções estão completamente à flor da pele, e a sensação é de que os pés não tocam mais o chão.

Quando friso o quanto a Malu é importante para mim, além da dimensão do pavor que sinto por ela ter sido denunciada, ele responde que vai designar um advogado do departamento de contencioso do escritório dele para acompanhar de perto.

"Não precisa. Muito obrigada, mas não precisa, mesmo. Uma outra amiga supercompetente com anos de experiência na área já tá no caso. A Malu tá bem assistida", digo, grata pela oferta.

O amante esporádico argumenta que é importante um escritório grande dar apoio logístico; a advogada vai poder continuar dando as cartas, mas terá a estrutura de uma das maiores firmas do país à disposição.

"Ótimo. Perfeito, então. Muito, muito, muito obrigada", repito "muito" três vezes por total falta de vocabulário com a carga semântica necessária para expressar o quanto estou agradecida.

Fico pensando o que eu faria se o amante esporádico quisesse desenvolver uma relação para além da amizade e do sexo casual. Um relacionamento, mesmo, dormindo e acordando junto todos os dias.

Objetivamente, sei que seria uma péssima ideia. Aos poucos, acabaríamos os dois miseráveis. Mas não consigo afastar completamente a impressão de que águas muito profundas e tormentosas estão sendo represadas. Talvez, se um dia fosse possível escancarar as portas dessa barragem e dar vazão a tudo, acabaríamos descobrindo que a correnteza é forte o suficiente para nos carregar até o lado do amor tranquilo. No entanto, sei que esse dia jamais chegará.

Nós nunca conversamos sobre isso, aliás. Há quase um ano, no intervalo deprimente entre 25 e 31 de dezembro, eu caminhei até o lago a alguns quilômetros da casa dos meus pais, onde estava passando férias, para mandar um áudio ao amante esporádico. Queria mostrar o que começava a brotar aqui dentro, mas só conseguiria estando longe de tudo e de todos, numa espécie de vácuo de tempo e espaço, e a margem deserta de um lago silencioso seria o lugar ideal. Peguei o celular e gravei o recado:

"Ei, feliz Ano-Novo. Espero que esteja tudo bem por aí. Fim de ano, período chato, né? Não sei se você também acha... Tenho pensado bastante em você nos últimos tempos e sentido muitas coisas. Esse ano a gente acabou se vendo e se falando mais, o que foi ótimo, mas também um pouco difícil. Foi também o ano que completamos uma década transando... acho muito engraçado como a gente nunca conversou sobre o que um representa pro outro. Não faço ideia do que sou pra você, você não faz ideia do que é pra mim. Quer dizer, acho que a gente até sabe, mas não sabe, sabe. Nunca te falei isso, mas eu lembro a primeira vez que te vi e você falou comigo, numa daquelas reuniões animadas no jornal. Desde o primeiro momento, senti uma atração maluca que até hoje tá aqui, cada vez mais forte. Também nunca disse assim, mas eu gosto muito de você, você é um cara bastante único, especial mesmo, na minha vida. Você é muito legal, inteligente, lindo... fora a capacidade de me dar tesão de um jeito completamente doido e sem precedente. É isso, eu gosto muito de você. Mas também tá tranquilo, gosto das coisas desse jeito. Não digo isso por nada de mais. Não sei bem por que tô falando tanto, mas por que não? Tem coisa que é importante ser dita, né? Feliz Ano-Novo!"

 A resposta do amante esporádico foi gentil e educada. Ele não me deixou constrangida de ter mandado o áudio, o que em si já me despertou um carinho a mais pelo homem que me dá, ao mesmo tempo, tanto e tão pouco. Com duas frases curtas, ele demonstrou ter gostado da mensagem e reforçou a vontade de nos vermos sempre que possível. Mas só. Como disse, nunca foi dada nem sequer uma brecha para abrir essa porta. E eu sei que é melhor assim.

 Percebo que me perdi nos pensamentos quando escuto o amante esporádico chamando o meu nome. Não só ele ainda está conectado, como tem um último ponto para tratar comigo. É claro que ele não me ligou somente para falar do ex-amigo e ver como eu estava.

 Ele conta que vai vir para cá a trabalho na próxima semana, vai ficar por três dias. Só de ouvir isso, a nove mil quilômetros de distância, tudo em mim se arrepia. Sinto a calcinha ficar molhada, reação que ele consegue provocar em toda circunstância. Se eu pudesse me teletransportar para qualquer lugar no mundo agora, seria para onde o amante esporádico está. Meu reino por três dias num quarto trancada com ele, sem nenhuma perturbação da vida real.

 A distância física e a logística complexa que nos separam me tranquiliza. Seria bem mais complicado morar na mesma cidade do amante esporádico, dividir com ele espaços entre os nossos amigos em comum e saber que estamos sempre a apenas uma corrida rápida de carro um do outro. Eu com certeza não aguentaria.

"Me avisa quando você chegar. Vai ser muito bom te ver, se tiver um tempinho", digo, animada, no telefone.

O amante esporádico responde que vai avisar, sim, e salienta que também está com vontade de me ver. E aí, já se preparando para se despedir, ele emenda com um comentário estranho e inesperado. Em tom de brincadeira, diz para eu tomar cuidado com o ex-amigo na minha casa, já que, se para qualquer homem é bem difícil resistir à minha beleza, a tarefa sempre foi ainda mais extenuante para o ex-amigo.

O comentário é tão esquisito que não sei como reagir.

"Ha-ha, muito engraçado, pode deixar", finjo um tom de aborrecimento.

O amante esporádico desliga mandando beijos e falando para eu me cuidar.

Com o celular na mão e ainda na porta da sala do chefe, fico pensando no que acabou de acontecer. O amante esporádico sabe que eu repudio qualquer demonstração de ciúmes, posicionamento que adquiri na época de voluntária no abrigo de mulheres, ainda na graduação. Uma das lições mais importantes que aprendi lá é que o ciúme é a porta de entrada para a violência doméstica. Ciúme não é amor, não é desejo, não é cuidado, mas sim um solo fértil para um relacionamento abusivo. Praticamente todas as mulheres que conheci no abrigo, quando falavam sobre os maridos e companheiros agressores, soltavam a mesma frase: "Ele sempre foi muito ciumento".

Acho que o amante esporádico é ciumento com a esposa, mas fiz questão de nunca prestar muita atenção nisso. Um dia estávamos numa festa, naquela clássica conjuntura insuportável de não poder nos agarrar em público, e ele veio me avisar que estava incomodado por eu ter passado um tempo conversando com um cara qualquer.

Faz parte da nossa relação eu nunca tomar nenhuma atitude que possa causar tensão. Ninguém quer uma amante que repita os padrões neuróticos do próprio relacionamento conjugal. Eu aceito o amante esporádico do jeito que ele é. Mas nesse dia precisei traçar uma linha — um exercício que nunca tinha feito com ele.

"Ciúmes eu não topo nem de brincadeira. É a única coisa que não pode entrar aqui", eu disse enquanto gesticulava a mão entre nós.

O meu tom resoluto foi suficiente para ele entender a gravidade da questão, e o assunto foi encerrado ali mesmo. Essa talvez seja a única regra estabelecida nesse arremedo de relação entre mim e o amante esporádico.

Portanto, o comentário fica ainda mais questionável nesse contexto. Se não é uma tentativa de demonstrar ciúmes, o que é então? Obviamente, entendo e aprecio a dimensão do elogio. O desejo do amante esporádico por mim é um fator de grande relevância para o sexo. Ser objetificada e despertar tesão são parte central do meu próprio prazer com ele. O amante esporádico, diferente dos outros homens com quem estive, não demonstra muito entusiasmo pela minha inteligência, tampouco se impressiona com o meu sucesso profissional — me quer porque me acha gostosa, e eu adoro isso nele.

Se não foi um mero elogio, será que ele está de fato se sentindo inseguro com a presença do ex-amigo na minha casa? Talvez ele saiba do nosso passado, afinal — pelo menos a versão do ex-amigo, se é que um dia eles conversaram sobre isso. Mas a observação pode não ser especificamente sobre mim, e sim sobre a dificuldade geral que o ex-amigo tem para se controlar em relação às mulheres. Sobre isso, o amante esporádico deve saber bem, já que ele e o ex-amigo conviveram por muito tempo e costumavam ir juntos às baladas típicas dos héteros alfa.

O chefe bate na parede de vidro da sala que dá para o corredor onde estou, interrompendo os meus pensamentos confusos e sem rumo. A ligação finalmente acabou, e ele pode falar comigo. Pergunta imediatamente como o amante esporádico está, porém sei que ele quer mesmo é descobrir o assunto da ligação.

"Ele tá bem. Mandou um abraço pra você e pediu pra avisar que vai estar por aqui na próxima semana."

Pela reação, acho que o chefe já sabia disso, mas agora sabe que eu também sei. Não faço ideia se o chefe tem noção de que eu encontro o amante esporádico quando ele está na cidade. Talvez não tenha se dado conta de que os jantares em que estamos os três juntos, às vezes até com mais amigos, não são os únicos momentos em que vejo o amante esporádico.

Continuo falando e aponto para o meu celular:

"Eu estava contando pra ele sobre a ligação de hoje mais cedo que me impediu de almoçar com você. Uma grande amiga, praticamente minha irmã, tá passando um sufoco. Foi parar na delegacia por conta de uma operação pra investigar a distribuição clandestina de Cytotec. Ele nomeou um advogado júnior do escritório pra ajudar essa minha amiga", faço questão de transparecer como acho o amante esporádico incrível por ter se voluntariado nesses termos.

Instrumentalizar o ego de homens que são amigos próximos é uma arte em que estou adquirindo cada vez mais destreza. Aprecio essa técnica que usa sutilmente as vaidades deles da maneira que melhor me convém. Também me satisfaz ficar apenas assistindo à dança fascinante entre eles, os amigos que estão constantemente competindo, que constroem a amizade medindo força um contra o outro e que disputam o que quer que seja todo dia, mesmo as coisas mais banais. Quem ainda acredita no mito patriarcal de que as mulheres são muito competitivas entre si nunca viu de perto como funciona um grupinho masculino.

O chefe morde a isca, óbvio. Se não fosse a bajulação ao amante esporádico, ele teria escutado o relato sobre a Malu e pensado que nada daquilo tem a ver com ele. Ao invocar seu amigo, por outro lado, ponho ambos em relação direta e assumo a posição do objeto disputado.

Isso em nada diz respeito a mim, eu sei. Não é por mim que eles entrariam em competição, não é de fato uma briga pela Alma. Sou apenas uma peça do jogo. Nessa rodada, a disputa se formou assim: quem ajudar mais a Alma, ganha. A pontuação é boa porque o chefe e o amante esporádico podem não apenas provar quem tem mais poder, como também angariar pontos extras por dar suporte a uma militante feminista, amiga da amiga feminista deles.

Lembro da Elena me explicando isso, na época em que ela rodava um documentário sobre tráfico sexual de mulheres e acabou conhecendo e tendo um caso breve e tórrido com uma professora de sociologia que lhe ensinava diversos conceitos da teoria de gênero:

"Chamamos de 'condição da mulher na economia de troca de bens simbólicos'", ela começou definindo.

"Veja só, mais uma teoria que explica algo que nós mulheres podemos entender intuitivamente", brinquei durante um dos almoços em que passamos mais de quatro horas comendo e bebendo e falando sobre tudo.

"Escute com atenção e aprenda", a Elena me provocou de brincadeira, ajustando seus óculos com ambas as mãos, uma de cada lado das hastes. "Sim, o termo em si foi oficializado por um sociólogo para descrever uma ideia já muito debatida e articulada entre nós. Nessa economia em que é desejável acumular capital simbólico, ocorrem trocas semelhantes às monetárias e mercantis do capitalismo. A diferença é que, no mercado de bens simbólicos, não há circulação de coisas e dinheiro, apenas de valores figurativos, e os bens são, na verdade, as mulheres — representantes de formas distintas de prestígio social, a depender da necessidade do homem que as adquire."

Eu estava fascinada pela aula espontânea no meio da tarde de sábado.

A Elena, que domina a arte de narrar histórias articuladas com conceitos e grandes ideias, continuou:

"Por não termos sido construídas histórica e socialmente como sujeitos, nós exercemos bem a função de receptáculos de valor simbólico. E o tipo do valor pode variar bastante. Uma mulher pode compor o patrimônio social de um homem ao se tornar a esposa bonita, por exemplo. Ou, em certo ambiente de trabalho, um homem acumula muito capital social se é ele quem transa com o maior número de mulheres de lá. E se tratando de um cara legal de esquerda, uma forma de capital social bastante valiosa é justamente a validação pública de uma feminista, seja pelo vínculo de amizade, seja pelo reconhecimento geral de que ele é um aliado das lutas dela. Todo cara legal de esquerda precisa de pelo menos uma 'grande amiga feminista' para valorizar o seu capital social."

Os olhos da Elena se reviraram quando ela fez aspas com os dedos ao dizer "grande amiga feminista".

A lição ficou guardada comigo para sempre. Mas, se foram os homens que inventaram o arranjo das mulheres como objeto na economia de bens simbólicos, fomos nós que aprendemos muito bem a usar isso para manipulá-los.

O chefe já está mandando mensagem para dois diretores de redação, sondando discretamente se eles sabem da operação que coagiu a Malu a ir à delegacia hoje de manhã. Ele me garante que pode convencer os principais jornais a não publicarem nada sobre isso, concordando que seria uma exposição desnecessária de um trabalho extremamente relevante numa sociedade que criminaliza as mulheres que desejam decidir sobre o próprio corpo.

"Muito obrigada, mesmo. É muito bom poder contar com vocês", agradeço ao chefe, mas uso propositalmente "vocês" para ele saber que, nessa rodada, está empatado com o amante esporádico.

Doze

Encerrado o expediente, e mais tranquila depois das conversas com o amante esporádico e com o chefe, decido que mereço voltar para casa mais cedo. O risco de prisão da Malu pôs a minha situação doméstica sob outra perspectiva. Não posso me esquivar do confronto com o ex-amigo. A Malu está enfrentando a força do Estado punitivo, e eu não consigo sequer enfrentar um homem acusado de estupro? Estaria eu tão debilitada a ponto de não ser capaz nem mesmo de refletir sobre a versão dele dos fatos para formar uma opinião?

Quando estou no metrô quase chegando na minha estação, recebo um áudio da Aurora avisando que a Malu foi liberada e está voltando para casa.

"Estamos muito cansadas, passamos o dia na delegacia, e agora só tenho forças pra tomar um banho quente e ter uma noite de sono. A Malu está na mesma. Espera até amanhã pra ligar para ela, tá?"

Como é bom ouvir a voz da Aurora, especialmente com boas notícias. Eu sei que o caso não acabou e a Malu ainda não está totalmente segura, mas por hoje acabou.

Abro a porta de casa, bastante consciente do cansaço que me toma o corpo, e o ex-amigo está sentado no sofá com o notebook no colo. Apesar de parecer muito concentrado digitando, ele me escuta e põe o computador fechado de lado. Como um marido que se prepara para o ritual diário de contar as novidades à esposa, ele pergunta como eu estou.

"Oi, tudo certo. Mais um dia bem puxado. O que tem nas sacolas?", aponto para o balcão da cozinha, que me chama a atenção por estar cheio de sacos plásticos contendo uma quantidade de comida suficiente para uma família com três filhos adolescentes, um pai no ramo da construção civil e uma mãe atleta olímpica.

O ex-amigo responde que só comeu um donut quando acordou, já perto da hora do almoço, e mais nada desde então. Estava tão faminto que decidiu pedir tacos para a janta.

"Maravilha. Deixa eu só pôr uma roupa mais confortável e já venho."

Sentados à mesa, a conversa que se desenrola é confortavelmente familiar. Quando a comida chega no meu estômago, depois de um dia inteiro carregando um nó no meio da barriga, sinto o corpo finalmente relaxar.

Conto sobre o cotidiano no trabalho, mas resolvo não falar nada sobre a revisão da segunda edição do meu livro. Não quero a opinião dele sobre isso, nem quero saber o que ele acha a respeito de eu ter escrito um livro que foi um relativo sucesso. Não quero nenhuma digital do ex-amigo nesse espaço da minha vida.

O ex-amigo conta sobre o dia dele. Diz que recebeu um e-mail do comitê de campanha informando que a investigação interna ainda aguardava a apresentação das testemunhas por parte da Ashley. Ele acrescenta que acabou de sair do telefone com o amante esporádico, que já está trabalhando para estancar a sangria pública do ex-amigo, colocando seu time de monitoramento de redes sociais para derrubar os posts que o atacam. Para se distrair um pouco, ele focou num cronograma de postagens para a campanha que pretende apresentar ao candidato quando retornar ao trabalho.

"Que bom que você conseguiu trabalhar hoje."

É muito estranha toda essa interação, ao mesmo tempo habitual e atípica. Embora esta tenha sido a nossa rotina diária por dez anos, também é um pouco como se estivéssemos nos apresentando no palco de um teatro.

"Esses são os melhores tacos do bairro. Ainda bem que você acertou onde pedir."

Estou cada vez mais confortável nesse casulo íntimo que está se formando. A Kal chega daqui uns dias, a Malu está bem por enquanto, o amante esporádico e o chefe estão me passando a segurança necessária neste momento, e esta provavelmente será a última oportunidade de estar assim tranquila com o ex-amigo. Não que eu esteja exatamente relaxada, mas comer tacos e bater um papo corriqueiro com ele me transporta para um lugar de conforto do qual não quero sair. *Só mais cinco minutinhos*, negocio comigo mesma como uma criança com dificuldade de acordar para ir à escola.

Entre uma frase e outra sobre as comidas e frutas das quais sentimos saudade, olho o cabideiro perto da porta e percebo que o casaco do ex-amigo é completamente inapropriado para a neve. Como ele chegou há poucos meses, provavelmente ainda não teve tempo de comprar um que dê conta do inverno no norte atlântico.

"Se quiser, pode usar um casaco que um amigo esqueceu. Amanhã inclusive vai nevar."

Ele agradece e diz que, se sair de casa amanhã, vai vesti-lo. Não pergunta quem é o dono.

Depois de uma breve pausa que não chega a ser desconfortável, as seguintes palavras saem da boca sem que eu consiga decidir se era isso mesmo que gostaria de falar:

"Faz cinco anos que a gente não se fala e que não tenho notícias suas. Me atualiza da sua vida."

O ex-amigo conta que a nossa cidade se tornou insuportável para ele. Depois que o grupo acabou oficialmente, ele não encontrou outros espaços de militância orgânica. Não aguentava mais o conservadorismo e as atitudes pequeno-burguesas dos antigos companheiros. As conversas sobre possibilidades revolucionárias da política institucional tinham sido substituídas pelos debates sobre as melhores creches e opções de financiamento de apartamento.

A ladainha do ex-amigo é bastante familiar. Um por um, ele começa a criticar de maneira contundente e levemente mesquinha os membros da diretoria informal. Um virou reformista pelego apegado ao seu cargo comissionado no Congresso, o que não é surpresa visto que ele sempre foi um liberal enrustido que acredita nas instituições formais de poder. Outro não consegue superar o próprio ego gigantesco para entender que a vida está em frangalhos não porque há uma conspiração de invejosos contra ele, mas simplesmente porque ele não é tão inteligente quanto acha. O terceiro ainda se atém ao comportamento imaturo de se relacionar com calouras universitárias mesmo já chegando aos quarenta. As reclamações são tão repetitivas que por um momento me pergunto se de repente eu não entrei num vórtex que me levou a dez anos de volta no tempo.

Sempre foi uma dinâmica comum entre os homens da diretoria informal falarem mal uns dos outros quando não estavam juntos. Nunca vi expressarem admiração ou carinho mútuos, a não ser nos discursos ou nas redes sociais. Mas a grandiloquência dos elogios na esfera pública dava lugar a um verdadeiro desprezo na esfera privada. Para mim, que há muitos anos só encontro parte desses homens em contextos muito específicos, nunca reunidos, é surpreendente ver posts com fotos de todos, normalmente com legendas que descrevem fortes laços de afeto. Não sei exatamente que tipo de laço os une, mas certamente afeto não é.

A Kal usa as dinâmicas da diretoria como exemplo da força do contrato social fraterno. Ela me disse uma vez num dos tantos bares onde nos sentamos:

"Mesmo se odiando e sendo incapazes de se amarem, a coesão da panelinha permanece inabalável há mais de uma década. Isso é incrível, Alma, não acha? Só muita consciência de classe masculina e compromisso com a proteção dos próprios privilégios para dar conta de manter esses caras juntos sem uma amizade real."

"Mas você não acha que isso também é uma forma de amizade? Não acha que no fundo eles são, sim, amigos?", eu perguntei genuinamente.

"A amizade não é importante entre eles. Aliás, amizade é o de menos. Os caras estão cercados de mulheres que fazem todo o trabalho emocional possível, fazem eles se sentirem amados, valorizados e apoiados. Mas só a panelinha é capaz de fazê-los se sentir intocáveis nos privilégios", seguiu a Kal, inclemente.

A virulência do ex-amigo contra os antigos companheiros de partido já se arrasta por quase uma hora. Não o interrompo e até dou sinais de encorajamento. Estou gostando de escutá-lo. Assim, reafirmo a opinião de que o grupo precisava mesmo ter acabado. A voz do ex-amigo preenche todos os espaços do apartamento, agora ele parece estar saturado com a presença desse homem cheio de opiniões. O ar se torna rarefeito demais para que eu ventile meus próprios pensamentos. As dúvidas que surgiriam ao olhar para o ex--amigo agora, depois de tudo o que ouvi ontem à noite, não encontram espaço para vir à tona.

Não sei bem por quê, mas enquanto o ex-amigo está falando, me recordo de uma palestra a que assisti um pouco antes da chegada dele, ministrada pela professora de teoria política Miranda Cooper. Fazia algum tempo que eu tentava entrevistá-la para um freela encomendado por uma revista. Ela tinha acabado de lançar um livro que estava causando um certo burburinho na terrinha, defendendo que o espaço doméstico é o que há de mais essencialmente político na sociedade. Fui à palestra tentar a sorte e acabei conseguindo a entrevista.

Assim que a professora Cooper começou a falar, eu me apaixonei por ela. Se já tenho dificuldade de resistir a quem tem tesão por teoria política e sabe discutir com profundidade as relações entre democracia, liberalismo e Estado capitalista, fica simplesmente impossível não me render a mulheres que são tudo isso pelo viés feminista. Eu pensei o tempo todo na Kal durante o evento.

A professora Cooper questionava justamente a cegueira da política masculina grandiloquente, em que tudo é matar ou morrer.

"Eu culpo o Hobbes", ela afirmou. "Vários são os responsáveis que vieram antes e depois dele, é verdade. Mas o destino de todas nós foi selado quando a política foi reduzida ao argumento de que, sem um soberano forte e todo-poderoso, estamos fadados ao destino caótico da guerra de todos contra todos. Essa ideia centraliza para sempre a política na necessidade de que um governante seja forte e capaz de controlar os súditos e garantir a ordem social — seja lá o que essa ordem social signifique. Dá para entender, então, por que a política é um espaço hostil para mulheres até hoje e por que a teoria política continua sequestrada por homens brancos europeus que insistem em restringi-la a ideias masculinistas."

A partir dessa premissa, a professora Cooper foi desenvolvendo os argumentos do seu livro. Na entrevista, perguntei de onde havia surgido a ideia do tema da pesquisa.

"Certa vez, eu estava dirigindo meu carro de volta para casa, depois de dar uma aula na graduação sobre um autor conhecido que define a política como o espaço de construção da dicotomia amigo-inimigo. Ele caracteriza o inimigo inclusive como aquele que deve ser morto, destruído. E denomina um conflito como político quando ele é estabelecido por quem está disposto a matar ou morrer", ela começou explicando. "No carro, a rádio estava passando uma reportagem sobre violência doméstica. De acordo com um levantamento de uma importante organização feminista, o número de mulheres mortas pelos companheiros continuava aumentando no mundo todo. Mesmo depois de um monte de legislações aprovadas, mesmo depois de milhões gastos em campanhas de conscientização, mesmo depois de conseguir nomear a violência doméstica contra mulheres e o feminicídio como fenômenos que precisam ser tratados na especificidade de violência de gênero, as mulheres continuam sendo mortas às centenas de milhares, todos os anos, no mundo todo, dentro de casa. Não é assustador?", ela perguntou retoricamente e concluiu: "Se você é uma mulher, estatisticamente o espaço que mais ameaça a sua vida é a sua casa."

"E o que esse dado tem a ver com a teoria do amigo-inimigo?", perguntei, já que ela parecia estar relacionando os dois para justificar o tema do livro.

Falando lentamente e enunciando bem cada palavra, a professora Cooper respondeu:

"Se estivermos de acordo com esta definição de política — o espaço de conflito até a morte —, então a casa, a família e a relação entre marido e mulher se tornam o que há de mais substancialmente político no mundo. Para nós, mulheres, dividir o teto com um homem é talvez o ato mais político da nossa vida, pois é a abertura do espaço que mais nos expõe ao risco de morte. Em muitos conflitos domésticos, é literalmente matar ou morrer. Na dimensão subjetivo-simbólica da maternidade, ainda mais, é a morte que nos espera mesmo."

Quando ela proferiu essas palavras, me lembrei da Malu e das centenas de mulheres que ela tinha atendido para possibilitar um aborto seguro longe dos homens corresponsáveis pela gestação. Pensei nas dezenas de mulheres que conheci durante os anos de trabalho voluntário no abrigo: que dormiam com uma faca debaixo do travesseiro, jogavam água fervendo nos agressores, tentavam se divorciar diversas vezes, eram perseguidas, tinham de fugir para outro estado para se livrar dos maridos-abusadores. Lembrei de todas elas. A gente sempre soube que relacionamentos afetivos e sexuais com homens são atividades de alto risco, mas foi muito bom ver essa crítica ser fundamentada a partir da apropriação de uma teoria cega à questão de gênero e construída em cima de paradigmas tão masculinos da política.

Agora, sentada à mesa e ouvindo o ex-amigo falar sem parar, relembro as palavras da professora Cooper e chego a me arrepiar. Cá estou eu, dividindo este lar, mesmo que apenas por alguns dias, com um homem acusado de estupro — e experimentando uma sensação de normalidade em relação ao arranjo. Um homem que tem a capacidade de me destruir, se não fisicamente, pelo menos em alguma dimensão. Um homem que me machucou e me infligiu sofrimento no passado. Mas também um homem que eu amei, um homem que está aqui na minha frente e me faz ter vinte e poucos anos de novo, na dor e na delícia dessa idade. Um homem que, pelo jeito de mexer as mãos enquanto fala, parece me convidar a enroscar o corpo no dele. Como uma pontada de cólica, a consciência de que ainda não me tornei a mulher que gostaria de ser forma um incômodo físico na minha barriga.

Acho que o que mais me atraiu em trabalhar num abrigo para mulheres em situação de violência doméstica foi a ambivalência das vítimas e a complexidade dos seus sentimentos. Amar alguém que te causa dor e lidar com a necessidade de quebrar vínculos preciosos porque eles podem acabar te matando é uma condição tão inescrutável que apenas nós mulheres podemos dar conta. Quando comecei a conhecer as abrigadas, me identifiquei imediatamente com elas. É claro que sabia que um abismo de classe nos separava; longe de mim querer banalizar a gravidade da condição de vida dessas mulheres. Mas chegar ao ponto de se perder de si mesma, estar numa situação na qual você não se reconhece mais, não compreender como sentimentos um dia tão doces amargaram de repente — tudo isso representa uma posição com a qual de fato tenho empatia.

Finalmente parece que o ex-amigo se cansou da própria lamentação e decide mudar de assunto. É muito chato mesmo falar sobre os antigos companheiros, um tema tão batido quanto irrelevante a essa altura da vida. Enquanto ele se serve de mais um taco, a conversa agora foca na situação política da nossa terrinha. Tentando traçar paralelos com a política do país em que moramos agora, especulamos se é possível fazer previsões para as eleições do ano que vem.

Discutir a nossa política talvez seja o meu passatempo favorito, e o ex-amigo é um interlocutor simplesmente maravilhoso para isso. A sensação é de que eu poderia ficar horas ouvindo essa voz profunda que está tocando a minha pele. Aprecio as análises do ex-amigo e me identifico com suas opiniões. É bom conversar com alguém que efetivamente entende o que você diz, em todos os níveis, com as mesmas referências.

Até considero finalmente ter com ele *a* conversa. Desde que o ex-amigo chegou, essa vontade está aqui, em algum canto, insistindo em aparecer, mas sem conseguir ultrapassar as barreiras. Tento mobilizar a energia necessária para articular as palavras certas, mas nada vem. Procuro a todo custo despertar em mim a revolta que senti depois da notícia da busca e apreensão na casa da Malu, só que não adianta.

Não puxo o assunto, tampouco encerro a conversa atual. A combinação de uma comida quentinha depois de um dia difícil com uma troca sobre política com o ex-amigo me abraçou e me trouxe para dentro da mais perfeita bolha — confortável, aquecida e protegida. Estou completamente desarmada.

Toda a interação funcionou como o primeiro cigarro para uma ex-fumante em abstinência há anos. Assim como pulmões saudosos de nicotina se abrem de felicidade a miligramas da poção mágica que faz tudo em nós relaxar, eu me entreguei ao papo com uma sede antiga, apreciando cada gole. Por muito tempo, o meu lugar feliz, aquele que imaginamos em exercícios de meditação, era exatamente este — sentada a uma mesa qualquer discutindo política com o ex-amigo e comendo tacos.

Mas está ficando tarde e o sono vai me moendo. Preciso me deitar e ser arrastada para um estado de torpor pela exaustão.

"Vou dormir. O dia hoje me destruiu e amanhã vai ser ainda mais pesado", digo enquanto o ex-amigo se encaminha para a pia levando os pratos.

Previsivelmente, ele não pergunta por que o dia foi difícil, nem parece se preocupar com os motivos da minha exaustão.

"Boa noite", não há qualquer emoção em minha voz, e o ex-amigo deseja boa-noite de volta, enquanto põe a mão na minha cabeça, perto da nuca, e faz um carinho pueril. Esse momento é tão gentil que fecho os olhos para absorver melhor as sensações que circulam aqui dentro — um leve tilintar nas mãos, um suave aperto no peito e uma fraqueza nas pernas.

Quando o ex-amigo desencosta a mão de mim e passa a se ocupar da louça, vou para o quarto, sem falar nada. Vejo o celular na cabeceira e me dou conta de que não o peguei durante todo o jantar. Chegaram mensagens da Kal pedindo notícias. Vou ligar para ela amanhã cedo e contar que está tudo sob controle, ainda estou firme no propósito de não sucumbir ao poder do ex-amigo. Mas sei que não será hoje que vou pedir que ele saia da minha casa.

QUARTA-FEIRA

Treze

O ex-amigo teve dificuldade para dormir à noite. Do meu quarto, enfrentando minha própria insônia, escutei ele andando pela casa, indo ao banheiro, abrindo a geladeira, servindo água, voltando ao quarto, se revirando na cama, acendendo a luz, ligando o computador, assistindo a um vídeo, se levantando novamente, indo ao banheiro, cozinha, quarto. Deve ser muito exaustivo viver sob a acusação de ser um estuprador.

"Mas difícil mesmo é viver com a memória de ter sido estuprada", escuto a voz da Kal que mora dentro de mim.

Durante a noite, cheguei a ouvir barulhos suspeitos vindos do quarto do ex-amigo, mas não pude identificar se ele estava chorando ou se masturbando. Nunca vi o ex-amigo chorar, então não posso ter certeza. Amizades com homens são bastante estranhas, aliás. Não sei citar uma amiga que eu nunca tenha visto chorar. Quanto aos amigos, não estive na presença das lágrimas deles nenhuma vez. Estou há três dias acompanhando o ex-amigo no que devem ser os piores dias de sua vida, mas ainda não vi uma gota derramada.

Já quase ao amanhecer, o ex-amigo está dormindo profundamente. Eu, por outro lado, desisto de tentar descansar e decido que o melhor a fazer é me levantar e ir para o café na esquina. Não estou precisando de outro chocolate quente com um *shot* de expresso, como no domingo. O dia está mais para o meu tradicional café com leite de coco e sem açúcar. Até tomaria o primeiro café do dia em casa, mas tenho que falar urgentemente com a Kal. E seria impossível conversar com ela sabendo que o ex-amigo está a uma distância em que poderia escutar.

Até agora, não me permiti relembrar a história do ex--amigo. Não refleti nem por um segundo sobre o que ele contou. Não fui capaz de atribuir nem mesmo o valor de face do que me ofereceu na noite de segunda-feira. Não tenho os instrumentos necessários para dar o primeiro passo no rumo analítico. Preciso da Kal para entrar comigo nesse buraco.

Enfim me levanto da cama, cumpro o ritual matinal de limpeza, visto uma roupa quente e saio de casa, já pronta para ir ao escritório direto do café. Quando abro o portão do prédio, me dou conta de que o sol ainda não nasceu, o que automaticamente me traz a sensação de estar fugindo da minha própria casa. Até tento resistir, mas a angústia que recai sobre mim é inevitável.

Não aguento mais o ex-amigo no apartamento, andando pelo piso tão lindo de tacos de madeira, respirando o oxigênio purificado pelas plantas das quais cuido com esmero e deixando as digitais nos móveis cuidadosamente escolhidos por mim. As manchas nas paredes estão se multiplicando com a toxidade invisível do ex-amigo. A infiltração no teto está definitivamente maior hoje do que ontem. A minha casa, construída ao longo dos últimos oito anos com muito esforço, é a minha fortaleza e o meu santuário, o lugar no mundo onde sou eu mesma e me mantenho longe ou perto de tudo nos meus próprios termos, sem precisar ser nada para mais ninguém.

Não sei se sou feliz aqui, mas independente disso estou onde deveria estar. Esse é meu único consolo e o que faz o sangue circular normalmente pelas veias, sem atropelo ou lentidão, sem congelar, nem ferver. E agora a minha casa foi invadida pelo passado que até então eu tinha soterrado. Remexer em escombros é perigoso demais, nunca sabemos o que vai aparecer.

O ex-amigo era, até semana passada, uma lembrança um pouco áspera, mas relativamente inofensiva, como um ouriço-do-mar que deve ser tocado com cuidado. Despido do que eu quis esquecer, ele era só mais um dos amigos de quem eu tinha me afastado em decorrência do tempo. Impondo a sua presença física — e inescapável —dentro da minha casa, o ex-amigo está forçando caminho para lembranças nas quais eu não ousava mexer.

Mais uma vez, o meu analfabetismo emocional não me permite entender como me sinto. Não conheço — ou talvez nem exista — uma palavra que dê conta de definir as minhas emoções. Fisicamente, estou sufocada, com dificuldade real de respirar, como se dividir o ar com o ex-amigo tivesse reduzido pela metade o oxigênio. Não quero mais ele aqui, tomando para si tudo que é só meu, fazendo barulho e me fazendo relembrar de partes do passado que, apesar de não terem sido esquecidas, tinham ficado amortecidas. Quero estar sozinha na minha casa, a poucos metros das minhas amigas.

A caminhada curta até o café acompanha um vento gélido no rosto, e isso me ajuda a pensar. É mais um dia que começa cheio de possibilidades. Também é um dia a menos de espera pela Kal. Só vou pedir o café para poder ligar para ela. Ainda que seja muito cedo por aqui, para a Kal o sol nasceu há algumas horas e com certeza ela já está sentada à mesa de trabalho, alternando a revisão do manuscrito do livro com interações nas redes sociais.

A Kal é uma personalidade acadêmica na internet. Centenas de milhares de pessoas acompanham o trabalho dela em distintas plataformas, aprendendo diariamente sobre feminismo, teoria crítica e, sobretudo, os bastidores da academia. Ela ganhou bastante proeminência durante o doutorado, quando publicou um artigo chamado *White Male Capitalist Order*, que foi recebido com moderado entusiasmo no nicho da esquerda acadêmica do hemisfério Norte, mas logo foi traduzido e publicado na terrinha. Lá, por outro lado, o texto teve circulação ampla e uma recepção ótima. O título passou a ser *A ordem capitalista masculina e branca* — o que já fala bastante por si só.

Nesse artigo, a Kal explica como a consolidação do capitalismo racista e patriarcal a partir do século XVII contou com a elaboração de teorias políticas preocupadas em dar suporte intelectual para a soberania do Estado e para o livre mercado. De acordo com sua pesquisa, a publicação de correntes que embasavam a necessidade dos homens de estabelecer ordem na sociedade foi o que justificou, no campo teórico, a exclusão das mulheres dos espaços públicos e a investida racista contra as populações não brancas europeias.

Estou simplificando bastante, mas, em suma, na tentativa de construir uma sociedade adepta a uma ordem bastante específica, os homens brancos europeus perceberam que era impossível enquadrar as mulheres e todas as demais populações não brancas. Para nós, só a violência, o caos e o mítico estado de natureza funcionariam. Somos um caso perdido para a civilização dominante.

A Kal foi em cada um dos textos dos filósofos da Modernidade para comprovar como todos quiseram excluir as mulheres da hegemonia. O artigo trouxe várias referências bibliográficas e citações tão chocantes que a reação mais comum dos leitores era perguntar se ela teve acesso a teses obscuras dos mais notáveis filósofos dessa época.

"Não, todas as citações estão nas obras mais famosas deles, escondidas a céu aberto", ela respondia.

Depois do sucesso da publicação, a Kal foi convidada para ser colunista de uma famosa revista internacional de esquerda que tinha planos de abrir uma filial no nosso país. Desde então, para o nosso deleite, podemos acompanhar as opiniões dela todos os dias nas redes sociais.

Enquanto o barista prepara o meu pedido, verifico se tem alguma atualização nos perfis da Kal, mas talvez ainda seja cedo demais para ela já estar engajada nos posts. Pego o café e escolho a mesa do canto, perto da janela. Preciso estar confortável o suficiente para a conversa. Enquanto espero ela atender, o coração começa a bater tão forte que, por um momento, acho que o homem a três mesas ao lado pode ouvir.

"Bom dia, Alma. Caiu da cama hoje? Não, espera, já sei. Você finalmente criou coragem para resolver as questões com aquele merda e só agora acabou de enterrar o corpo. Passou a noite em claro lidando com isso. Acertei?"

Solto uma gargalhada sincera. Como não amar alguém que te faz rir da sua própria desgraça?

"Caramba, Kal, como sinto a sua falta. Tive que enterrar o cadáver sozinha, e você não faz ideia de como dá trabalho cavar uma cova só com uma pá e dois braços. Mas agora já tá tudo resolvido."

A Kal dá a sua risada mais alta, e eu fico muito feliz por também conseguir fazê-la rir.

"O que você me conta?", ela pergunta, sem deixar que o momento de silêncio fique pesado demais.

"Eu perguntei pra ele o que aconteceu", digo, sem dar

tempo de voltar atrás na decisão de trazer o ex-amigo para o escrutínio da Kal.

Seguro o telefone com força à espera de uma reação. Ela parece ter parado de respirar depois dessas palavras. A tensão definitivamente cresce na mesma medida entre nós duas. Ela está na plateia do circo, observando a equilibrista atravessar a corda bamba, e eu não sei se vou conseguir chegar ao outro lado.

A Kal e o ex-amigo romperam o vínculo há muito tempo. No caso deles, o rompimento teve uma data específica, marcada por um evento bastante público. Não que eles ainda fossem próximos quando tudo aconteceu. A bem da verdade, muito antes da briga que colocou o ponto-final definitivo naquela parceria sobretudo intelectual e política, a relação da Kal com o ex-amigo já estava estremecida. Se no início do nosso grupo, quando ainda éramos apenas uma chapa candidata às eleições do DCE, a Kal e o ex-amigo pareciam uma versão contemporânea de Lênin e Trótski; no fim das duas gestões, eles estavam mais para colegas de trabalho de uma firma de contabilidade.

Quando a Kal foi aceita em um dos mais prestigiados programas de doutorado na Europa, ela se mudou para o velho continente e nem sequer tentou fingir que continuaria participando do grupo remotamente.

"Desculpa te abandonar, Alma, mas pra mim já deu esse tipo de política. Se eu participar de mais uma reunião em que algum dos queridos companheiros passa vinte minutos fazendo análises medíocres, inebriado demais pelo som da própria voz para perceber que é chato pra cacete, vou entrar em combustão espontânea", ela me disse quando implorei que não saísse do grupo, um pouco antes da mudança.

Poucos meses depois da partida da Kal, o ex-amigo publicou um artigo num blog de esquerda relativamente famoso criticando os acadêmicos do sul global que saíam do país para estudar no norte atlântico. Não se tratava de uma crítica tosca pautada num moralismo nacionalista simplório. Por um caminho tortuoso, fazendo uma pretensa análise objetiva, o ex-amigo sugeriu que a colonização europeia estava sendo perpetuada especialmente pela cooptação do pensamento crítico produzido nas pesquisas acadêmicas. Sutilmente, ele também caracterizava como covarde a escolha de abandonar a militância local para se esconder na torre de marfim do suposto berço da civilização. Sem citar nomes, o ex-amigo lamentava que lideranças políticas promissoras fossem neutralizadas e eventualmente apagadas quando migravam da periferia do mundo para emprestar os cérebros a terras iluministas.

Não achei que a Kal fosse se abalar tanto com o texto. Como ela sempre foi habilidosa no trato com o ex-amigo, imaginei que apenas fosse ignorar um ataque tão baixo, ainda que claramente endereçado a ela. Na semana seguinte, contudo, a Kal escreveu um artigo cujo tema era a construção histórica do machismo de esquerda, desde os primeiros movimentos operários até a reprodução contemporânea da masculinidade branca nos espaços de militância — e publicou no mesmo blog.

A postagem era contundente. Ela articulou uma crítica mordaz que serviu de carapuça em todos os homens da diretoria informal — aliás, em praticamente todos os homens militantes. A escrita irascível não deixava dúvidas de que a Kal estava respondendo à agressão que tinha sofrido. E, caso ainda restasse dúvidas da motivação, ela compartilhou o post nas redes com o comentário: "Acabou a paciência histórica com os nossos companheiros. Não contem mais comigo para fingir que está tudo bem".

O ex-amigo ficou furioso e magoado. Encontrei com ele

no dia seguinte, quando os perfis da Kal estavam a mil. Várias mulheres comentaram experiências pessoais com a incongruência entre o discurso e o comportamento dos esquerdistas. A reação do ex-amigo ao texto da Kal carregava um ódio que eu nunca tinha visto nele. Na hora, deixei que falasse, não concordei nem refutei nada. Nunca conversei com a Kal sobre esse episódio. Até onde eu sei, eles nunca mais se falaram depois disso.

A verdade é que a Kal nunca se impressionou com o ex-amigo, e isso o incomodava. Incomodava também a mim, pois eu também queria ser indiferente ao ex-amigo, não me importar com o que ele pensava, não ficar mal quando ele estava decepcionado ou chateado comigo, não sentir ciúmes de mulheres que ele achasse interessantes. E se por um lado a Kal passava ilesa pela espécie de força centrífuga que arrastava as mulheres aos pés do ex-amigo, por outro, ele evidentemente era incapaz de resistir à atração que a Kal exercia sobre as pessoas do nosso campo político.

Eu invejava muito a destreza da Kal de neutralizar a influência que eu atribuía ao ex-amigo.

"Ai, Alma, menos. Ele não é inteligente a esse ponto", ela repetiu dezenas de vezes na época em que eu exaltava o comportamento dele ao tentar entender a intencionalidade por trás de algum gesto ou palavra.

A Kal fazia o esforço ativo de não perder tempo com o ex-amigo, recolhendo-o à insignificância do panteão dos homens-meio-qualquer-coisa. Por isso, ela olhava para ele e via o que ele de fato era, e ele, por sua vez, se sentia insuportavelmente exposto.

"Alma, pelo amor das deusas feministas. Não faz suspense. Me conta o que ele disse", a voz da Kal interrompe as reminiscências do passado.

Tomo um gole de café e começo a falar com cuidado:

"Ele diz que tudo não passou de um mal-entendido, os dois já transavam há um tempo, tiveram uma briga, pararam de transar, aí depois de semanas sem se falarem, ela o procurou, foram pra casa dele, tinha um frasco de analgésico com um comprimido de ecstasy na cabeceira, que ele tinha por conta de uma balada com amigos, ela tomou por engano, então eles transaram, daí no meio do sexo ela começou a passar mal, se assustou e acabou exagerando na reação."

Na tentativa de não deixar as emoções invadirem a conversa, soei como uma psicopata fria e calculista confessando um crime. *Sim, eu matei e esquartejei minha vizinha, e daí? Acontece.*

A Kal fica em silêncio do outro lado da linha, decidindo o tamanho do desgaste que está a fim de comprar. Finalmente ela me dá o primeiro tranco, que sinto fisicamente do outro lado do Atlântico.

"Alma, porra, conta essa história direito. Eu conheço e admiro a impressionante capacidade que você tem de passar com um trator na realidade pra impor a sua própria verdade, o que é muito útil em tempos difíceis, mas não é hora pra isso. Você tá falando comigo. Não é possível que esteja tão tranquila assim com o que acabou de contar."

A Kal está brava, mas não só isso. Tem mágoa na voz também. E é justamente a mágoa que me acerta em cheio.

"Kal, desculpa. Só quis reproduzir com todas as letras o que ele me disse. Não acho que seja a verdade. Sei que é bem capaz de ele estar mentindo. Mas você perguntou o que ele disse, e eu tô te contando exatamente isso."

O meu tom é de uma súplica manhosa, como se a Kal estivesse tentando me fazer comer uma colherada de nabo em conserva.

"Para, Alma."

Essas duas palavras no tom assertivo da Kal me fazem congelar por dentro, petrificada de medo.

"Você sabe muito bem que não tem essa de 'só tô repetindo o que ele disse' entre a gente. Eu tô cagando pro que ele disse. Fala comigo. O que aconteceu pra ele ser acusado de estupro?"

Mas eu não sei o que dizer. Até agora não digeri o que ele falou. Ela não entende que precisa me ajudar com essa tarefa? Nem todas as mulheres dão conta de ser como você, amiga.

"Kal, você conhece os meus limites com ele. Eu os conheço bem. Não tenho pretensão de ser objetiva. E sei que existe um acúmulo de comportamentos inadequados a ser resolvido. Mas ele tá sofrendo uma acusação pública demais sobre um episódio que, honestamente, não deve ser tão grave assim", quando percebo, já assumi o tom da esposa do político envolvido em escândalo sexual, que fica ao seu lado durante a coletiva de imprensa e depois dá uma entrevista falando sobre como a família segue ainda mais unida.

"Não deve ser tão grave assim?", a Kal está francamente chocada.

Um calafrio sobe pela minha espinha.

"Me ajuda a ver o que eu não tô vendo", mantenho a minha posição, mas torço para a Kal aproveitar a chance para quebrar a parede de concreto armado que construí ao redor desse tema.

"Alma, a história inteira foi mal contada. Eu li a matéria, você leu?"

Ela nem espera eu responder.

"São tantas perguntas sem resposta. Primeiro, já é muito estranho ele não se tocar que o único comprimido que restava no frasco era justamente o ecstasy. Ele guardou o comprimido, deixou o frasco largado pela casa e esqueceu que tava lá? Mas tudo bem, pode ter sido um descuido inocente, vamos dar o benefício da dúvida. Só que isso não explica todo o resto. Ele te contou, por exemplo, quando percebeu que ela tinha tomado o ecstasy em vez de um analgésico? Porque pra mim não faz muita diferença enganar alguém dando de propósito uma droga disfarçada de remédio ou deixar alguém desavisado se drogar."

Ninguém escapa à lógica da Kal. Me esforço para lembrar se o ex-amigo falou sobre o momento exato em que percebeu que ela havia ingerido o ecstasy.

"Ele disse que só percebeu o que tinha acontecido quando a Ashley — é Ashley o nome da menina", tento disfarçar a vergonha ao perceber que não tinha mencionado o nome da suposta vítima, "quando ela começou a passar mal. Ela tinha dito que achou estranho o tamanho do comprimido, mas só quando ela começou a reclamar, durante a transa, que não estava se sentindo bem foi que ele lembrou do ecstasy no frasco", termino a resposta como um aluno que não estudou para a prova e sabe que será reprovado.

"E ele parou o sexo na hora que a Ashley mostrou estar desconfortável? O que ele fez no momento exato em que percebeu que ela tinha tomado ecstasy? Continuou com o pinto dentro dela? Você sabe se ele gozou? Eles teriam transado se a Ashley não estivesse drogada? Ele falou sobre o que eles conversaram quando chegaram na casa dele?"

Recebi as perguntas da Kal como flechas zunindo alto rente às minhas orelhas.

Fico em silêncio. Não sei responder. A bem da verdade, nem sei dizer se ele chegou a interromper o sexo. Me lembro da parte em que a Ashley começou a ter uma espécie de ataque de pânico, e ele tentou acalmá-la, mas nada além disso. Não me lembro exatamente se ele chegou a traçar uma linha do tempo. Não sei o que dizer à Kal.

"Alma, você tá aí?"

A Kal decide que levei tempo demais para entender o óbvio. Mas finalmente começo a compreender.

"Kal, eu não sei qual foi a reação dele quando se deu conta de que a Ashley tinha tomado ecstasy. Acho que continuou transando e só depois explicou pra ela o que tinha rolado, o que pode ter gerado o ataque de pânico. Também não sei dizer se eles teriam transado mesmo se a Ashley não tivesse tomado ecstasy."

Me dou conta de que não questionei nada no relato dele. Nunca vi ecstasy dar ataque de pânico em ninguém. O mais provável é que ela tenha se sentido estranha porque não sabia que estava drogada, comentou isso com ele, mas transaram até *ele* gozar. E quando ele contou o que tinha acontecido, achando que seria só uma historinha engraçada, ela soube que tinha ingerido um entorpecente sem querer e transado com um cara que já não era legal com ela. Aí, sim, faz sentido ter um ataque de pânico.

Mas não compartilho nada disso com a Kal.

"Não sei dizer mesmo. Eu não fiz perguntas, só ouvi", e assim finalizo.

Um suspiro longo chega ao meu ouvido. O que será que a Kal está pensando de mim? Ela não vai desistir de mim justo agora, né?

"Alminha, não dá mais pra ficar só ouvindo esse cara, você sabe. Tem muita coisa que *ele* precisa escutar pra se responsabilizar minimamente por tudo o que fez nessa vida. Sei que você já tentou confrontá-lo outras vezes. Sei que não rolou como você gostaria e entendo por que é difícil pra você.

Mas olha a mulher incrível que você é, não tem cabimento ele ter esse efeito sobre você até hoje."

Estou tão grata que a Kal ainda seja generosa o suficiente para me acolher, sinto o coração se expandindo no peito.

"Eu sei, Kal, eu sei. Acho que o fato de ele estar dentro da minha casa me desestabilizou mais do que eu esperava. Desculpa, não quero que você pense que eu tô do lado dele e que vou proteger o cara. Não tô e não vou. Mas achei que esse pedaço da minha vida tinha ficado pra trás, que eu não precisaria mais lidar com esse tipo de coisa — lidar com ele. Não tá fácil, mas vou conseguir. Realmente, é inadmissível ficar abalada assim", enfim articulo as minhas angústias sem parecer uma mocinha indefesa.

"Que bom, amiga. Eu preciso ir agora, a aula vai começar. Nos falamos depois, ok? E comprei a passagem. Saio daqui na sexta cedinho", consigo ouvir seus passos, provavelmente saindo do escritório e indo para a sala de aula.

"Ai, que bom, Kal. Não vejo a hora de você chegar. Boa aula. Nos falamos depois."

Quando a Kal está mandando beijos, tenho um estalo.

"Ah, Kal, só uma última coisa. Ele se casou. Tudo isso aconteceu enquanto a esposa estava fora, resolvendo problemas de família."

"Como assim?", a Kal está surpresa, "onde essa esposa tá agora?"

E me dou conta de que não faço ideia.

"Sabe que eu não sei? Ele não falou nada sobre ela."

"Como sempre, a companheira desses caras é um detalhe insignificante. Tem coisa que não muda", pontuou a Kal antes de se despedir.

Mariana Krushvek, 48 anos, nacional, casada, advogada, compareceu a esta Delegacia, na condição de testemunha, e relatou o que segue. Questionada se conhece o investigado, disse que sim, que por cinco anos foi sua supervisora no escritório no qual o investigado trabalhava. Questionada se já se relacionou amorosamente com o investigado, disse que não. Questionada se já presenciou comportamentos inadequados do investigado no ambiente de trabalho em relação às mulheres, disse que sim, diversas vezes; que certa vez descobriu que o investigado havia organizado, com mais cinco colegas de trabalho, uma aposta; que eles ranquearam as mulheres do escritório e atribuíram pontos a cada uma, conforme critérios por eles estabelecidos, quase todos relacionados aos atributos físicos das mulheres; que cada homem obtinha a quantidade de pontos atribuída a uma determinada mulher se conseguisse transar com ela; que ao final de um ano o ganhador da aposta seria quem tivesse acumulado mais pontos; que uma estagiária descobriu a aposta ao ter acesso à planilha em que os pontos de cada participante eram registrados; que precisou contratar uma mediadora para lidar com a situação, para que não saísse do controle e chegasse ao conhecimento das mulheres. Questionada se poderia citar outros exemplos de condutas inadequadas, disse que o investigado era conhecido por se relacionar com várias mulheres do escritório, mas que não julgava um problema, pois ele não tinha ascendência hierárquica sobre nenhuma delas, exceto as estagiárias; que contudo se incomodava com a irresponsabilidade de sua conduta; que chegou a conversar com o investigado a respeito, aconselhando-o a se resguardar mais no ambiente de trabalho; disse que no escritório, o investigado tinha problemas de relacionamento com a chefia, pois tinha uma postura arrogante, mas que tratava a todos respeitosamente; que sentia que o investigado a respeitava menos que os outros supervisores e acreditava que fosse pelo fato de ser mulher, apesar de não ser possível comprovar tal afirmação. Questionada se convivia com o investigado fora do ambiente de trabalho, disse que raramente, apenas em ocasiões nas quais pessoas do escritório saíam juntas por algum motivo. Questionada se nessas ocasiões presenciou algum comportamento inadequado do investigado, disse que uma vez, durante a confraternização de Natal do escritório, entrou no banheiro do local onde a festa acontecia e viu o investigado se relacionando sexualmente com uma estagiária; disse que levou um susto ao presenciar a cena, que foi constrangedor especialmente pelo fato de que a namorada do investigado também estava na festa; que se arrepende de não ter tomado uma providência à época, visto que não era permitido que funcionários do escritório se relacionassem sexualmente com as estagiárias. Questionada se já testemunhou ou foi vítima de algum ato de violência física ou de constrangimento do investigado, disse que não. Questionada se deseja acrescentar algo, disse que não. Nada mais foi dito nem lhe foi perguntado.

Catorze

Chegando ao trabalho, ainda sacudida pela conversa com a Kal, decido que não posso decepcionar mais uma amiga-irmã hoje. Preciso ligar para a Malu e saber como ela está, passada a noite pós-susto. Ainda é cedo, mas com certeza ela já acordou e está disposta a conversar.

Nas tantas viagens que fizemos com amigas — casas de praia durante as férias, pousadas perto de cachoeiras aos fins de semana, minitemporadas na casa dos pais dela na serra —, nós duas éramos sempre as que acordavam primeiro. Nessas ocasiões, passávamos algumas horas a sós, tomando café e conversando baixinho, recapitulando a noite anterior e fazendo uma resenha crítica. Ficávamos assim, sentadas no chão, cada uma com a sua xícara, falando sem rumo até que todas acordassem e começássemos o longo e deleitante ritual de café da manhã, típico das viagens do grupinho.

Esses nossos momentos matutinos eram especialmente divertidos se na noite anterior estivéssemos na companhia de um homem. Via de regra, as viagens eram só das amigas, mas vira e mexe algum cara aparecia — um amigo que calhou de estar na cidade e ia jantar com a gente ou simplesmente um paquera de alguém. A gente resistia bastante à companhia masculina, nem tanto por uma questão de princípios, mas sim para preservar a qualidade das conversas. Ao incluir homens nas nossas incansáveis discussões, a sensação era de que precisávamos voltar algumas casas no tabuleiro do saber comum, o que além de sacal era exaustivo.

Numa dessas viagens, quando eu já morava fora mas estava na terrinha passando férias, um amigo da Aurora que estava bastante interessado na Malu tentou participar de uma discussão sobre abandono parental. Tínhamos alugado a casa de um casal hippie de meia-idade perto de cachoeiras estonteantes e de um pequeno vilarejo com lojinhas de artesanato e restaurantes veganos. Até hoje é um lugar a que vamos com relativa frequência, pois em apenas duas horas de carro chegamos lá — o nosso pequeno oásis de amor e tranquilidade.

Na casa, além da Malu, da Aurora e de mim, estavam mais três amigas, todas da época das reuniões semanais para organizar a revolução feminista. Portanto, a gente era um grupo que se conhecia havia quase uma década e seguia se amando e se cuidando. De fato, era difícil um homem não destoar muito daquele entrosamento.

O amigo da Aurora era até sensível aos debates feministas e conhecia um pouco da literatura de base, mas nos fazia lembrar que os homens vivem realidades tão profundamente distintas da nossa que chega a ser espantoso. Há um abismo epistemológico entre nós e eles. Ele era bem-intencionado e se esforçou para dialogar, mas escorregava em pontos triviais.

A polêmica se instaurou quando ele disse que um amigo estava grávido. Nós primeiro achamos que ele falava de um homem trans, mas logo entendemos que se tratava apenas de uma expressão cafona para se referir a um homem cis cujo material genético estava presumidamente na composição de um feto em gestação no útero de uma mulher.

"Curioso como a gente sempre escuta homens falando 'estamos grávidos', mas eu nunca escutei 'nós abortamos'", provocou a Malu.

Ela tinha conhecimento de causa. Em quase todos os atendimentos da rede de aborteiras, a mulher está sozinha no procedimento. Quando tem companhia, é de uma amiga ou de uma parente próxima. Contam-se nos dedos de uma mão as vezes em que elas chegam com o marido ou o companheiro, ainda que a maioria seja de fato casada.

Mas falar sobre aborto não mexe com os homens, mesmo os de esquerda, como mexe com as mulheres, mesmo as de direita. Todas nós temos experiências muito próximas, se não pessoais, com gestações indesejadas. Ainda que se escolha não falar sobre o tema, nós o vivemos cotidianamente. Mulheres que se relacionam sexualmente com homens conhecem bem até demais o medo de engravidar sem querer, as noites de insônia à espera da menstruação, o xixi na tira de plástico e os três minutos intermináveis aguardando as listras azuis. Algumas podem até adotar publicamente um discurso moralista, o "eu sei me cuidar", mas é inegável que todas já fomos visitadas pelo fantasma de uma possível gravidez indesejada.

O amigo da Aurora não entendia isso. Ele realmente achava que ser pai ou ser mãe dá no mesmo. Ele acreditava na falsa simetria entre uma mulher que precisa encarar uma gestação indesejada e um cara que recebe a notícia inesperada de que será pai. Não foi possível chegar a qualquer consenso por causa dos pontos de partida tão díspares. Enquanto mostrávamos a dimensão estrutural da maternidade compulsória na nossa vida, o amigo insistia em tomar experiências individuais como regra, citando exemplos de conhecidos dele, equiparando a socialização de homens e de mulheres no quesito maternidade e paternidade.

"Nós somos constrangidas se decidimos abortar e julgadas se rejeitamos ter filhos. No país, a cada ano, mais de cem mil certidões de nascimento são registradas sem o nome do pai. Homens que nem só no papel aceitam a paternidade. Sem contar o tanto de pais que registram mas são completamente ausentes. São milhões de mães solo se virando pra dar conta de criar os filhos, e os homens ficam bem livres para escolher se topam ou não fazer o mínimo", explicou pacientemente a Malu. "A gente não consegue escapar da maternidade. Os homens podem ser pais basicamente inexistentes sem qualquer reprovação social, enquanto nós somos o tempo todo ou julgadas pela maneira que performamos como mães, ou execradas pela rejeição desse papel."

Mas o cara parecia não querer entender. Para ele, a questão era apenas estatística. Aceitava que empiricamente, sim, há mais pais do que mães ausentes, mas se recusava a reconhecer a dimensão estrutural da questão.

Na manhã seguinte, durante a tradicional mesa-redonda-de-duas, a Malu e eu gastamos todo o tempo rindo da cara do amigo, que acabou completamente destruído nos argumentos.

"Eu não acreditei quando ele deu o exemplo da amiga que deixou a guarda dos filhos com o ex-marido e foi curtir a vida, amiga. O cara conhece *uma* mulher que não é a mãe da cartilha e tenta estabelecer simetrias. Não é possível que seja só burrice."

A Malu ria, mas não conseguia esconder a indignação.

"Coitado, Malu. Tudo o que cara queria ontem era dar em cima de uma mina massa, ser admirado pelas baboseiras que com certeza usa em conversas de bar achando que tá arrasando e tranquilamente pegar alguém no final."

Ficamos assim por um bom tempo, tomando café e gargalhando, relembrando os melhores momentos. Aquela foi uma manhã crítica das boas.

É no meio dessas memórias que abro o notebook e faço uma chamada de vídeo com a Malu, que atende bem rápido.

"Bom dia, Alminha! Me ligou em boa hora, tô preparando uma tapioca pro café da manhã."

Não entendo bem por quê, mas no mesmo instante começo a chorar. E não com lágrimas que escorrem uma a uma pelas bochechas, elegantes como se fossem elas mesmas personagens de um filme da nouvelle vague. O choro compulsivo me faz engasgar e assoar catarro quando tento contê-las.

Na tela, a Malu ri.

"Essas mulheres duronas que acham que podem controlar todas as emoções..."

Solto uma risada entre os soluços e tudo o que digo é "pois é", enquanto seco as bochechas e tento me recuperar. No quadrado menor do vídeo, vejo o rosto vermelho e inchado, com os olhos bem pequenos e ainda molhados. Respiro fundo três vezes.

"Malu, eu estava tão preocupada com você."

"Eu sei, Alminha. Obrigada pela preocupação, de verdade. Saber que você e a Aurora estavam ali segurando as pontas foi fundamental. Eu teria surtado se não fosse isso. Hoje eu tô bem, aqui em casa fazendo a minha tapioca. Valeu super, amiga."

A gratidão preenche todas as palavras na voz da Malu, tornando-as leves e gentis, como balões de hélio num céu completamente azul. Que bom que ela está bem, mas ainda estamos longe de descartar o perigo. A minha preocupação pragmática se impõe sobre a vontade de ficar para sempre neste momento afetuoso, assistindo à Malu tomar café da manhã.

"Me conta do interrogatório. O que eles falaram? Tem algum inquérito rolando? Acha que sabem de algo?", pergunto, sem conseguir esconder muito bem a ansiedade.

"Você vai ter que pegar as informações técnicas com a Aurora, Alminha. Eu não falo juridiquês, né? Em resumo, não tem nada acontecendo na polícia. Nenhuma investigação oficial. Pelo que apuramos na rede, só eu e outra companheira fomos levadas pra delegacia. Não tem uma terceira mulher, como tínhamos sido informadas. Essa que a Aurora chegou a comentar era alarme falso. Até conhecemos a mulher, mas ela estava na delegacia como testemunha num caso de violência doméstica que aconteceu durante a madrugada."

Percebo que a Malu está com a fala um pouco embaralhada para os padrões dela, que sempre se expressa muito bem e impressiona pela clareza dos pensamentos.

"Malu, como eles chegaram até você?", tento focar no que é mais urgente.

"Alminha, a companheira que foi parar na delegacia, a Otávia, atendeu uma mulher desacompanhada na semana passada. Essa mulher é casada com um policial que pressionou para ela abortar. Trocando uma ideia com a Otávia, eu soube que a assistida disse que se dependesse dela não abortaria, mas que estava sendo obrigada pelo marido. Aí, a Otávia decidiu parar o atendimento. A gente discute muito isso na rede, é um ponto de tensão bastante polêmico. Tem algumas mulheres que são coagidas — normalmente pelos maridos, os amantes, os pais... e a gente tem autonomia para negar atendimento. Tem colegas que não negam, partindo do princípio de que basta uma mulher pedir ajuda, não importa a motivação. Mas algumas dão uma assistência mais psicossocial, conversam antes, oferecem suporte emocional e tentam confirmar se a abortante tá bem segura de tomar o remédio. A Otávia é adepta dessa segunda escola", explica a Malu, sem se posicionar a favor de nenhuma das abordagens.

O que eu faria no lugar da Otávia? Se por um lado entendo a perspectiva de tentar proteger a mulher da pressão do marido, por outro, quem sou eu para avaliar o que é melhor: tomar o remédio e resolver a questão ou não tomar e ter um vínculo eterno com um homem autoritário que vai recusar a paternidade?

"A Otávia recusou, né. O marido ficou puto e quis tirar satisfação. Mas óbvio que a mulher não sabia como encontrar a Otávia."

"Caramba, um viva para todos os procedimentos de segurança que vocês seguem."

Os problemas quase sempre acontecem por causa dos maridos ou dos pais. A Malu inclusive defende um aprimoramento do protocolo de atendimento para que a rede seja blindada de interações com os homens que ocasionalmente aparecem no processo.

"Sim, viva, mesmo. Mas saca só a merda", a Malu soa um pouco cansada. "Duas semanas depois, a Otávia cruzou com a dita-cuja e o marido policial no shopping. A mulher identificou a Otávia, e o policial abordou ela ali mesmo. Ele foi bastante agressivo, exigindo saber por que a mulher não podia tomar o remédio. A Otávia se fez de desentendida, e como ele não conseguiu tirar dela nenhuma informação, decidiu levá-la pra delegacia. Mas ele não tinha nada para usar contra ela. Absolutamente nada. A própria mulher disse depois que tinha se confundido."

"Mas como isso tudo chegou até você, amiga?"

"Ele encontrou uma foto de nós duas no perfil da Otávia. Nós num congresso sobre direitos sexuais e reprodutivos anos atrás, antes mesmo de a rede existir. Ele stalkeou só para encher o saco. Pelo visto, não fazem ideia de quem realmente somos."

Uma pessoa pode ser interrogada só por causa de uma foto antiga em uma rede social? Vou perguntar ao amante esporádico mais tarde.

"Bom. Pelo menos isso", digo, mas continuo apreensiva.

A Malu percebe de cara e tenta me tranquilizar, mesmo sem forças.

"Conversa com a Aurora depois. Ela disse que eu posso ficar tranquila, que provavelmente esse circo não vai dar em nada."

Se essa é a avaliação da Aurora, acho que posso relaxar um pouco.

"Vou ligar pra ela então, mas pelo que você tá falando, a situação não é tão preocupante assim", baixo a guarda, por fim, mas ainda preciso saber mais. "O que eles te perguntaram? Como foi lá dentro da delegacia?"

A Malu solta um suspiro longo, aposto que estava torcendo para essas perguntas não chegarem.

"Queriam saber se eu conhecia a outra companheira. Eu disse que sim, de eventos acadêmicos. Me perguntaram se eu vendia Cytotec. Eu disse que não. E começaram a fazer variações dessa pergunta, e eu só respondi não. Nenhuma pergunta sobre a rede, nada mais elaborado. O delegado, aliás, parecia até meio aborrecido de estar fazendo o interrogatório. No final, assinei os papéis, depois de a Aurora ler em voz alta, e eles me liberaram. Vão entrar em contato se precisar."

A força da Malu não cansa de me impressionar. Ela fala desse horror — ser conduzida contra vontade à delegacia e interrogada sobre uma atividade clandestina que ela de fato organiza — enquanto come tapioca e toma café.

A imagem na tela do computador, combinada com a conversa, faz os meus músculos finalmente relaxarem. Eu não tinha percebido, mas cada parte do corpo estava retesada. A intensidade do alívio que escorre da cabeça até os pés, como a seiva de uma árvore em flor, é tamanha que sinto as minhas extremidades dormentes. A Malu está bem e nada de ruim vai acontecer com ela. O mundo ainda faz um pouco de sentido, e a minha amiga que se coloca sob risco de perseguição do Estado para defender a autonomia reprodutiva de centenas de mulheres não será punida por isso.

"Malu, que bom te ouvir. Vai ficar tudo bem. Tira o dia pra descansar e tenta não pensar mais nisso. Você é tão incrível, amiga. Queria muito estar aí, fazendo uma sopinha pra gente almoçar assistindo um seriado", dessa vez seguro melhor as lágrimas.

"Também queria você perto, Alminha. Tô com tanta saudade da gente. Me conta como você tá. Ainda com o hóspede dos infernos? Chegou a conversar com ele?"

A Malu sabe que eu posso falar por duas horas sobre as diferenças teóricas entre Hegel e Marx, que consigo bater de frente com um militante virulento durante uma assembleia, mas tenho profunda dificuldade de falar o que sinto para além de teorias ou política. Uma mulher adulta com um intelecto de uma acadêmica, mas a inteligência emocional de uma criança. Está aí um epitáfio pouco inspirador, mas honesto.

"Na verdade, eu ainda não tive a chance de conversar direito. A gente se viu pouco. Não consigo ficar muito tempo no mesmo espaço com ele", tento me explicar.

A Malu fica genuinamente confusa por precisar explicar o óbvio.

"Alma, você precisa falar com ele. Não dá pra continuar com um agressor debaixo do seu teto. Vai ser uma conversa difícil, mas ele te faz mal, então chega disso. Já é revoltante esse cara ter feito tudo aquilo e nunca ter sido arrastado pra delegacia."

Dói ouvir isso de uma mulher que passou o dia na polícia por defender direitos básicos de outras mulheres, enquanto eu sigo confortável, fingindo que o comportamento do ex-amigo não é problema meu. Ela para o raciocínio por aí, talvez por misericórdia ao meu estado tão lamentável.

"Malu, eu vou falar com ele. Depois de amanhã a Kal chega e tudo vai ficar mais fácil. Ele nem vai querer ficar mais na minha casa com a Kal lá. Eles se odeiam", tento acalmar a Malu, que realmente está preocupada comigo.

Talvez ela esteja prestes a descobrir que ainda não sou a mulher que eu gostaria de ser, incapaz de viver conforme o que defendo. E eu entendo, também é uma grande decepção para mim.

"Muito bom mesmo a Kal estar chegando," ela diz, voltando ao seu tom assertivo.

Adoro essa dinâmica de mulheres que não se conhecem se considerarem amigas simplesmente porque têm uma amiga em comum. A Malu e a Kal nunca conviveram — nem sequer se viram. Quando fiquei próxima da Malu, a Kal já tinha ido embora, e a partir daí nunca calhou de estarem no mesmo CEP.

"Também queria ficar perto de você, amiga", não sei de onde a Malu tira energia para me reconfortar, "desculpa se tô te cobrando sobre esse infeliz. Eu entendo que vocês têm uma história difícil. Além do mais, não é mesmo nada simples lidar com agressores próximos da gente. Você sabe que eu entendo, né? E não acho que isso faz de você uma pessoa pior ou uma feminista de araque."

Suspiro, emocionada e agradecida pela leitura perfeita da Malu, mesmo à distância. Não sobreviveríamos sem o amor inesgotável entre mulheres, acabaríamos iguais aos homens, que saem por aí parasitando afetos.

"Valeu, amiga, eu sei. Desculpa tomar seu tempo com drama adolescente. Não quero te incomodar com besteiras, especialmente quando você já tem tanta coisa pra lidar. Preciso fazer as pazes com o passado e encerrar esse ciclo. Eu achava que seria como um osso fraturado — só imobilizar por um tempo que sara."

"Alminha, isso só funciona pra fraturas leves. Quando o osso quebra de verdade, precisa de muito esforço pra voltar ao lugar. Cicatriza só depois."

Amo a Malu demais para ficar discutindo sobre o ex--amigo.

"Mal posso esperar pela próxima viagem, Malu. Todas nós numa casinha na beira da praia, tomando sol e nadando no mar durante o dia, dançando e cozinhando de noite, lendo em voz alta sobre as nossas musas, escrevendo manifestos. E só nós duas tomando café e fofocando de manhãzinha."

Me transporto para longe do cubículo acarpetado, com um aquecedor que sempre resseca a garganta e dá dor de cabeça, para uma praia onde o calor do sol bate direto na pele, uma brisa fresca sopra constantemente, e as frutas frescas enchem a boca de um doce intenso, exclusivo do amadurecimento no seu próprio tempo.

Olhando para uma banana verde na mesa, tenho a dimensão pesarosa da saudade, do que me falta aqui, do tanto que tive de abandonar para tentar arrumar a bagunça que me tornei.

"Logo logo vamos nos encontrar, Alminha. Hora de exercitar a paciência histórica e preparar no presente as possibilidades futuras," diz ela, meio séria, meio de brincadeira, se referindo a algo que eu ensinei.

"E a preparação no presente, vai ser jacobinista ou ghandista?", brinco, mas imaginando a cabeça do ex-amigo na guilhotina.

"Somos jacobinas, amiga. O dever de vingar a revolução é das mulheres."

Quinze

Assim que desligo, mal tenho tempo de dar mais um suspiro de alívio e recebo uma mensagem do ex-amigo. Ele pergunta casualmente se vou chegar em casa a tempo do jantar, pois tinha pensado em fazer *aquele* risoto.

Sei muito bem qual risoto. De cogumelos, que o ensinei a fazer num retiro do grupo, quando ficávamos os dois responsáveis pela cozinha. Lembro de ter explicado que, apesar de a receita original levar cebola, eu fazia sem esse ingrediente porque não gosto dele na comida. Ele respondeu que isso era frescura, afinal nem se sente a cebola depois de refogada, então era melhor seguir a receita. Não quis brigar e disse que tudo bem, pensando que não seria muito trabalhoso separar os pedacinhos no prato. Eu já estava acostumada.

Decidi não responder por enquanto. Não quero falar agora. Ele que aguarde algumas horas. Antes de voltar a tela do celular para baixo e me concentrar no trabalho, surge uma vontade muito específica e urgente. Por sorte, é um dia tranquilo. Ainda estou digerindo as duas conversas da manhã e preciso de uma pausa.

Entro numa cabine do banheiro e apoio o celular virado para mim no gancho da porta. Assim que abro a câmera, começo uma prática autoerótica rápida e, em menos de três minutos, tenho um orgasmo. No fim, envio o vídeo ao amante esporádico, com uma mensagem: "Por aqui, muita vontade de você". Só ele me excita a ponto de eu querer mandar nudes ou vídeos eróticos, e de fato mandá-los, porque confio plenamente nele com esse tipo de material.

De volta à mesa, estou mais tranquila e fico pensando nas diferentes perspectivas que a Malu e a Kal têm sobre a presença do ex-amigo na minha casa. Algo que me impressiona é a Malu aceitar como a relação com ele é difícil para mim, mesmo sem saber os detalhes. Justamente por isso, a compreensão dela é limitada. Não conviveu comigo nessa época. Ela entende apenas em teoria, como uma situação comum às mulheres — ter um agressor no próprio lar. Ela pensa que esse é o problema, mas não faz ideia do que realmente me angustia — *querer* a presença do agressor. Do ex--amigo, mais especificamente. Ou, melhor, do amigo.

A Kal, por sua vez, sabe bem do rolo todo. Talvez por isso seja menos compreensiva. Ao acompanhar, desanimada, meu encantamento por ele, ela foi a maior torcida contra.

"Essa sua dificuldade de se interessar romanticamente pelas pessoas nunca vai se resolver enquanto continuar achando que ele é o cara mais maravilhoso do mundo", ela dizia ainda na graduação.

"As pessoas são desinteressantes mesmo, Kal, o que eu posso fazer?", eu respondia, meio de brincadeira.

"Pois eu torço pra que um dia vocês finalmente transem e seja bem sem graça. Só aí você vai deixar o cara pra trás e ser feliz. Você também poderia sair pegando geral pra encontrar uma pessoa massa, que tal?"

De fato, passei os anos de faculdade sendo apresentada a garotos insossos, sem me relacionar com nenhum deles. Mas não tinha a ver com o ex-amigo. Até hoje, essa dificuldade persiste. Sentir vontade de estar com alguém, me envolver afetivamente, requer pré-requisitos que não costumo encontrar por aí.

Com razão, a Kal fica de saco cheio da minha ambivalência diante de tudo relativo ao ex-amigo. Mas ela desconhece um detalhe importante. Nunca contei que, por cerca de seis semanas, um pouco antes do episódio no Supremo no último ano de faculdade, eu e o ex-amigo tivemos um caso. Aliás, nunca contei isso para ninguém.

Não sei por que decidi esconder esse pedacinho da minha vida. Faz sentido ter guardado segredo na época, já que tenho um bloqueio emocional: como uma historiadora tentando construir uma narrativa fidedigna, só dou conta de processar as emoções quando há certo distanciamento. O que realmente causa estranheza é, quase quinze anos depois, não ter contado nem para a Kal sobre essas transas furtivas.

No fim, talvez não tenha sido tão relevante assim. Passei os anos de universitária sentindo uma atração irresistível pelo ex-amigo. E quando isso se concretizou, tive certeza de que a nossa história nunca seria de amor.

Antes de transar com ele, eu considerava o magnetismo do ex-amigo como indicativo da inexorabilidade de um relacionamento no futuro. Mas não tinha pressa para chegar lá. Gostava do nosso arranjo, da casualidade e da convivência. Aproveitava cada minuto a sós, guardando para mim a perspectiva de que acabaríamos juntos. No fundo, queria acreditar que um dia enfim viajaríamos pela América Latina de Kombi.

A lembrança mais marcante da primeira transa foi o senso de urgência que senti quando a oportunidade se apresentou — era agora ou nunca. Se eu fosse usar só uma palavra para descrever aquela noite, seria alegria. Mas a frivolidade impressa ao nosso caso foi capaz de neutralizar completamente essa intensidade inicial. O que começou como uma das experiências mais explosivas da minha vida acabou se transformando numa coleção qualquer de encontros às escondidas sem a menor graça.

Tudo começou quando saímos do exame final de ciências sociais. Tínhamos passado os últimos dois meses nos encontrando para estudar, um motivando o outro a cumprir um cronograma enorme em um curto tempo.

Esse exame era o pesadelo de todo estudante. A prova funcionava assim: no último semestre, precisávamos escrever quatro ensaios críticos durante um fim de semana. Chegando na universidade às oito, saíamos apenas às seis, com direito a um intervalo de duas horas de almoço. O exame acontecia no auditório, cuja capacidade era de duzentas pessoas, mas só havia uns cinquenta estudantes. No início da manhã e ao retornar do almoço, recebíamos um envelope lacrado contendo dois possíveis temas para o ensaio e uma lista de oito autores.

Como os temas eram surpresa, a preparação para o exame era intensa e estressante. Um verdadeiro tour de force. Não fosse o bastante, o índice de reprovação era desanimador. Mesmo assim, o ex-amigo e eu estávamos determinados a não fazer parte da estatística dos estudantes que precisam refazer o exame final para conseguirem se graduar.

Durante os dois dias de prova, trocamos nossas impressões ao final de cada período, ambos satisfeitos com os respectivos desempenhos e confiantes de que estávamos indo bem. No fim do domingo, contudo, quando entregamos o último ensaio, não tivemos o alívio esperado.

O ex-amigo e eu saímos juntos do auditório e o olhar que trocamos foi de melancolia.

"Puta merda, parece que eu corri uma maratona",

falei, mexendo a cabeça de um lado para outro para estalar o pescoço.

Passamos pelo estacionamento, deixando para trás os colegas que escolhiam o bar da comemoração. Não tínhamos planejado, mas sabíamos que nenhum dos dois se juntaria ao grupo.

O silêncio depois do meu comentário perdurou até entrarmos no carro. O ex-amigo ia de carona, pois a casa dele ficava no caminho da minha. Quando comecei a dirigir, ele perguntou sobre as minhas escolhas para o último ensaio e, não pela primeira vez, descobrimos que tínhamos escolhido os mesmos autores e tema — as diferentes concepções da ideia de revolução nas teorias de Thomas Jefferson, Lênin, Rosa Luxemburgo e Fanon.

"É muita conexão, viu?", brinquei.

Mas o ex-amigo não ofereceu nem o típico risinho de boca fechada. O silêncio voltou e ficou até chegarmos ao prédio dele.

Quando abriu a porta do carro, ele fez uma pausa discreta e perguntou se eu queria subir para tomar uma cerveja. Mesmo cansada e faminta, não queria ficar sozinha com a tristeza do fim da graduação. O luto estava se instalando e duraria muitos meses.

"Pode ser. Mas eu preciso muito fazer um lanche."

O ex-amigo fechou a porta do carro para eu estacionar e disse que tinha comida em casa.

Subimos em silêncio os três lances de escada. A cada degrau, uma tensão palpável crescia como um céu escurecendo no meio da tarde, cheio de eletricidade e com a promessa de vendaval e inundação. Nós dois sabíamos o que aconteceria ali. Tudo era levemente onírico e estava se movendo em câmara lenta, apesar de o meu batimento cardíaco estar acelerado. Há quatro anos eu esperava por esse momento que tinha imaginado de todas as formas.

"Sabe que eu sempre fui meio a fim de você? Mas você nunca quis nada comigo", eu disse quando chegamos à sua porta, enquanto ele colocava a chave na fechadura.

Ele me olhou confuso, como se não tivesse escutado direito. Eu também estava confusa, como se não houvesse sido eu quem proferiu aquelas palavras. Aparentemente, peguei a mim mesma de surpresa. Mas saiu meio como piada, daquela maneira típica de quem não tem coragem de assumir o que sente.

O ex-amigo continuou me olhando nos olhos, primeiro muito sério, e logo em seguida com leveza. Ele respondeu que eu só era a fim dele porque ele nunca quis nada comigo; no momento que dissesse que também estava a fim, eu imediatamente perderia o interesse.

A resposta fez condensar algo que existia apenas na forma de vapor. Já sem qualquer vestígio de gracinha, pela primeira vez me responsabilizando pelos meus sentimentos, decidi ser direta:

"Não é verdade. Eu tenho vontade de você simplesmente porque é você. Tô esperando por isso há muito tempo."

Por alguns segundos, ficamos parados nos encarando. Comecei a sentir um formigamento nas pernas subir pela coluna. O ex-amigo parecia estar em dúvida se deveria fazer o primeiro movimento. A expressão dele era de alguém concentrado na resolução mental de uma conta complexa. Ficamos tão perto um do outro que eu senti seu hálito quente no meu nariz.

Quando nossos lábios se encostaram, eu estava como um artilheiro na hora de bater um pênalti na final de um campeonato. O coração acelerou, mas me mantive muito concentrada. Resistindo ao afogadilho que rondava, a nossa coreografia era de quem desarmava uma bomba — cuidadosa, compassada e deliberada.

Cada milímetro do meu corpo se transformou em brasa, como se a língua que passeava pela minha boca estivesse lançando fogo. Os meus dedos exploravam lentamente o tórax do ex-amigo, começando pela clavícula até chegar aos ossos pélvicos. As mãos dele, por sua vez, leves e provocadoras, transitavam pelas minhas costas e pela lateral do meu quadril.

Até então, eu não sabia que podia acumular tanta tensão, me transformando numa pequena usina termoelétrica com energia para aquecer o prédio de quatro andares. Ficamos muito tempo daquele jeito, com lábios e línguas se conhecendo, e as mãos e dedos tocando o que já era familiar apenas aos olhos. Até que não foi mais possível segurar a sofreguidão. A energia tensionada nos últimos minutos — mas cuja reserva estava estocada fazia anos — explodiu.

Os beijos, um tanto incertos e quase retraídos no começo, rapidamente ganharam a impetuosidade condizente com aquele momento. Uma vez liberados para avançarem sem preocupações, se impuseram com o fervor daqueles que podem se dar ao luxo de assumir sem vergonha, pudor ou receio, o gozo em seu estado bruto. As mãos, que antes passeavam cuidadosas e leves pelos novos corpos que estavam conhecendo, ficaram mais pesadas, fortes e insolentes. Obedecendo à urgência da convocação, elas agarravam e puxavam para si as partes para as quais eram atraídas.

Desenfreado, o ex-amigo tirou a minha roupa de uma só vez. E então parou. Deu um passo para trás. Se afastando daquela confusão de corpos, me olhou de cima pra baixo, de baixo pra cima, e fixou o olhar no meu. Os poucos segundos sem o seu toque me deixaram com uma vontade que eu nem me imaginava capaz de sentir. Não sentir as mãos dele na minha pele, agora totalmente nua, foi insuportável. E eu via o desejo que exalava pelos meus poros refletido nas pupilas do ex-amigo. O calor do seu corpo chegava como se eu estivesse a poucos centímetros de uma fornalha.

Ainda sustentando aquele olhar desvairado, o dele e o meu, o ex-amigo colocou dentro de mim dois dedos da mão esquerda e assim pôde sentir também o efeito que todo aquele instante teve sobre mim. Ele fechou os olhos, como se a sensação fosse mais forte do que ele pudesse aguentar. Ao abrir, levou os dedos à boca, sem tirar os olhos de mim. Sua expressão era de puro deleite. Eu não fazia ideia de que alguém poderia apreciar tanto o meu gosto.

É estranho como essas lembranças são ao mesmo tempo um borrão de sensações e uma coleção de detalhes muito nítidos. A voz dele era sedenta ao dizer, bem baixinho ao pé do meu ouvido direito, que ele queria me sentir com a boca. E agachado ali mesmo, eu ainda de pé, achei que me dissolveria por completo em sua saliva. Eram tantas sensações novas que fiquei atordoada, como se fosse fisicamente insustentável sentir tanto prazer.

Ele me levou pela mão até o quarto, onde eu nunca tinha entrado, apesar de frequentar sua casa. O cheiro de sabão em pó dos lençóis e a organização impecável me impressionaram. A cama era convidativa e confortável como uma cama de hotel.

Quando me deitei, com as costas no colchão, o peso do corpo dele sobre o meu trouxe um conforto muito específico. De repente, toda a ansiedade e a inadequação que eu já tinha sentido foram removidas da minha corrente sanguínea. Eu estava exatamente onde deveria estar, fazendo precisamente o que deveria fazer e aproveitando tudo o que merecia sentir. Nunca tinha vivenciado tanta alegria de uma vez.

A noite inteira durou, ao mesmo tempo, uma eternidade e uma fração de segundo. Testamos várias posições, cada uma melhor que a outra, em todos os ritmos. Ficamos o tempo todo muito colados, barriga com barriga, costas com barriga, boca com boca, boca com nuca, os dedos ora entrelaçados, ora intensificando o prazer do outro. Fomos até o nosso limite físico — posso dizer que até o ultrapassamos, embalados pela intensidade daquelas delícias.

No fim da noite, quando a exaustão finalmente chegou, decidi ir embora. Por um momento, considerei dormir ali mesmo. O ex-amigo já dormia um sono pesado a ponto de roncar baixinho. Fiquei olhando bem de perto, esquadrinhando cada milímetro do seu rosto. Que homem lindo, ainda mais assim tão próximo.

Eu queria tanto ficar lá para sempre que não consegui aproveitar os últimos instantes, pensando que em breve acabaria. E para não lidar com a tristeza, decidi me vestir e sair logo, levando apenas lembranças. Dirigindo de madrugada, levitei sobre uma névoa de satisfação.

Nos dias imediatamente seguintes, voltei várias vezes para transarmos. Passado esse período, criamos uma rotina de dois encontros semanais por um mês. Aos poucos, a cada dose, perdíamos um pouco da intensidade. Nas últimas vezes, já éramos um casal de meia-idade completando bodas de vinte anos, pouco empolgados com o corpo um do outro. Não conseguimos ser como aqueles casais apaixonados que passam horas se olhando, trocando carinhos e rindo frouxo depois de transar. Fomos do sexo explosivo ao protocolar, sem aproveitar uma fase transitória.

Não sei dizer o que aconteceu, mas o primeiro encantamento nunca mais se repetiu. Até mesmo o prazer do sexo com o ex-amigo foi superado pelo prazer do sexo com o amante esporádico, que transformou a novidade do orgasmo durante a penetração em rotina.

O caso com o ex-amigo foi como ter participado, com fome demais, de um grande banquete. Atacamos com muita vontade toda a comida na nossa frente e não paramos até estarmos saciados. No fim, sobrou apenas a sensação desagradável de estar empanturrado, mas ainda olhando os restos de comida na mesa, as sobras frias nas bandejas, os pratos sujos e engordurados e a toalha salpicada de manchas em diferentes tons de marrom. E foi assim que nunca mais transamos.

Nina Costa Valadares, 26 anos, nacional, solteira, professora, compareceu a esta Delegacia, na condição de testemunha, e relatou o que segue. Questionada se conhece o investigado, disse que sim; que o conheceu em uma espécie de festa em dezembro do ano passado; que foi a primeira vez que o viu e que não mais o encontrou desde então; que não conhecia os donos da festa, mas que foi acompanhando uma amiga, sem saber exatamente do que se tratava; que soube depois que a festa era organizada pelo investigado com mais alguns amigos; que sua amiga havia sido convidada por um dos outros organizadores, com quem ela estava se relacionando; que chegando na festa, ao entrar na casa, sentiu um clima estranho, pois havia poucas pessoas, estava escuro e o chão tinha colchões e almofadas espalhadas; que a festa era em uma chácara afastada da cidade; que quando questionou sua amiga sobre a estranheza que sentiu, sua amiga só então lhe explicou que a festa era na verdade uma orgia; que disse a sua amiga que não queria ficar na festa e pediu que fossem embora, mas sua amiga insistiu que ficassem; que por estar em um lugar afastado e depender de carona da amiga, se sentiu sem alternativa a não ser ficar; que estava nervosa, pois não sabia o que ia acontecer; que sua amiga a tranquilizou falando que ela não precisaria fazer nada que não quisesse, que todos respeitavam consentimento nesses eventos, mas ela continuou nervosa e sua amiga lhe sugeriu que pegasse algo para beber; que foi nesse momento que as duas foram até um isopor com gelo onde as cervejas estavam, que elas foram abordadas pelo investigado; que sua amiga já conhecia o investigado; que os três começaram a conversar e o investigado lhe perguntou se ela estava nervosa e ela respondeu que estava; que o investigado lhe ofereceu uma droga para pôr na bebida para relaxar; que ela aceitou e o investigado pingou algumas gotas em sua cerveja; que não sabe dizer qual era a droga; que enquanto estavam conversando, depois de um tempo que não sabe precisar, as luzes se apagaram totalmente e uma música alta começou a tocar; que ela sentiu então o investigado agarrá-la e começar a beijá-la; que ela foi pega de surpresa, mas continuou beijando o investigado; que ela não se lembra de mais nada da noite depois disso; que acordou no dia seguinte na casa de sua amiga; que sua amiga lhe disse que ambas voltaram juntas no carro quando a festa acabou, de madrugada, com a sua amiga conduzindo o veículo; que não sabe se sua amiga também tomou a droga, mas a amiga disse que se lembrava de tudo da noite. Questionada se acredita ter sofrido algum tipo de violência sexual durante a noite, disse que não. Questionada se deseja acrescentar algo, disse que não. Nada mais foi dito nem lhe foi perguntado.

Dezesseis

O expediente chega ao fim sem que eu tenha ticado nenhum item da longa lista de pendências. Está difícil me concentrar no trabalho. Quando estou recolhendo as minhas coisas para ir embora, o chefe aparece na minha mesa. Ainda nem tinha encontrado com ele hoje. Se for me cobrar sobre alguma tarefa, não vai ficar satisfeito com a resposta.

Assim que se senta na outra cadeira, o chefe quer saber como está a convivência com o ex-amigo e reforça que está à disposição.

"Obrigada. Tudo tá sob controle. Depois eu conto melhor, mas a gente conversou ontem, eu disse que não podia mais hospedá-lo, então ele vai embora de vez logo. E nunca mais vou precisar lidar com as merdas dele."

Não sei por que estou mentindo para o chefe. Talvez esteja prevendo que isso vai mesmo acontecer. Ou talvez seja apenas a vontade de ser quem o chefe acha que sou, sem as minhas fraquezas — uma versão muito particular dele da mulher que eu gostaria de ser.

O chefe levanta a questão da qual venho fugindo há dias, desde que li sobre a acusação de estupro. Me olhando firme nos olhos, ele pergunta se eu acredito que o ex-amigo é culpado. O olhar inquisitivo do chefe me desestabiliza, e fico um pouco decepcionada comigo mesma por não conseguir resistir à necessidade de aprovação — simplesmente não quero decepcioná-lo. A mulher que eu gostaria de ser não pode desejar esse tipo de validação. Por que me esforço tanto para agradar o chefe?

Em vez de responder, repito a história que contei à Kal, mas já com a devida edição.

O chefe escuta atento. Quando ouvimos histórias de criminosos comuns — um assassino pego em flagrante ou um empresário que lava dinheiro —, conseguimos nos afastar deles, assumindo a posição confortável de quem sabe que jamais ocupará o mesmo lugar. Em contrapartida, quando homens de esquerda escutam que outro homem de esquerda está sendo acusado de estupro, uma luz amarela acende sobre a cabeça deles, que passam a acompanhar por interesse próprio e de classe. É raro quem tenha segurança de que nunca vai se sentar no banco dos réus.

Ainda que o chefe não goste do ex-amigo e pareça estar torcendo pela condenação, há uma ambivalência latente em sua postura — mas uma ambivalência diferente da minha. Ele se esforça para não demonstrar que está muito interessado nos detalhes e faz questão de manifestar uma indignação comedida nas partes mais graves. Na verdade, sei que ele está pensando que, apesar de o ex-amigo ser um babaca, ele não merecia estar passando por isso. Ao mesmo tempo, o chefe deve estar revisitando a própria conduta e a lista de mulheres com quem se relacionou para avaliar se há algum risco.

"Sabe que é uma surpresa para mim este momento não ter chegado antes, dado o histórico dele?", comento.

O chefe está numa posição delicada. Ele sabe que não pode defender o ex-amigo, mas também não quer engrossar o coro do linchamento. Ele apenas balbucia algo que não quer dizer nada.

Eu poderia reconfortá-lo, assegurando-o de que ele jamais estaria na mesma situação. Ou exagerar a gravidade do que o ex-amigo alegou, para que o chefe pudesse se sentir distante o suficiente da possibilidade de algum dia vir a fazer algo semelhante.

Se o ex-amigo tivesse agarrado a Ashley à força, posto uma mordaça nela e a amarrado na cama enquanto ela se debatia e tentava gritar por socorro, o chefe poderia ficar tranquilo que *isso* ele jamais faria. Que confortável seria estar condenando alguém por uma conduta tão vil, em vez de lidando com uma zona cinzenta. O incômodo está na localização do caso do ex-amigo neste espaço rente demais à linha do aceitável e inaceitável.

Todos os homens já se equilibraram nessa linha.

Mesmo que não estivesse mentindo se falasse algo tipo *nem todos os caras são decentes como você*, decido ficar calada olhando para o chefe.

"Preciso ir. Cheguei muito cedo, e uma enxaqueca está a caminho", digo finalmente.

O chefe tira uma cartela de comprimidos vermelhos do bolso e me oferece um, explicando que é o mais eficaz para esse problema que há anos temos em comum. Inclusive, já fomos juntos a médicos para tentar resolvê-lo, igual a um casal de velhinhos cujas consultas são uma espécie de hobby a dois.

"Obrigada", engulo a cápsula em seco, "a minha avó dizia que não tem problema no mundo que não se resolva depois de um banho quente e uma boa noite de sono. Então é melhor ir pra casa dormir."

Mas o chefe ainda tem um assunto pendente e pede mais uns minutinhos.

"Claro, diga", me sento de volta na cadeira. Ele conta que está seriamente considerando aceitar uma excelente oferta para retornar à terrinha. Se for assim, a mudança acontece em alguns meses. Ele diz para eu avaliar a ideia também. Se estiver no meu horizonte de possibilidades voltar, poderemos conversar melhor num momento mais tranquilo. Ele tem como me levar junto — seu tom é tão casual que mais soa como um convite para passar o fim de semana nas montanhas, como fazemos às vezes.

Não tenho como refletir sobre essa perspectiva agora. É coisa demais para dar conta.

"Vou precisar de uns dias", digo enquanto pressiono as têmporas para aliviar a enxaqueca que está resistindo ao remédio.

O chefe entende, claro, e diz que só queria pôr a possibilidade no meu radar.

"Ok. Oportunidade no radar", finalizo a conversa enquanto dou um abraço apertado nele, aproveitando a segurança que ele traz.

No metrô, só penso no quanto quero chegar em casa, tomar um banho quente e deitar na cama. Porém, lembro que o ex-amigo vai estar me esperando. Eu acabei não respondendo a mensagem, então não sei se ele fez o risoto.

O dia precisa acabar. Sentindo uma energia caótica crescente e quase fora de controle, decido descer na estação anterior à minha para caminhar e sentir o ar gelado no rosto. Assim, a ansiedade pode se dissipar um pouco.

Consigo me tranquilizar ao pensar que, se não há como eu controlar qual será a minha situação doméstica ao final desse dia, também não preciso pensar sobre o que eu gostaria que estivesse me esperando em casa. "Que sera, sera." Começo a cantarolar esse clássico baixinho e talvez um pouco afetada até enxergar a fachada do prédio e subir as escadas do hall.

Ainda no corredor, sinto o cheiro familiar de uma cozinha ativa — cebola e alho sendo refogados no azeite. Imediatamente estou de volta ao meu país, onde todas as refeições são preparadas desse jeito.

Quando abro a porta, estou diante de uma cena de comédia romântica antiga feita por homens que achavam que sabiam o que as mulheres queriam ver, na época em que ninguém ainda tinha tido a brilhante ideia de pôr mulheres para escrever roteiros. Até entendo a resistência. Se eu fosse um cineasta, também não ia querer mudar. Eu mesma adoro assistir a homens escritos por mulheres. As figuras patéticas, unidimensionais e intelectualmente limitadas também correspondem à minha ideia geral sobre esse grupo social.

O ex-amigo está no fogão, mexendo uma colher de pau na panela, rodeado de tigelas e temperos. Ele olha para trás e sorri, me dando boas-vindas e talvez tentando usar em mim o charme que ele acha que sempre funciona. O risoto vai ficar pronto em meia hora.

"Vou tomar um banho. Obrigada por cozinhar."

A caminho do banheiro, olho de relance para a panela e constato o tanto de cebola ali.

Relaxo um pouco com a água quente no corpo. Até esvazio a cabeça de tudo que circulava incessantemente como um redemoinho. A enxaqueca parece ter sido derrotada pelo remédio, afinal. De banho tomado e com muita fome, me sento à mesa e espero o ex-amigo servir os pratos.

"Você tá com uma cara ótima", observo.

O ex-amigo conta que teve uma excelente notícia há pouco. O amante esporádico ligou para o departamento responsável pela investigação e foi informado de que a Ashley noticiou formalmente ao comitê de campanha que desejava desistir do processo e retirar a denúncia.

"Caramba", me surpreendo, "e qual a consequência disso?"

O ex-amigo explica que a investigação deve ser encerrada como inconclusiva por falta de provas. Isso acontecerá nos próximos dias, permitindo que ele retorne ao trabalho.

Antes que eu possa me conter, estou pulando da cadeira e abraçando o ex-amigo.

"Que boa notícia", digo, com o rosto perto da sua nuca, a voz um pouco embargada.

Por que a Ashley decidiu desistir da denúncia? Não acredito que o ex-amigo realmente tenha dado ecstasy escondido para transar com ela. Mas não há dúvidas de que o descaso dele é incomodamente familiar. Não a parte de drogar intencionalmente alguém para estuprá-la, mas a parte da falta de cuidado. A parte em que ele percebe o que aconteceu e segue transando com Ashley. Não por vilania ou com o intuito de fazer algum mal a ela, mas simplesmente porque é assim que ele se relaciona com as mulheres, displicentemente.

O ex-amigo não está exatamente feliz, ainda que pareça um pouco mais tranquilo. Ele diz que espera conseguir deixar toda essa confusão para trás e quer encerrar o assunto definitivamente. Ainda de pé, serve duas porções generosas do risoto temperado com cebola e se junta a mim à mesa. Até considero insistir na questão da cebola, mas é mais fácil simplesmente separar os pedacinhos no canto do prato. O ex-amigo nem vai reparar.

O próximo assunto me surpreende. Do nada, ele diz que sente saudade das reuniões do nosso grupo.

"Eu também sinto", digo só por dizer, sem ter certeza de que acho mesmo isso.

De fato tenho saudade de um espaço de militância diária, orgânica, que nunca mais encontrei, nem mesmo no movimento feminista. Saudade de viver a política constantemente e de estar mergulhada em discussões energizantes. Mas saudade do grupo, mesmo, acho que não sinto.

Os problemas eram tantos que chega a ser difícil demais lembrar do que funcionava. O ex-amigo insiste na nostalgia, rememorando debates icônicos. Todos éramos viciados em discussões intermináveis, mas os homens da diretoria informal encontravam nelas um verdadeiro prazer para alimentar sua vaidade. A figura do estrategista sagaz que toma todas as atitudes como num jogo de xadrez me perseguia tanto no trabalho quanto no grupo.

"Lembra daquela plenária em frente à Biblioteca Nacional?", pergunto ao ex-amigo enquanto me livro dos pedacinhos de cebola e tento estragar um pouco o túnel do tempo com uma lembrança particularmente vergonhosa dele.

Foi lá que os companheiros se encontraram pela primeira vez com as mulheres do movimento feminista. Nossa cidade estava passando por uma crise política, e diversos grupos, movimentos sociais, coletivos e militantes autônomos foram chamados para uma grande assembleia popular. A ideia era organizar uma frente ampla de esquerda para enfrentar o autoritarismo que despontava no país. Não havia nenhum plano concreto, somente a urgência de reagir. Não estava evidente à época, mas a nossa iminente derrota histórica e o fim de um ciclo minimamente progressista podiam ser sentidos no ar. Era o momento de se unir.

Eu participei de duas reuniões preparatórias para a assembleia, uma do coletivo feminista e outra dentro do partido com a diretoria informal. A primeira parecia ter sido escrita por alguém que nunca sequer assistiu a um mísero filme sobre política institucional. Um homem assistindo àquela cena teria mudado de canal, decepcionado com a falta de intrigas. Estávamos muito preocupadas com a ascensão do autoritarismo. As pautas das mulheres, especialmente a legalização do aborto, eram o principal foco de ataque da direita e também as primeiras a serem abandonadas pela esquerda em nome da estabilidade. Decidimos que apoiaríamos a frente ampla com a condição de que atendessem as nossas principais demandas — direitos sexuais e reprodutivos, apoio estatal ao trabalho de cuidado e políticas contra lesbofobia, transfobia e violência de gênero. Além disso, qualquer instância representativa da frente ampla deveria ter paridade de gênero.

A única controvérsia surgiu quando sugeriram que uma das demandas fosse a proibição de bandeiras de partidos em atos da frente ampla na rua. Eu defendi que essa imposição poderia afastar os militantes partidarizados, e esse ponto de vista acabou prevalecendo. Fora que algumas de nós — como era o meu caso — não apenas entendiam os partidos como espaços fundamentais de construção política, mas também viam os discursos apartidários como um flerte com os reacionários.

Na reunião do grupo, por sua vez, passamos três horas discutindo os riscos de a frente ampla ser liderada por outro partido. Nenhuma palavra sobre a importância da iniciativa, nenhuma ideia de como resistir diante da escalada autoritária, nada. O ex-amigo e os demais homens viam a frente ampla como um espaço de poder a ser ocupado, e toda a energia se concentrava nas formas de fortalecer o grupo e o partido.

O ex-amigo, com a boca cheia de risoto, indaga sarcasticamente se eu me refiro à assembleia na qual preferi sentar com as feministas e fingi que nem conhecia os companheiros.

"Exatamente essa, sim", rebato, meio de brincadeira. É claro que ele está exagerando. De fato, eu me sentei com as feministas, mas não ignorei os caras da diretoria informal.

Dois anos depois de formada, eu estava muito mais engajada no coletivo feminista. Tínhamos organizado duas grandes marchas e representávamos uma força política considerável na região, sobretudo devido à nossa capacidade de mobilização. Os protestos atraíram milhares de pessoas para o que veio a ser a maior manifestação de rua daqueles últimos tempos na cidade.

Na assembleia, os principais objetivos eram redigir uma carta de princípios que unissem a frente ampla e definir um calendário de ações para um grande ato no fim do mês. Cada grupo, partido ou coletivo teria direito a falar por dois minutos. Sentada com as feministas, eu observei os homens do grupo de longe.

"Vi de canto de olho vocês cochichando, como se estivessem negociando a própria perestroika", agora abro um sorriso brincalhão, mas insisto na atuação desastrosa deles.

A cebola no risoto está me encorajando a ser mais agressiva com o ex-amigo. O clima da conversa ainda é leve, e ele não demonstra se incomodar com a zoação.

O ex-amigo afirma que não se arrepende do que fez. Pelo visto, ele até hoje acredita que não teve responsabilidade.

"Cara, você não aprendeu nada mesmo. Continua sendo esse cabeça-dura de nove anos atrás."

Em vez de morder a isca, o ex-amigo começa a fazer piada sobre quem estava presente na ocasião. Tinha me esquecido do talento cômico dele. Tira sarro dos outros, exatamente como fazíamos para aguentar reuniões intermináveis e pouco produtivas. Sentados o mais longe possível do restante das pessoas, cochichávamos piadinhas sobre um a um.

Os comentários depreciativos agora são tão engraçados que chego a gargalhar.

"Poxa, fazia tempo que eu não ria tanto das figuras do movimento estudantil", digo, recuperando o fôlego, "adorei o nosso jantar. Pode deixar que a louça é minha."

O ex-amigo agradece e diz que finalmente vai conseguir ter um sono tranquilo.

"Boa noite e bons sonhos", me despeço enquanto guardo as sobras na geladeira.

Colocando a louça na máquina, repasso na cabeça o fatídico dia da assembleia popular. O mal-estar começou quando eu me levantei para falar pelo movimento feminista, pois eu tinha sido escolhida como porta-voz num sorteio interno. Calhou de ser o ex-amigo quem me anunciou, já que ele estava cuidando da fila de inscrições dos representantes que teriam a palavra.

O problema foi que, ao me chamar no microfone, ele não se limitou a dizer que eu falaria pelas feministas e acrescentou que eu era do seu partido, como um cachorro demarcando território com mijo. Algumas pessoas protestaram, pois o nosso partido já tivera sua vez. O ex-amigo era macaco velho do movimento estudantil e deveria saber como é séria a distribuição igualitária de tempo de fala para todos os envolvidos.

Foi então que um homem histérico de outro partido começou a gritar na tentativa de impugnar a minha fala. Ele insistiu que o meu microfone fosse cortado.

Foram as feministas autonomistas, que repudiavam partidos políticos em geral, que me defenderam. Algumas se levantaram e argumentaram que eu falaria em nome do coletivo, não do partido. Chegava a ser engraçada a ironia: o ex-amigo quase destruiu a minha oportunidade de defender as pautas feministas ao tentar capitalizar a minha fala para o partido, enquanto as feministas, em sua maioria veemente contra partidos, é que de fato garantiram que eu pudesse falar por elas.

Mas o ex-amigo não percebeu o amargor despertado dentre os presentes com sua mesquinharia. Não satisfeito, em vez de deixar a plenária seguir seu fluxo, fez questão de pegar o microfone ao fim da minha apresentação para ressaltar a importância de tudo o que eu tinha dito. E ainda falou por um longo tempo, alheio à própria chatice. Para a maioria das pessoas ali, a grandiloquência do ex-amigo era enfadonha e inapropriada. O pessoal queria definir estratégias. Ninguém tinha comparecido para ser doutrinado.

A palestrinha se tornou tão insuportável que uma mulher começou a vaiá-lo. Em segundos, quase todo mundo formou um coro fortíssimo. A vaia era tão alta, a humilhação tão evidente, que o ex-amigo largou o microfone no tripé e foi embora.

QUINTA-FEIRA

Dezessete

Acordo com duas mensagens que me despertam na hora. Uma é do amante esporádico, do início da madrugada, contando que o vídeo tinha sido apreciado em todos os sentidos. Imaginar o amante esporádico pensando em mim durante suas atividades autoeróticas me faz sorrir.

"Pois chegue logo pra apreciar ao vivo", digito.

Ainda tem uma mensagem da Kal: "Arrumando as malas. Amanhã tô aí!".

Mando uma chuva de emojis de corações com a frase "Aguardando ansiosamente". Só mais uma noite, penso, e já estou mais calma.

Na nova mensagem do amante esporádico, fico sabendo que ele quer outra coisa além de agradecer pelo suporte visual enviado ontem. Ele soube da oferta que o chefe recebeu.

"Então você sabe que tem uma chance de a gente morar na mesma cidade muito em breve?"

O amante esporádico avalia que vai dar merda, mas não dá para saber se ele está realmente preocupado ou se divertindo com a bagunça que é a nossa relação. Talvez um pouco dos dois. Ele deve estar em parte alegre.

"Eu te ligo assim que chegar no escritório", escrevo.

Me levanto para fazer café, e o ex-amigo já está acordado,

de pé na cozinha com uma xícara em mãos e um saquinho de chá dentro. Ele acha café muito amargo, mesmo com bastante açúcar. Essa imagem é um gatilho para mim.

Quando penso no quanto o ex-amigo me irritava nas reuniões do partido, a primeira imagem que me vem à cabeça é justamente ele passando a mão em sua barba, entediado com as mentes menos evoluídas falando, enquanto bebe seu chá verde. Em disputa constante com os demais homens da diretoria pelo papel de "o grande articulador político", o ex-amigo adotava a tática de permanecer calado durante quase toda a reunião e só falar no fim, garantindo que a última palavra seria dele. Deve ter lido que era assim que Lênin se comportava nas assembleias do Partido Bolchevique.

"Bom dia", digo.

Ele me cumprimenta de volta e pergunta se quero ovos.

"Obrigada, mas preciso correr pro escritório."

Ele comenta sobre como gostou do jantar.

"Eu também gostei bastante. O risoto estava ótimo."

Ia mencionar a cebola, mas desisto.

"Sinto saudades das nossas conversas", completo. E eu sinto mesmo. Gostaria de separar o ex-amigo em dois e ficar só com a parte que ama política e quer mudar o mundo.

Mas não posso brincar de revisitar o passado como se tivéssemos uma bela história pela frente. "Acho que vou voltar tarde, tenho uma quantidade absurda de trabalho", isso é apenas parcialmente verdade. Sempre tenho uma quantidade absurda de trabalho, mas hoje temo pelo meu próprio comportamento, presumindo que será a última noite do ex-amigo no apartamento.

"Você provavelmente já vai estar dormindo quando eu voltar."

O ex-amigo responde que vai tentar me esperar acordado

de qualquer jeito, pois vai embora amanhã de manhã e já retornará imediatamente ao trabalho.

"Que bom que você já vai conseguir voltar", é o que sou capaz de responder.

Me visto correndo e ponho uma camisa branca de botões, uma calça preta e um blazer que compõem o uniforme da mulher executiva. Saber da contagem regressiva das últimas horas do ex-amigo no meu apartamento desperta um sentimento difícil de explicar — e ainda mais difícil de controlar. É como ver um filme em que alguém está tentando desarmar uma bomba antes que o tempo acabe.

Como não está tão frio, decido ir de bicicleta. O exercício vai ajudar no controle da ansiedade. Vou aproveitar para ligar para a Malu no caminho.

Pedalando e sentindo o ar fresco da manhã, o "alô" da Malu soa como uma bolsa de água quente num dia de cólica persistente.

"Amiga, como estamos por aí? Alguma novidade da delegacia?"

"Bom dia, amiga! Tudo mais tranquilo. Conversei bastante com a Aurora de noite e não tem motivo pra se preocupar. Não abriram inquérito, e a busca e apreensão não revelou nenhuma pista. Por enquanto, nossas estratégias estão funcionando." *Por enquanto*. Manter uma rede aborteira num país sustentado por fanáticos religiosos é estar sob risco constante. A sorte é os governantes serem burros o suficiente para menosprezar a capacidade de organização das mulheres.

"Vou ligar para a Aurora também, ainda não nos falamos."

"Isso, Alminha, fala com ela. A Aurora tem sido incrível."

"Que bom saber que você tá bem e segura. Muita saudade, amiga. Tenho me sentido tão distante de tudo que nem sequer consigo me lembrar direito do que estou longe."

As palavras saem como se estivessem tocando um machucado em carne viva. Tudo seria tão mais fácil se as minhas amigas estivessem perto.

"Muita saudade também, Alminha. Estamos longe do que éramos e ainda mais longe do que queremos ser. É o pior não lugar possível para se estar."

Apesar de ser cinco anos mais nova, a Malu sempre consegue me explicar o que estou sentindo. Ela é tão inteligente que chega a doer o tanto que me considero sortuda por ela ser minha amiga. Todas deveriam ter o direito de acessar esse conjunto incrível de cabeça e coração que a Malu usa com maestria.

"Sabe que talvez eu volte em breve? O meu chefe recebeu uma proposta de trabalho aí e me ofereceu uma posição. Pode ser que em alguns meses a gente esteja morando na mesma cidade — se eu aceitar."

A Malu sabe que, por mais feliz que eu seja aqui, também flerto com certa vontade de voltar. Ela já me ouviu reclamar diversas vezes da vida de imigrante latina, mas também testemunhou momentos de muita felicidade pela vida que construí.

"Que notícia bombástica, Alminha! Até quando você tem que decidir?"

Isso me faz lembrar que preciso pensar seriamente sobre o assunto.

"Não sei de nada ainda, amiga. O chefe falou comigo ontem, não tive tempo de começar a pensar", estou levemente angustiada, "ele não entrou em detalhes. Também não perguntei. Tô com a cabeça muito bagunçada."

Como sempre, ela faz a única pergunta que importa:

"Mas você *quer* voltar, Alminha?"

"Não é simples assim, Malu, 'sim ou não', 'quer ou não quer'. Tem muita coisa em jogo."

Escuto a Malu dar uma risadinha, se divertindo com minha neurose:

"Alminha, meu amor, você sabe muito bem que a resposta é simples, sim. Você pode gastar infinitas horas elaborando justificativas, mas sabe que no final a decisão é 'sim ou não' e você já escolheu. Tudo bem se não quiser falar agora."

Ela é uma bruxa mesmo. Que mulher impressionante! De dois anos para cá, tenho pensado cada vez mais em retornar à terrinha. Não cheguei a planejar, mas percebo que a vontade de me sentir em casa chega a se tornar palpável. Quando decidi morar fora, não tive dúvidas de que precisava ir embora naquele instante. E não me arrependo. Mas sei que hoje conseguiria refazer meu lar na minha cidade, reconectada com a política e com a cultura tão familiares do meu país e, principalmente, perto das amigas que não encontrei por aqui.

"Às vezes é muito difícil ser amiga de alguém que me conhece tão bem, sabia? Você tem razão, eu sei a resposta, já tem algum tempo, na verdade."

"Alminha, todas nós somos assim. Aprendi com Beauvoir. Quando achamos que vamos tomar uma decisão, na verdade, já está tudo decidido, e só estamos buscando justificativas."

A Malu curte um existencialismo. Nunca entendi bem por quê. Beauvoir tem tanto para ensinar, mas a Malu se interessa pela parte mais sem graça.

"Sabe que Marx já falava isso, né?", provoco.

É uma piada interna. Toda vez que alguém traz um argumento filosófico de algum pensador do século xx, eu tento provar que Marx já tinha levantado a questão décadas antes.

"Eu tinha certeza que você ia falar isso. Para de ser ridícula", ela finge irritação.

Entre risadas, continuo:

"É verdade, amiga. No prefácio da *Contribuição à crítica da economia política*, ele diz que a humanidade só lida com problemas quando já tem os instrumentos necessários para resolvê-los. Quando a gente entende um problema como um problema, é porque já sabemos o que fazer a respeito. Tipo quando a gente começa a pensar em terminar com alguém. É porque na verdade já sabemos que devemos terminar e já temos as condições materiais para isso. Quando a conjuntura permite o fim do relacionamento sem maiores traumas, a gente consegue pensar o relacionamento como um problema que precisa ser resolvido."

A Malu se diverte com as minhas tentativas de enfiar teoria política em tudo.

"Não foi bem isso o que eu disse, mas beleza, amiga. Não tenta me distrair, não vai funcionar. Tô esperando: quer ou não quer voltar?"

"Sim, eu quero voltar."

"Eba! Eu sabia, amiga. Tudo bem gostar da vida aí. Mas o seu lugar é aqui, sempre foi. Oito anos longe é tempo demais. Tá na hora de voltar, né? Será que vamos finalmente criar a nossa comunidade?", ela fica animada.

A nossa comunidade é um plano que nunca tiramos da cabeça: juntar várias amigas para construir casas num terreno amplo cercado de natureza, com piscina e horta farta, onde vamos compartilhar o cuidado das crianças e fazer trilhas para cachoeiras.

"Espero que sim. Precisamos muito concretizar essa utopia", digo, ofegante.

A conversa me distraiu tanto que nem percebi que estou no meio da subida da ponte, o trecho mais desafiador do percurso casa-escritório.

"Tudo bem aí, Alma? Foi nossa conversa que tirou seu fôlego?"

"Tô ficando velha, amiga. Até andar de bicicleta começa a ficar custoso."

A Malu solta uma risada.

"Pelo menos você é uma velhinha sarada."

A risada dela me contagia. Mas a combinação do riso frouxo com o esforço físico está fazendo meu baço doer.

"Deixa eu desligar antes que eu enfarte, Malu. Vamos nos falando", e nos despedimos carinhosamente como sempre.

Essa conversa me enche de coragem para confrontar o ex-amigo. Preciso enfrentar os fantasmas que não consigo superar. Não importa que a investigação interna vai ser encerrada de maneira inconclusiva. Isso não muda tudo o que sei sobre o ex-amigo, tampouco apaga as experiências que tive com ele.

Resoluta, mando uma mensagem: "Devo chegar tarde, mas se você puder ficar acordado, a gente pode conversar".

Ele responde apenas que vai, sim, me esperar, como se fosse óbvio o que vem pela frente. Talvez tenha entendido que eu queira jogar conversa fora, como nos milhares de mesas de bar que dividimos. Ou talvez esteja até surpreso que eu tenha esperado tanto tempo para falar sério. Achei que ficaria nervosa, mas uma estranha calma ocupa os espaços que normalmente estariam tomados por mariposas de asas frenéticas.

Passada a subida da ponte, a pedalada fica mais tranquila. A Malu com certeza é o maior presente que a militância feminista me deu. Quando comecei a frequentar o coletivo, foi como se de repente o ar tivesse ficado mais limpo. As discussões eram tão francas e abertas, um verdadeiro exercício de troca de ideias. Nunca tinha ido a uma assembleia em que os participantes realmente ouviam uns aos outros e tomavam decisões em conjunto, em vez de se preocuparem apenas em demarcar as próprias posições.

Os espaços autônomos de mulheres eram algo mágico para mim. Depois de anos da neblina espessa que a vaidade dos homens ao meu redor formava, tornando impossível confiar nos próprios sentidos, eu tinha chegado finalmente a Avalon. Vivenciei com as companheiras um senso inédito de pertencimento, como se depois de várias noites com os músculos tensos de frio eu tivesse encontrado uma cama quentinha.

Não é que os encontros fossem um grande festival hippie. Havia discordâncias sérias, muita discussão e debates intensos. Mas concentrávamos nossa energia para chegar a consensos. Também éramos maduras o bastante para superar a tensão e seguir com a construção coletiva sempre. Enquanto o trabalho na redação me exauria e o grupo político me podava, tudo relacionado ao movimento feminista trazia renovação.

As reuniões de mulheres aconteciam geralmente na praça pública em frente ao prédio onde eu trabalhava. Em dias de encontro, eu precisava caminhar apenas poucos metros da minha mesa até a roda de conversa. Era incrível como duas coisas conseguiam estar tão politicamente distantes mas fisicamente tão perto. Enquanto as mulheres ao meu redor tinham esperança quase nula nas instituições formais de poder, os homens da redação teriam rido do que discutíamos. Eles achavam a gente tão inofensiva que a minha participação no movimento era vista como um passatempo exótico de uma jovem ingênua que ainda não tinha conseguido se desapegar de uma visão romantizada da política.

Muitas amizades surgiram e amadureceram no coletivo. Nos fins de semana, eu gostava de me reunir em casa com essas amigas em longas tardes de conversas que viravam noites de cantoria, cerveja, comidas que cozinhávamos juntas e um pouco de maconha. Isso nos fazia felizes como se sempre fosse dia de Vênus em touro e lua cheia em sagitário. O estresse do trabalho, o desespero existencial pelo mundo em convulsão e as pressões da vida adulta, tudo se dissolvia e evaporava na presença das companheiras.

Não fosse por aqueles rituais, eu com certeza teria sucumbido às práticas funestas da política masculina, que eram a realidade cotidiana na redação, no grupo e no partido. Sem a militância feminista, eu teria desistido da política para viver uma vida pacata conforme as expectativas para uma mulher da minha classe social e formação acadêmica. Ou teria me transformado em mais uma mulher que acredita fazer parte da fraternidade.

Não por coincidência, quanto mais eu participava do movimento feminista, mais me afastava do grupo, que por sua vez já dava sinais de esgotamento. Pouco antes de sair de vez do país, o fim do grupo se anunciava como um ruído de fundo da minha vida. Algo que incomodava persistentemente, algumas vezes mais alto, outras quase inaudível. Eu sabia que existiam tensões reprimidas formando uma lava espessa subterrânea, inacessível para mim.

Hoje consigo entender bem o que aconteceu. Já tive bastante tempo para processar tudo e enxergar os erros que cometi, aquilo que eu deveria ter feito e não fiz, e as consequências das omissões e ações no último ano. Por isso a pressão ainda mais forte no peito e a angústia que me abraça apertado. Não sobraram mais desculpas que justifiquem abrir minha casa como refúgio para o ex-amigo. Quando todos viraram às costas para ele, eu sobrei de braços abertos. Depois de eu ter deixado para trás o passado que me envergonha, sem nem contatá-lo, o ex-amigo retorna não apenas para me forçar a lembrar de tudo, como também para testar minha lealdade mais uma vez. Hoje é o último dia dele na minha casa e minha última chance de me resolver com os fantasmas.

Raquel Contini Marinoni, 35 anos, nacional, viúva, advogada, compareceu a esta Delegacia, na condição de testemunha, e relatou o que segue. Questionada se conhece o investigado, disse que sim, que era sua colega de trabalho no escritório; que trabalharam juntos por cerca de três anos, mas que não tiveram mais contato desde que o investigado saiu do escritório, há quase quatro anos. Questionada se teve relações íntimas com o investigado, disse que sim; que chegaram a dormir juntos algumas vezes no período em que trabalharam juntos; que eram apenas colegas de trabalho e que não havia hierarquia profissional entre eles; que todas as vezes em que se relacionaram sexualmente o investigado foi respeitoso. Questionada se já presenciou comportamentos inadequados do investigado no ambiente de trabalho em relação às mulheres, disse que não; que havia rumores na "rádio peão" sobre o investigado, mas que jamais testemunhou conduta inadequada da parte do investigado, especialmente em relação às mulheres. Questionada sobre o conteúdo dos rumores, disse que prefere não responder por se tratar de meras ilações vindas de terceiros. Questionada se soube de alguma aposta que o investigado teria feito com outros colegas de trabalho envolvendo as mulheres do escritório, disse que não. Questionada se o investigado se relacionava sexualmente com outras mulheres do escritório, disse que não tem essa informação. Questionada se deseja acrescentar algo, disse que não. Nada mais foi dito nem lhe foi perguntado.

Dezoito

A manhã de trabalho passa rapidamente, pois fico imersa no texto que estou editando para o relatório de fim de ano. Quando o relógio bate meio-dia, o chefe aparece na porta e me chama para almoçar, só nós dois. Ele quer me contar melhor sobre a proposta de trabalho e sugere um restaurante novo, descolado e tranquilo, a algumas quadras mais distante das nossas opções de costume.

Eu adoro os almoços em que estamos só eu e o chefe. As conversas misturam bastante trabalho e um pouco de vida pessoal na medida certa. No caminho, compartilho a novidade sobre o ex-amigo, para que o tempo no restaurante não seja gasto com esse assunto.

"Então hoje é a última noite dele lá em casa. Amanhã já vai poder voltar ao trabalho."

O final inconclusivo do caso certamente tem um impacto dúbio, mas o chefe apenas comenta que está aliviado por eu não precisar mais hospedá-lo.

"Sim, vai ser bom não estar mais tão perto dessa merda toda."

Quando chegamos ao restaurante, o chefe escolhe uma mesa no fundo do salão, discreta, como é do seu gosto. Depois que decidimos os pratos, ele começa a explicar melhor a proposta. Ele será o CEO nacional de uma grande emissora internacional de TV que se dedica exclusivamente ao jornalismo.

É o trabalho perfeito para o chefe, e é isso que digo.

"Você vai ser brilhante nessa função. Que oportunidade incrível pra você e que sorte a deles de ter alguém competente para dar conta do recado."

O chefe agradece e reconhece que está animado, mas também se preocupa com o momento político da nossa terrinha. Ao mesmo tempo que está feliz de retornar, depois de quase uma década fora, sabe que o autoritarismo criou uma conjuntura dura, especialmente para os jornalistas e a grande mídia. Esse desafio, contudo, mais estimula do que desencoraja o chefe.

Ele pergunta o que eu gostaria de fazer dentro da futura maior emissora de jornalismo do país, afirmando que tenho carta branca para pedir o que quiser. Afinal de contas, ele será o CEO e conhece suficientemente bem o meu trabalho.

"Primeiro, preciso te dizer que, desde que você contou a novidade, percebi o quanto quero voltar. Adoro a minha vida aqui, mas sinto saudade de casa, sinto falta de enfrentar questões que são *nossas*. A política é caótica, mas é a nossa política, são problemas da gente, com os quais nos relacionamos diretamente, sem mediação ou tradução cultural. Não tinha percebido o tamanho da vontade até ontem."

O chefe parece entender exatamente o que estou dizendo.

Ele diz que está feliz em ouvir isso. Parece de fato satisfeito com a perspectiva de continuar trabalhando comigo. Se os meus relacionamentos amorosos não conseguiram ser nem estáveis nem duradouros, pelo menos com o chefe e com o amante esporádico as relações permanecem relativamente saudáveis e longevas.

O chefe insiste na pergunta.

"Não faço muita ideia de como funciona uma emissora de televisão. Não sei quais são os cargos lá dentro. Mas eu gostaria de voltar a trabalhar diretamente na cobertura da política nacional. Uma função parecida com a que você tinha quando comecei a trabalhar na redação. Algo do tipo, talvez diretora de jornalismo nessa área."

O chefe responde que não duvida da minha capacidade para assumir uma posição do tipo, mas pondera que eu ainda seja considerada um pouco jovem para ser diretora.

"Tenho dois anos a mais do que você tinha quando se tornou diretor de política do maior jornal do país", retruco.

O chefe faz as próprias contas e fica um pouco envergonhado.

Ele diz então que vou ser uma grande diretora de política, melhor do que ele foi. Mesmo notando uma leve demagogia da parte dele, essa observação me faz sentir muito validada, talvez até demais. Nós brindamos com o chá gelado e ficamos confabulando sobre o retorno até o fim do almoço, discutindo minúcias do que podemos esperar do novo trabalho. Pela próxima hora, me permito estar feliz e satisfeita.

De volta à minha sala e ainda sob o efeito encantador da conversa, tento a sorte e mando uma mensagem ao amante esporádico perguntando se posso ligar. Ele demora alguns minutos, mas diz que sim. Me dou conta de que é a segunda vez na semana que nos falamos por telefone, algo totalmente incomum. Eu poderia me acostumar com essa rotina. Além de adorar falar com ele, gosto do friozinho na barriga da expectativa de ouvi-lo. Enquanto o telefone chama algumas vezes, estou ainda mais ansiosa para escutar a voz tranquila e profunda que abala o meu corpo, que reage fisicamente a esse homem tão sui generis na minha vida.

Ele atende e pergunta como estão as coisas por aqui com o ex-amigo.

"Ele tá bem. Ficou feliz com a notícia que você deu ontem. Vai voltar amanhã pro comitê de campanha. Que bom que toda a confusão está se resolvendo."

Estou aliviada de poder compartilhar com o amante esporádico os sentimentos vergonhosos em relação à iminente absolvição do ex-amigo. Não há como negar que estou feliz pelo meu amigo de tantos anos, meu antigo companheiro querido de militância e o homem com quem dividi tantos sonhos de juventude. Apesar de não conseguir me desgarrar das ambivalências, pelo menos com o amante esporádico eu posso ficar satisfeita pelo bom trabalho que ele fez pelo nosso amigo.

O amante esporádico também está satisfeito, óbvio. Mas o que ele quer discutir mesmo é a minha possível realocação. O tema do ex-amigo já ficou para trás, especialmente sabendo que amanhã ele vai embora da minha casa. Ele pergunta se estou cogitando seriamente essa possibilidade.

"Sim, tô refletindo de verdade, mas isso ainda parece um pouco surreal. Gosto de morar aqui, tenho a minha casa, a minha rotina. Ao mesmo tempo, tenho vontade de voltar e estar perto da família e dos amigos. Não é fácil ser estrangeira o tempo todo."

O amante esporádico diz que a oportunidade é excelente. Além do mais, acha que eu gostaria de morar na mesma cidade que ele. Eu consigo imaginar, como se estivéssemos frente a frente, o olhar safado do amante esporádico ao pronunciar a última frase.

"Vai ser muita confusão, você não acha? Uma hora vai dar merda."

O amante esporádico solta um riso contido — talvez por vergonha, talvez por nervosismo — e concorda que sim, vai ser confuso e possivelmente vai dar merda. Mas acrescenta que, por outro lado, pode ser um tipo bom de confusão e talvez uma merda que precise mesmo acontecer.

Nunca sei exatamente a intenção do amante esporádico com esse tipo de brincadeira. Diz muito sobre a nossa falta de maturidade emocional o fato de que não conversamos sobre o que um representa para o outro, muito menos sobre o que esperamos desse relacionamento caótico. Não que se deva esperar alguma coisa. Podemos estar bem com o arranjo e é isso aí. Mas e se começar a parecer pouco? Ponderei algumas vezes ter essa conversa com ele, mas qualquer palavra que eu tentasse articular sobre isso sairia da boca e cairia imediatamente no chão, sem forças para comunicar nada.

Sei que, no fundo, é o medo que me segura. Medo de compartilhar com o amante esporádico o que realmente sinto por ele. Medo de admitir que o que quero mesmo é muito mais do que ele pode me oferecer. Medo de não deixar alternativa a não ser ele dizer muito explicitamente que sou apenas mais uma das várias mulheres de sua vida extraconjugal. Medo de finalmente ouvir, em palavras inescapáveis, que se ele realmente quisesse construir uma relação para além dos quartos de hotéis, já teria o feito em algum momento nesta última década.

Mecanismos de defesa à parte, admitir que não posso desejar mais nada do amante esporádico dói um pouco além da conta, porque não consigo abandonar a expectativa de que vamos acabar em um relacionamento mais convencional e enfim poderemos viver banalidades como nos beijar no meio da rua. A necessidade de impor a mim mesma a realidade de que isso jamais acontecerá vem, portanto, inextricavelmente acompanhada da dor da desilusão. Ainda que eu tente disfarçá-la.

Nos últimos anos, a historinha de ninar que conto a mim mesma diariamente para embalar o sono — hábito que desenvolvi ainda pequena quando a técnica da minha mãe para me fazer dormir era simplesmente me mandar ir para cama e fechar os olhos — é a seguinte, variando apenas em um ou outro detalhe: o amante esporádico e eu conseguimos finalmente fugir das nossas vidas por três dias seguidos e estamos em algum lugar sem precisão geográfica. Cozinhamos juntos e eu conto sobre como foi a minha semana. Ele divide comigo detalhes do próprio dia e as preocupações com o time de futebol no campeonato. Tenho longas conversas imaginárias com o amante esporádico, dessas que exigem muita intimidade. Na fantasia banal e barata, também conversamos sobre os amigos em comum, especulando como cada um vai reagir quando anunciarmos que estamos juntos. No fim do jantar, enquanto recolhemos os pratos, começamos a transar na cozinha mesmo, depois seguimos para o quarto e dormimos exaustos, pelados e entrelaçados.

Quando ainda estou com dificuldade de dormir nesse ponto, prossigo com a parte da manhã seguinte. Eu acordo completamente envolvida pelos braços e pelas pernas do amante esporádico, que dorme pesado. Fico um tempo sentindo a respiração dele, mapeando cada centímetro do rosto — é quase espantoso como tenho registrado a feição do amante esporádico, de perto e de longe, nas mais diversas expressões. Começo então a acordá-lo com beijinhos, iniciando pelo peito, subindo pelos ombros e chegando ao pescoço. Conforme ele vai ganhando consciência, suas mãos passam a percorrer o meu corpo, que por sua vez quer se fundir ao dele. Ficamos assim até eu subir no amante esporádico, ele já pronto para repetir o sexo da noite anterior, mas agora mais suavemente, numa versão própria para uma manhã preguiçosa.

Durante os três dias que passamos no lugar-nenhum, ficamos quase o tempo todo pelados na cama, conversando sobre tudo e nada. Imaginar o que falaríamos consegue acalmar a minha ansiedade. Na historinha, como eu tenho todo o controle, consigo até visualizar algumas comedidas declarações de amor, nada exageradamente sentimental, pois nem mesmo nas fantasias eu me sinto confortável com demonstrações de afeto ostensivas.

Sei que o roteiro tem falhas de viabilidade. Não dá para dormir e acordar transando sem arriscar uma candidíase, por exemplo. Tampouco é simples ignorar o desagradável bafo matinal durante o sexo. Não incluo na fantasia a ducha necessária antes de dormir, nem a indispensável limpeza bucal ao acordar. Mas é apenas uma historinha de ninar.

"Você algum dia considerou que poderíamos ficar juntos de verdade?", pergunto, deixando o amor pelo amante esporádico ficar no controle.

Estou esgotada demais para fingir que não sinto a inquietação que me habita há mais de uma década e que tem se tornado significativamente mais intensa nos últimos anos. Eu achava que esse tipo de sentimento arrefecesse com o tempo, mas aparentemente a combinação de amizade, tesão e privação de convívio íntimo acaba por intensificá-lo. Eu não achava que viveria uma paixão adolescente — sofrida e impossível — já na segunda metade dos trinta. Mas tudo indica que, para o meu azar, sim, aconteceu.

Tanto eu quanto o amante esporádico fomos pegos de surpresa pela minha pergunta. Estou em choque comigo mesma. O silêncio entre nós pesa como uma camada espessa de umidade quente.

"Desculpa, eu sei que você é casado, tem um filho pequeno e nunca me deu nenhum sinal nesse sentido. Sei lá por que perguntei, esquece", e assim tento recolher as palavras, como se elas tivessem caído de uma bolsa, durante um tombo desajeitado, e se esparramado pelo chão.

Como é frustrante não poder falar exatamente o que quero. Estar nessa posição de querer viver com ele um relacionamento normal — ter intimidade, conversar sobre a vida, falar sobre alegrias e angústias do cotidiano, jantares à meia-luz, finais de semana inteiros a dois, festas em que podemos nos beijar no meio da pista de dança — é incômodo demais.

Tem um mundo em mim que eu gostaria de mostrar ao amante esporádico. Mas, quando estou com ele, sou tão cuidadosa em não me deixar levar pela força dos sentimentos que acabo retraída nas interações que não envolvem sexo. Queria que ele conhecesse melhor a Alma que não aparece para quase ninguém, a que se revela só quando está perfeitamente à vontade e segura.

Mas eu sempre soube que nunca poderia viver uma história de amor com ele. Estava evidente, desde a primeira vez que o vi, que ele eventualmente se casaria com uma mulher agradável numa cerimônia tradicional, e eles teriam filhos e viveriam uma vidinha normal.

O amante esporádico quebra o silêncio com uma acusação desconcertante. Diz que tivemos a oportunidade de ficar juntos, mas eu preferi um colega de trabalho dele. É a minha vez de ficar sem palavras. Isso me pega completamente desprevenida. Por um momento, tenho a impressão de que ele está falando em alemão ou qualquer outro idioma que não compreendo de tão desorientada que fico.

Sei a quem o amante esporádico está se referindo. A minha surpresa é mais por nunca termos tocado no assunto. A voz dele, que normalmente me acaricia da raiz do cabelo aos dedos dos pés, agora causa um arrepio levemente dolorido na pele, como febre de gripe.

"Demorou quase uma década, mas finalmente vamos falar sobre isso."

Sinto o rosto ferver de constrangimento. Como vou me explicar sem expor demais minhas fraquezas em relação a ele?

O que aconteceu foi completamente trivial. Em uma das reuniões com nossa redação, o amante esporádico não estava disponível e foi substituído por um colega. Enquanto aguardávamos o chefe, conversamos um pouco e o rapaz me impressionou com uma inteligência acima da média e um senso de humor afiado. O interesse foi mútuo. Começamos a trocar mensagens e flertar.

Eu sabia que pisava no território proibido pelo contrato social da masculinidade. Na época, o amante esporádico já era o amante esporádico há um ano. Ele e o colega eram amigos próximos, e de acordo com as regras da fraternidade os membros devem respeitar o patrimônio sexual alheio, que inclui não apenas namoradas e esposas oficiais, como também casos extraconjugais. Eu sabia disso. E sabia que o cara provavelmente nem teria me dado mole se soubesse que eu transava com o amigo dele. Mas não tinha como ele saber. E eu, que não fazia parte da fraternidade, não me senti na obrigação de compartilhar nada com nenhum dos dois.

Essa barafunda chegou ao clímax numa sexta-feira em que o amante esporádico me perguntou, numa reunião, se eu gostaria de encontrá-lo mais tarde. Ele explicou que precisava ir a um evento social qualquer e, assim que terminasse, poderia ir à minha casa. Com isso, o que ele queria dizer era que, sendo uma sexta à noite, primeiro teria que sair com a namorada, depois a deixaria em casa, desejaria boa-noite, e aí, sim, estaria livre para me encontrar. Há quase um ano cumprindo diligentemente o papel de amante, eu conhecia bem o procedimento. Estava acostumada com as visitas do amante esporádico apenas no início da madrugada.

No mesmo dia, o amigo do amante esporádico me convidou para jantar, avançando o processo de flerte que já durava algumas semanas. Como o único compromisso que eu tinha era com o amante esporádico, aceitei sair antes com o amigo e colega de trabalho dele.

Sabendo o tanto que os homens contam vantagem, especialmente quando acham que conquistaram uma mulher que se encaixa nos padrões hegemônicos de beleza, é fácil imaginar o que aconteceu. Não sei exatamente quem falou o quê, mas naquela sexta-feira mesmo o amante esporádico me ligou para deixar clara sua insatisfação. O amigo devia ter contado do jantar, possivelmente atribuindo mais significado do que eu ao encontro.

O amante esporádico estava irritado. Pelo telefone, de maneira bastante incisiva, para não dizer rude, ele me disse em curtas palavras que os encontros tinham chegado ao fim. Como mesmo hoje em dia não sei responder a alguém que está gritando comigo, fiquei calada até que ele desligasse.

O mais curioso é que nunca transei ou cogitei transar com o amigo do amante esporádico. Eu gostava do flerte e da companhia, mas a verdade é que o sentimento pelo amante esporádico não deixava espaço para outros homens. Pois é, já naquela época. Superada a fase difícil de paixão pelo ex-amigo, o amante esporádico chegou na minha vida para ocupar aquela terra arrasada, regenerá-la e recuperar a fertilidade. E ali ele fincou raízes, cujas árvores até hoje passam por invernos duros mas não deixam de florescer.

Eu poderia ter assegurado ao amante esporádico que na realidade nenhum outro homem me interessava, mas me recusei. Minha primeira reação, quando ele explodiu, foi ficar envergonhada, aceitando momentaneamente o papel da mulher infiel. Logo em seguida, recuperei a sanidade e percebi o absurdo que seria precisar me explicar para o homem que transava comigo escondido porque tinha namorada.

Agora o que sai da minha boca é resultado de uma elaboração confusa sobre esse tema que esteve por tanto tempo interditado, mas que finalmente foi trazido à tona:

"Não faz sentido você achar que tive a mais remota possibilidade de escolha em relação a você, em relação a nós dois. Não faz sentido que você realmente acredite que as coisas aconteceram desse jeito. Eu nunca pude escolher nada. Os nossos termos sempre foram determinados por você unilateralmente. Até hoje é assim. E foi assim naquela época. Você decidiu interromper tudo e nunca quis me ouvir. Eu nem sei o que de fato se passou, nem o que você ouviu para ficar tão enraivecido e decidir terminar comigo. Se eu tivesse poder de escolha, com certeza não teria escolhido ser a sua amante."

Até comecei a falar tranquilamente, mas a última frase saiu engasgada. Por mais que eu quisesse me manter cautelosa, a esta altura não consigo enganar mais ninguém.

O amante esporádico sabe que eu tenho razão, mas também deve ter percebido que não estou sendo completamente sincera. A verdade é que encarei esse mal-entendido como uma coisa boa. Talvez eu até tenha me colocado de propósito nessa situação. Eu estava começando a me preocupar com a intensidade crescente do que sentia por ele.

Não sou adepta de paixões avassaladoras e tento ser cuidadosa em relacionamentos amorosos ou estritamente sexuais. Não dá para confiar o corpo e o coração a pessoas que desde pequenas são socializadas para a conquista e não para o cuidado. Ao mesmo tempo, era impossível recusar as delícias escassas que o amante esporádico me oferecia. A cada novo encontro, eu perdia um pouco do controle das minhas vontades. Se o curso da relação não fosse interrompido, eu acabaria muito machucada, mas não conseguia me afastar por conta própria.

Por isso, aceitei prontamente a solução. Não havia nada a ser feito senão me conformar que o amante esporádico não seria mais o meu amante, pois estava chateado demais comigo pelo que ele interpretou como uma traição. Por um tempo, tentei não pensar na falta dele. Não ter mais a opção de chamá-lo para a minha casa me ajudava a seguir em frente. Consegui então deixar para trás qualquer promessa de felicidade ao lado do amante esporádico.

Depois desse episódio, nos afastamos e interrompemos o sexo por alguns anos. Até mesmo as interações amistosas ficaram estremecidas. Só retomamos os encontros quando eu já morava fora. Ao vir aqui, de passeio, pela primeira vez desde o término, em um arranjo no qual tanto eu quanto ele estávamos seguros com os nove mil quilômetros que nos separavam no dia a dia, o amante esporádico voltou a ser o meu amante esporádico.

Lembro até hoje da euforia quando ele me contou por mensagem que chegaria em breve e adoraria me encontrar. Foi tão forte a avalanche de sentimentos que precisei frear a presunção de que ele quisesse retomar o sexo. Apenas quando de fato nos encontramos — num restaurante, mas nem conseguimos terminar o jantar antes de começarmos a nos agarrar por baixo da mesa — reconheci que tudo o que tínhamos vivido ainda estava intacto, só esperando a oportunidade de dar as caras novamente.

Ele me pergunta o que eu teria escolhido então. Não é tão simples responder. O que está preso nas cordas vocais é que tenho cada vez mais dificuldade para sustentar um relacionamento nesses termos. Eu quero muito mais do amante esporádico. E como é penoso querer mais de algo que só nos disponibilizam sob um regime de austeridade.

Se eu pudesse mesmo, escolheria me entregar sem restrições ao amante esporádico. Desejaria que nossa relação fosse como nosso sexo: sem inibições, desimpedido. Queria ter tranquilidade para me permitir sentir todo o amor, a admiração e o fascínio por ele. Queria estar feliz por ter um homem com quem me sinto viva, em vez de precisar tolher os sentimentos por saber que seriam abatidos em pleno voo caso escapassem.

"Se eu tivesse qualquer controle, teria escolhido construir algo mais estrutural com você", é tudo o que digo.

Marxistas são o pior tipo de pessoa para se relacionar afetivamente. Até eu estou frustrada com o que acabei de dizer. Claro que eu gostaria de desenvolver uma resposta melhor, mas precisaria ser uma pessoa letrada emocionalmente. Se conseguisse vocalizar ao menos as confissões que fiz para mim mesma, já seria um avanço. Eu queria conseguir dar vazão ao que transborda em mim, mas a única alternativa é construir um dique de contenção.

Ele não diz nada de cara, e eu percebo que parei de respirar, como uma torcedora na expectativa do pênalti. Quem sabe ele entendeu o que eu queria ter dito.

Mas o amante esporádico apenas repete que vai ser uma boa confusão — talvez boa demais — e se despede me lembrando que estará aqui na próxima semana. Quer me encontrar. Nenhuma palavra a mais. Nenhum comentário sobre a confissão.

Mas o que ele teria a dizer, não é mesmo?

Se eu falasse logo tudo que se passa dentro de mim, poderia encerrar essa parte da minha vida e seguir em frente.

Mas enquanto isso não acontece posso continuar pensando que existe a possibilidade de um relacionamento de verdade. Estou ciente dos corvos que estou criando, mas não consigo fazer diferente. Não com o amante esporádico. Ao fim e ao cabo, acho que é melhor ter esse um relacionamento parcial e insuficiente do que me atrever à chance de perder tudo.

Passo um tempo esperando para ver se chega alguma mensagem dele. Sei que não vai chegar, mas ainda assim fico encarando a tela. Sinto subir pelas pernas, dos pés até a cintura, uma vontade de estar com ele. Ao mesmo tempo que não quero mais um amante esporádico, não consigo escapar do homem que monopoliza a minha libido e comanda os meus desejos.

As negociações com o patriarcado são sempre mais complicadas quando precisam acontecer no nosso próprio território. As experiências com o amante esporádico estão gravadas na minha carne e vão permanecer aqui por bastante tempo, pelo tempo que eu quiser, ou enquanto eu não conseguir me desfazer delas.

Sei exatamente o que vai acontecer na semana que vem. Vamos nos encontrar para almoçar ou jantar com o chefe e talvez mais amigos que estejam por aqui. Vamos debater a conjuntura política do nosso país, e eu e ele vamos fazer piadas que só nós dois achamos engraçadas, soltando alusões discretas aos nossos encontros que ninguém mais vai entender. Depois, quando todos se despedirem, o amante esporádico vai perguntar se eu quero ir para o hotel com ele, e eu provavelmente vou dizer que sim. Protegidos pelas paredes, vou mergulhar de cabeça no mar do amante esporádico. Depois de vários orgasmos, trocaremos algumas palavras vagas sobre o telefonema, sem de fato entrar no assunto. Nada definitivo vai ser dito e mais uma vez só vamos mencionar que gostamos do que temos, no fundo reconhecendo quão insustentável é o arranjo.

Agora tenho uma noção melhor do tamanho que essa relação ocupa na minha vida. Eu achava que tinha mais controle, que era apenas um hobby para escapar um pouco da realidade difícil. Acredito que até então consegui me proteger bem dessa dor, evitando com sucesso examinar minuciosamente o meu arranjo com o amante esporádico. Mas o retorno do ex-amigo à minha vida bagunçou tudo aqui dentro e acabou fragilizando as estruturas que vinham conseguindo manter as tormentas emocionais subjugadas, até agora. E neste momento, no meio do expediente, sabendo que terei uma longa noite pela frente, me sinto esgotada e vazia.

Dezenove

Ainda no escritório, decido ligar para a Kal. Preciso de um chacoalhão antes de ver o ex-amigo. Do jeito que estou, possivelmente acabaria transando com ele só para sentir um machucado maior do que a rejeição do amante esporádico.

Mas nenhum homem pode ter esse poder sobre mim. É essa a energia que preciso absorver da Kal.

Quando ela abre a câmera, nós parecemos duas executivas numa reunião de negócios. Ambas de blazer escuro, sentadas num escritório cercadas de livros, luminária, canetas, blocos de nota, grampeador e por aí vai.

"Não vejo a hora de entrar no avião, Alma. Acabei de dar a última aula do semestre. Tenho ainda uma pilha de provas para corrigir, mas acho que consigo terminar durante o voo."

Estou tão feliz que tenho vontade de fazer uma dancinha.

"Não vai esquecer o passaporte, dona Kalinda."

"Já tá dentro da mochila. Esse erro eu não cometo mais. Outros, com certeza."

"Preciso te contar uma coisa", digo, sem preparar o terreno. Dou a notícia da iminente absolvição do ex-amigo.

"Parece que a vítima, a Ashley, desistiu de seguir com o caso. A investigação interna vai ser encerrada. Amanhã ele já volta pro flat que o comitê de campanha aluga. Vocês nem vão se encontrar."

A Kal fica puta na hora, como se eu tivesse injetado cólera em suas veias.

"Eu não encontraria com ele de qualquer jeito, Alma. Não tem a menor chance de eu entrar no seu apartamento com ele lá. Aliás, me avisa a hora que ele sair, porque não quero correr o risco nem de cruzar com esse cara. Por favor. Eu vou pra um hotel, mas não vou passar por isso."

"Não se preocupa, Kal. Ele vai embora amanhã cedo", confirmo, mesmo não sabendo exatamente a hora da partida do ex-amigo.

"Eu ainda não consegui aceitar que você recebeu ele em casa. Depois de tudo que a gente viu aqueles caras fazendo, depois de como ele te tratou e te menosprezou. Honestamente, não consigo entender."

E como eu poderia esperar que ela entendesse?

"Eu sei, amiga. Nem eu entendo bem. Não consegui dizer não", faço uma pausa em busca das palavras certas, revirando o baú lexical pelos termos capazes de dar conta do incompreensível. "Por algum motivo, eu gostava muito desse amigo e não consigo desistir dele. É como se eu pudesse separá-lo de todas as merdas."

"Ah, Alma, que papo furado. Fico até ofendida de você achar que vou comprar seja lá o que você estiver tentando vender com essa conversinha. Você é a pessoa que mantém uma planilha com os vacilos e as fraquezas de todo mundo. Tem gente que nem fez nada de tão grave assim, mas você se recusa a redimir. Você não perdoa, muito menos esquece nada que te fazem. Por que com esse cara é diferente?"

É uma excelente pergunta para qual não tenho uma resposta.

"Você tem razão, Kal. Você é uma das pessoas que mais me conhece, mas não significa que me veja por inteira. Sei lá, tem umas coisas que não sei explicar. Não sou essa máquina de racionalização", digo, um pouco ofendida com a insinuação de que estou tentando manipulá-la.

"Eu sei que não. Não acho que você esteja mentindo para mim." Neste momento, sei que a Kal quer soar acolhedora, mas acaba adotando um tom professoral e se exasperando um pouquinho mais a cada sílaba: "Mas acho que às vezes você tem muita dificuldade de reconhecer como os seus mecanismos de defesa conseguem te fazer mentir tão bem pra si mesma. Chega a ser irônico. Você é uma das maiores jornalistas e pesquisadoras do país, graças a um talento incrível de detectar *bullshit* há quilômetros de distância. Sempre sabe quando alguém está mentindo para você. É a pessoa que foca nos fatos que importam e silencia os ruídos que bloqueiam a compreensão. Você faz isso profissionalmente. Mas parece que na casa dessa ferreira os espetos são mesmo de pau."

Se por um lado estou aliviada de saber que a Kal me vê como uma espécie de vítima de mim mesma, por outro lado fico ofendida por ela achar que sou limitada a ponto de não ter consciência das minhas fraquezas.

"Kal, amanhã ele vai embora. Chega. A gente não precisa mais falar sobre isso. Eu sei que você não entende e não quero tentar explicar. Não tem motivo pra gente ficar nessa conversa. Amanhã você chega e foda-se ele, nunca mais vou precisar rever o cara."

Não chego a levantar a voz — eu nunca levanto a voz —, mas não consigo disfarçar a irritação com a insistência da Kal em tentar entender o que é simplesmente indecifrável.

"Alma, amiga, não precisa se aborrecer. Eu sei que esse assunto não é fácil para nenhuma de nós. Sempre que esse babaca entra na conversa, a gente acaba discutindo. E eu não quero isso. Tô feliz que o ano finalmente tá chegando ao fim e que daqui a pouco vamos estar juntas para aproveitar o feriado. Eu quero encher a cara e sair pra dançar com você, quero saber com quem você tá transando e quero rir da cara de todo mundo enquanto a gente prepara umas comidas boas na sua cozinha. O que eu não quero, de jeito nenhum, é ficar discutindo por causa de um homem que nem era para estar mais na nossa vida."

A Kal sabe dizer as coisas certas para me desarmar.

Mas também conheço a dona Kalinda muito bem e sei que esse pequeno discurso é só o preâmbulo de uma última tentativa de impor aquilo que ela não quer que eu ignore. Ela quer me tirar da defensiva para fazer mais uma investida argumentativa. E, de fato, retoma o ataque.

"Ele não era um cara legal, nem com você. Você sabe, né? Eu sei que você tem a lembrança de uma amizade legal, de carinho mútuo, mas não era assim, Alma. No único momento em que você realmente precisou dele pra alguma coisa, ele virou as costas. Você sempre deu muito mais do que recebeu naquela relação doentia, e na única vez em que ele podia ter retribuído pelo menos um pouco, o que ele fez? Cagou na sua cabeça!"

A Kal está parcialmente certa. De fato, o ex-amigo já vacilou comigo. Mas ela também se recusa a aceitar que ele já foi, sim, um amigo presente que me ajudou quando precisei. A incapacidade da Kal de reconhecer a contradição e aceitar a ambivalência me faz resistir aos seus argumentos. Nós poderíamos falar sobre o ocorrido, se ela ao menos admitisse que o caráter do ex-amigo não pode ser reduzido a uma única omissão.

"Não precisa me lembrar. Eu não esqueci", tento desviar o rumo da conversa.

"Pois parece que esqueceu, sim, Alma. Ele viu o colega

de vocês te assediando várias vezes. Ele acompanhou de perto o seu desgaste emocional lidando com um abusador, diariamente, por meses. Vocês todos trabalhavam na mesma sala."

"Eu sei, Kal", mas a tentativa de interrompê-la é inútil. Ela sobe a voz e se impõe:

"Não só ele nunca fez nada, como se recusou a ser sua testemunha. Como é que você consegue simplesmente esquecer isso? O meu sangue ferve só de lembrar essa covardia!"

A Kal abandona qualquer tentativa de permanecer calma. Ela realmente fica muito fora de si quando lembra disso. Eu entendo. Eu também ficaria se fosse ela.

"Caralho, Alma, que raiva! Desculpa, não quero fazer você se sentir mal. Não é de você que tenho raiva, óbvio. Fico só... não sei, estarrecida com a sua dificuldade de se afastar dele, mesmo depois de tudo."

Eu não quero brigar com a Kal. Estamos a dezesseis horas da sua chegada e da partida do ex-amigo. Não faz sentido se desgastar nesse momento.

"Amiga, você tá certa. Não tem o que dizer. Eu não esqueci, não relativizei, não passei pano", digo em tom de apaziguamento.

A Kal respira fundo. Para ela, ouvir "você tá certa" tem o mesmo efeito de comer o chocolate mais delicioso do mundo num dia de TPM forte.

Agora a voz está ficando mais tranquila:

"Tudo bem, amiga. Me desculpa a agressividade. Você sabe que fico ansiosa em véspera de viagem. Ainda junta tudo com o fim de ano, o clima pavoroso de Natal e o meu Marte em áries, aí fico beligerante", mesmo a versão carinhosa da Kal ainda soa como uma dominatrix.

"Vem logo, amiga. Amanhã já vou preparar um brunch bem gostoso pra gente. Prometo que vou compensar a minha frouxidão com muito amor", brinco na tentativa de encerrar de vez o clima ruim.

"Não tem um centímetro cúbico em você que seja frouxa, sra. Alma — até o assoalho pélvico está em dia com os exercícios. Você enfrenta o que for preciso, sempre. Só acho que às vezes se esquece do tanto que é forte. É só não esquecer."

A Kal sempre me superestima, mas não quero falar disso.

"Obrigada pela generosidade de sempre, amiga. Até daqui a pouco!", é como escolho me despedir. Ela faz sinal de paz e amor com a mão e assim encerramos a chamada.

Sozinha no escritório, tenho dificuldade de saber o que fazer. Me sinto como alguém que acabou de chegar ao planeta e não faz a menor ideia de como as coisas funcionam. Olho para o grampeador e até isso me parece um objeto estranho. Se eu fui relativamente bem-sucedida em afastar as investidas da Kal, certamente não terei a mesma sorte com as lembranças recém-despertadas.

Eu não sou idiota, tampouco uma donzela indefesa presa nas garras de um homem mau. Reconheço a sacanagem que o ex-amigo fez comigo e não me interessa ressignificar o vacilo.

De fato, decidi denunciar um colega de trabalho assediador, mas quando pedi ao ex-amigo para ser minha testemunha, ele simplesmente disse que não podia. A Kal tem razão quando afirma que ele sabia de tudo. Ele viu de perto os assédios. O colega era insistente nas cantadas, fazia brincadeiras de mau gosto o tempo todo e me deixava desconfortável na redação. Tudo isso sem qualquer preocupação em ser discreto. Contudo, eu não o confrontava diretamente, como uma boa moça. A minha estratégia era sorrir e me esquivar.

Só tomei a decisão de reportá-lo à direção do jornal porque, quando o encontrei numa festa, seu comportamento agressivamente obstinado me deixou com medo. Ele ficou me encarando e me seguindo. Quando fui até o bar, ele me puxou pelo braço e disse que eu o deixava louco. Nervosa demais para dizer qualquer coisa, apenas me desvencilhei dele com um empurrão e fui embora da festa.

No dia seguinte, encontrei o ex-amigo na reunião do partido e contei o que havia acontecido. Não carreguei nas tintas, tampouco confessei que estava com medo do cara. Achei que os fatos já eram graves o bastante e que não deixariam brecha para o ex-amigo discordar.

"Na segunda-feira, vou no RH fazer a denúncia. Tá insustentável. Posso te listar como testemunha?"

Qual não foi a minha surpresa quando o ex-amigo disse que não se sentia confortável com isso. Segundo ele, minha conduta com o cara não podia ser interpretada como uma recusa indubitável das investidas e, inclusive, até aquele momento, o ex-amigo achava que eu estava flertando com o assediador.

Talvez tenha sido este o início do rompimento com o ex-amigo. Foi a primeira vez que senti uma vontade real de cortar a garganta dele.

"Ah, sério, vai se foder", respondi mais com desânimo do que com revolta, me retirei do recinto e nunca mais tocamos no assunto.

A situação só se resolveu porque, no mesmo dia, decidi conversar com o chefe antes de fazer o reporte. Mandei um áudio contando tudo e descrevendo da maneira mais objetiva possível o meu desconforto. Me esforcei para não soar como uma vítima, mas sim como uma mulher reclamando seus direitos básicos. O chefe me ligou alguns minutos depois e me assegurou de que daria um jeito na questão. Em uma semana, o colega assediador foi transferido para a sucursal de outro estado. Com uma promoção, mas pelo menos longe de mim.

Não foi a primeira vez que o ex-amigo desestabilizou a minha confiança no ambiente de trabalho. Ele costumava comentar, por exemplo, em rodas nas quais eu estava presente, que o chefe gostava de contratar mulheres bonitas para poder "pescar em aquário." Quando ainda éramos estagiários, essas palavras me atingiam em cheio e me deixavam totalmente fragilizada.

Foi a Kal — como sempre — que me deu o arsenal crítico para superar o fantasma da síndrome de impostora. Na mesa de bar, quando eu compartilhava as minhas inseguranças profissionais, ela me ensinou que a mulher no mercado de trabalho é como um restaurante vegano:

"Todos os dias, almoçamos e jantamos comidas mais ou menos, né? Comidas que pouco impressionam, que não são lá uma experiência gastronômica. E ninguém reclama. Mas se comemos algo abaixo de maravilhoso num restaurante vegano, a culpa é do veganismo. Aí fazemos questão de manifestar descontentamento. Um restaurante vegano, pra ser considerado bom, tem que ser incrível. Não pode ser simplesmente mediano. É a mesma coisa pra mulher no mercado de trabalho. Tem milhões de homens medíocres trabalhando por aí, passando despercebidos, afinal, são pouquíssimos que realmente impressionam pela inteligência e competência. Mas se uma mulher faz um trabalho mais ou menos, é porque é mulher. Para se destacar e ser reconhecida no trabalho a mulher precisa ser realmente incrível. E você é incrível, Alma. Que se danem esses caras. Se concentra apenas em arrasar, amiga."

Azar de quem não tem uma Kal na vida.

A questão é que eu enxergo, sim, a gravidade do que o ex-amigo fez comigo, mas não consegui julgá-lo por se recusar a romper com uma estrutura que também o privilegia.

Demorei bastante tempo para processar o meu titubeio. Foi numa tarde de domingo, tomando vinho e vendo a neve cair lá em casa, que a Elena me contou sobre o diretor criativo de uma produtora que estava financiando o seu documentário sobre trabalhadoras domésticas. Ele insistia em chamá-la para jantar com uma frequência incômoda.

"Al, não aguento mais esse mala. Cacete, que homem insuportável. E completamente sem noção. Eu já até levei a Susan pra ele conhecer, mas ele não se toca."

Apesar de achar que o bom humor é a melhor forma de lidar com uma realidade difícil, a Elena estava tensa demais para fazer piada. Até mesmo a Susan, a namorada dela na época, começou a se chatear com a insistência do diretor.

"É insuportável, Lê. Entendo bem pelo que você tá passando", me solidarizei. E, diante de um olhar inquisitivo, contei sobre o episódio do colega de trabalho assediador.

Ela fez questão de usar as técnicas do treinamento de escuta ativa diante do meu relato, recebendo minhas palavras como se ouvisse uma história sobre um parente distante. O ex-amigo para ela é só mais um personagem da minha vida pré-imigração. Apesar de ela ter uma ideia da complexidade dos sentimentos envolvidos, eu nunca quis gastar muito tempo falando sobre isso com ela. O interesse da Elena em relações heterossexuais é bastante limitado, e a minha cota já é consumida pela relação *freestyle* com o amante esporádico.

Mas a Elena é muito perspicaz e já lançou logo uma pergunta cheia de significado:

"Por que você acha que a recusa do seu amigo em ser sua testemunha te levou a desistir de denunciar?"

"Não foi isso, Lê", resisti de primeira, "eu consegui resolver a situação direto com o chefe e não quis o desgaste de fazer uma denúncia formal."

A Elena nem sequer fingiu que acreditou.

"Não, né, amiga? Você já tinha decidido denunciar e acabou mudando de estratégia depois que o seu amigo fez *gaslighting* com você. Aliás, espero que depois disso você tenha se afastado dele."

"É um pouco complicado." Prossegui cuidadosamente, como se estivesse entrando numa floresta escura no meio da noite, sem saber que tipo de criaturas está à espreita: "Nós éramos bem amigos. Já te falei dele algumas vezes. Acho que ele não entendia mesmo o problema. Apesar de ser de esquerda, progressista, revolucionário etc., ele e os amigos são como todos os homens quando o tema é mulher. Você sabe como é".

A Elena sabe *bem* como é. A parte do trabalho dela de captação de recurso para os documentários consiste basicamente em ter que lidar com esse tipo de homem.

"Claro que sei. O que deveria ser um motivo para você ignorar completamente a opinião dele sobre a sua situação de assédio e prosseguir com a denúncia. Por isso ainda não entendi."

"Talvez eu tenha achado que aquilo era uma forma de punição pela minha própria complacência com os companheiros de partido."

A Elena de fato não estava entendendo o que eu queria dizer. O olhar dela era fixamente inquisitivo sobre mim.

Para continuar a explicação, me concentrei em um ponto no chão.

"No fundo, Lê, o que esse amigo fez comigo é exatamente o que eu fazia com as mulheres que circulavam no ecossistema criado pelos homens do nosso grupo político."

Foi naquele momento que elaborei pela primeira vez sobre aquele episódio. Duas peças finalmente se encaixaram no maquinário até então emperrado, revelando a motivação das minhas atitudes. Como eu podia me indignar com o ex-amigo se eu mesma validava o comportamento que ele e tantos outros dispensavam às mulheres? Que direito eu tinha de pedir a ajuda dele para responsabilizar um cara com condutas semelhantes, quando não idênticas, às dos companheiros de militância?

Mesmo confusa, a Elena seguiu sem dizer nada, ainda esperando uma explicação convincente, e finalmente consegui vocalizar a angústia de uma maneira que fez sentido:

"Lembra que te falei que o nosso grupo político tinha uma diretoria informal, formada por quatro homens que militavam juntos desde a época do movimento estudantil? Era uma espécie de fraternidade mesmo. E várias mulheres frequentavam aquele círculo de amigos, reunidos em bares e festas nas casas de cada um. Em geral, meninas mais novas, estudantes e atraídas por justiça social, mas não necessariamente. Algumas só estavam lá atraídas pelos caras mesmo. Todos eram bonitinhos, inteligentes e considerados interessantes por vários nichos da juventude universitária. Eu sabia que eles eram horríveis com elas, mas ignorava e nunca os enfrentei por isso."

A postura acolhedora da Elena me encorajou a continuar.

"Se entreouvia conversas deles sobre elas, eu me afastava. Realmente não queria me familiarizar com essa dinâmica. Ainda era comum que as moças se relacionassem com mais de um, o que também era pauta. Eles competiam descaradamente, até usando métricas específicas. Mas eu não queria saber de nada. Me esforçava pra ignorar o máximo possível."

"Mas por que exatamente? O que te incomodava? Eu sei que não pode ser só um moralismo vulgar por eles estarem se relacionando com várias ao mesmo tempo. Mas preciso entender melhor por que *você* acha tão grave o seu afastamento em relação a isso. Eu também não ia querer ficar ouvindo essas conversas."

Eu precisei pensar um pouco para formular o que estava evidente para mim.

"Me incomodava o descaso deles. Como se sentiam tão confortáveis na irresponsabilidade emocional. Elas sofriam por causa deles. Muito tempo depois, eu pude escutar isso diretamente de algumas. Na época, eu não tinha provas, mas só porque não queria saber. Bastava ter destapado os ouvidos e os olhos."

A expressão de Elena seguia acolhedora, mas senti uma mudança sutil na postura dela, e pareceu que de repente a temperatura da sala tinha diminuído cinco graus.

"Se elas tivessem sido alertadas, talvez não teriam ficado com nenhum deles. Ou se eu tivesse confrontado os companheiros pelo menos uma vez, eles poderiam ter mudado o comportamento. Mas eu não só nunca abri a boca, como ainda naturalizava o que acontecia. Era a amiga feminista que chancelava todos eles. Nunca apontei como aquilo era contrário aos nossos supostos ideais."

"É, Alma, talvez tenha sido um carma merecido", a Elena disse, meio de brincadeira. Mas meio séria também.

"Eu sei, amiga", respondi, melancólica.

Contudo, ela não estava interessada em se juntar ao festival de autocomiseração. A Elena acredita na importância de assumir responsabilidade pelas próprias atitudes sem passar pelo mergulho na culpa cristã. Foi generosa e não me julgou.

"E por que você nunca confrontou?"

"Até cheguei a puxar o assunto algumas vezes. Mas a única resposta eram olhares de falsa vergonha ou até mesmo irritação. Eu podia debater qualquer tema com eles, menos a vida particular de cada um e seus relacionamentos com mulheres. A política era inteiramente discutível, o machismo deles, não. E eu aceitei isso por muito tempo. A única vez que bati o pé e me recusei a fingir que não estava vendo a merda, ela se espalhou de tal forma que o grupo acabou. Mas eu te conto essa história uma outra hora. Hoje já deu de revirar essas lembranças catinguentas", encerrei com o tom mais resoluto, para a Elena compreender que eu estava realmente farta.

"Você não merecia a indiferença do seu amigo quando precisou dele. E, sim, você talvez pudesse ter sido mais incisiva com seus companheiros. Mas não adianta se autoflagelar", a Elena me falou enquanto me abraçava, "você só precisa se comprometer a não repetir os mesmos erros."

Espero que eu tenha aprendido a lição. Se naquele domingo foi relativamente fácil fechar a porta para o passado, hoje o passado está me esperando em casa para o jantar. A última noite do ex-amigo, até que enfim. Só preciso sobreviver a mais doze horas com ele. Depois ele vai embora e a Kal chega.

Teresa Baker da Silva, 32 anos, nacional, divorciada, professora, compareceu a esta Delegacia, na condição de testemunha, e relatou o que segue. Questionada se conhece o investigado, disse que sim, que se conheceram porque são militantes do mesmo partido político; que são amigos há mais ou menos dez anos; que nunca se relacionaram sexualmente; que o investigado nunca teve qualquer postura inadequada com ela, mas que talvez seja porque ele sempre soube que ela é lésbica e se relaciona sexualmente apenas com mulheres. Questionada se está ciente das acusações feitas contra o investigado, disse que sim. Questionada se já testemunhou alguma conduta inadequada e/ou violenta do investigado contra mulheres, disse que presenciou algumas coisas que, na época, não entendia como problemáticas, mas que depois veio a entender que eram condutas inadmissíveis; que pode citar como exemplo o fato de que o investigado falava para as mulheres com quem se relacionava que tinha um relacionamento aberto com sua namorada sendo que a namorada nunca concordou com um relacionamento aberto; que o investigado passou por uma fase difícil, que acha que ele estava deprimido e fazendo uso abusivo de drogas; que nesse período começou a se relacionar com muitas mulheres ao mesmo tempo, de uma maneira irresponsável, tanto do ponto de vista emocional como em relação a questões de saúde; que já ouviu o investigado falar que transou sem preservativo com uma mulher quando sabia estar com uma DST (não lembra qual doença, nem o nome da mulher); que o investigado parecia se interessar sexualmente pelas mulheres mais novas que eram suas estagiárias; que é amiga pessoal de algumas que se envolveram com ele e saíram muito machucadas emocionalmente da relação; que nunca soube de nenhum episódio de violência física. Questionada se chegou a conversar a respeito dessas condutas com o investigado, disse que não; que espera que este depoimento contribua para que haja as consequências devidas. Questionada se deseja acrescentar algo, disse que gostaria de registrar quão difícil foi para ela comparecer a esta delegacia para testemunhar contra um amigo, mas que o faz pelas mulheres que decidiram denunciar. Nada mais foi dito nem lhe foi perguntado.

Vinte

Depois desse longo dia de pouco trabalho e muito desgaste emocional, decido que é hora de voltar para casa. A expectativa de finalmente conversar com o ex-amigo embrulha o estômago e aperta o peito, dando a sensação de estar numa modesta jangada no meio de um maremoto. Só quero sobreviver até as águas se acalmarem ou eu chegar em terra firme.

Preciso de uma estratégia. Não posso esperar que ele vá se comportar de maneira muito civilizada sendo confrontado. Eu precisaria organizar os tópicos. Mas tudo em mim resiste a isso. Sei que se eu começar a ensaiar, vou acabar apaziguando o que realmente sinto. Toda vez que preciso lidar com o espólio da nossa amizade, meus mecanismos de defesa fazem dele algo aparentemente inofensivo. "Não exagera, não é tão grave assim", acabo falando para mim mesma.

O plano é me deixar ser levada pela enxurrada que vai irromper quando eu fizer a primeira fissura na pedra vulcânica. Não sou mais a mulher de dez anos atrás. E meu distanciamento me permite enxergar com mais clareza. Passou tempo suficiente para eu revisitar tudo como se estivesse assistindo a um filme. Sim, vai dar certo.

Quando chego em casa, algumas horas mais tarde do que de costume, o ex-amigo está na sala mexendo no notebook. Por um momento, acho que está me esperando, mas ele não faz qualquer menção de prestar atenção em mim. Até é capaz de ter esquecido do combinado. Seria bastante típico da nossa amizade: eu muito preocupada, quase adoecendo de ansiedade com algo relacionado a ele, e ele nem sequer lembrando da minha existência, sempre envolvido em um assunto mais importante.

"Oi, boa noite. Desculpa a demora. Fiquei presa no trabalho", falo para a silhueta do ex-amigo no sofá e pego uma cerveja na geladeira.

Quando ele escuta o barulho da tampa abrindo, enfim levanta a cabeça da tela e olha para mim. Pergunta se eu já comi e diz que tem comida na geladeira, os restos do jantar dele. Se eu tentasse comer agora, o alimento ficaria preso na garganta, sem seguir caminho por um aparelho digestivo completamente emaranhado.

"Já comi, obrigada. Quer uma cerveja?"

O ex-amigo aceita, e eu também me sento no sofá, entregando a garrafa gelada. A gente brinda e eu me recosto em seu ombro, num movimento tão espontâneo quanto inevitável. O que mais surpreendente é a reação do ex-amigo, que abraça o meu ombro, me aconchegando. Raramente tivemos momentos assim nos dezoito anos de amizade. Nem lembro se alguma vez ficamos juntos desse jeito. Até mesmo durante o breve período de encontros para fins sexuais, nunca teve conchinha, como se fosse algo inadequado naquela dinâmica muito mais cerebral do que física.

Eu me permito apreciar o cheiro levemente intoxicante e o calor do corpo do ex-amigo. Nesse meio-tempo, ele começa a falar sobre o seu dia e as decisões das últimas horas. Chegou a notificação formal do comitê de campanha de que a investigação foi encerrada, liberando o retorno ao flat. Ele vai voltar amanhã bem cedinho, a tempo de participar de uma reunião de equipe importante. Agradece tudo o que fiz por ele, diz que não quer me dar mais trabalho, faz carinho na minha cabeça e se levanta dizendo que tem um presente para mim.

Enquanto ele vai até o quarto buscar um embrulho em papel pardo, penso que, a partir de amanhã, posso seguir minha vida sem o ex-amigo, só eu na minha casinha, esperando a Kal. Aliviada, me dou conta de que é porque o ex-amigo vai sair daqui sem que eu precise expulsá-lo. A exoneração da investigação interna veio em tempo de também me exonerar da responsabilidade de falar com ele.

Quando a Kal chegar, posso até insinuar que ele foi embora porque finalmente falei tudo que tinha para falar e o expulsei. Não conseguiria inventar a conversa em si, mas poderia apenas deixar subentendido. Ela ficaria orgulhosa de mim e com certeza sentiria que tomei seu lado nas questões que ela mesma teve com o ex-amigo.

Ele me entrega o presente e, quando desembrulho o pacotinho, vejo que é um livro de uma poeta da nossa geração sobre quem a Kal já tinha me falado. Ao que parece, ela tem despontado como uma das vozes mais potentes do lirismo contemporâneo. Como eu não sou uma entusiasta do gênero, esse fenômeno cultural passou batido. O ex-amigo diz que, mesmo para quem não curte muito poesia, a leitura vale a pena. Ele tem certeza de que vou gostar.

Sentados agora um de frente para o outro, eu no sofá e ele na poltrona, agradeço e emendo:

"Você vai perder a Kal. Ela chega amanhã de manhã."

O ex-amigo me olha como se eu estivesse oferecendo um bolo de merda que eu mesma estou comendo e achando uma delícia. Ele então resmunga uma resposta protocolar, do tipo "fica para a próxima". A Kal com certeza faz parte dos assuntos que ele vai se esforçar bastante para nunca mais precisar enfrentar.

Com o clima sensivelmente mais pesado, decido mergulhar com tudo no tensionamento.

"Por que você me procurou? Cinco anos sem a gente se ver, sem trocar nenhuma palavra, e você procura justamente por mim? É só porque não tinha mais ninguém perto? Ou o quê?", pergunto, sem qualquer nuance acusatória, apenas como se a dúvida estivesse me consumindo. Talvez eu não saiba mesmo a resposta.

O ex-amigo me olha nos olhos, com a típica audácia completamente restaurada pelo fim da investigação, e diz que não poderia pensar num lugar melhor para ter passado os piores dias da sua vida. Explica que estava à beira de um colapso nervoso, se deparando diariamente com mentiras a seu respeito nas redes sociais e enfrentando a incerteza sobre o seu futuro profissional. Chegar à minha casa foi o que o salvou de uma derrocada psíquica talvez irreversível. Ele termina o pequeno discurso dizendo que sou a amiga com a qual ele pode sempre contar e me agradece por isso.

As palavras soam sinceras e imediatamente me remetem às mulheres do abrigo. Foram horas escutando atentamente as histórias sobre como os relacionamentos foram aos poucos se deteriorando, e me identificava com cada ambivalência. Cada vez que uma delas dizia não conseguir entender por que aquilo estava acontecendo, como o homem que elas amaram tinha se transformado num monstro, algo ressoava fundo em mim.

"Fico feliz por ter te ajudado um pouco. Espero que as coisas fiquem mais tranquilas."

Nas últimas quatro noites, conversamos sobre o passado, debatemos política e retomamos por um breve período a amizade que havia ficado enterrada em quase duas décadas de memórias agridoces. Cumpri diligentemente o meu papel de amiga, mesmo que para isso tenha precisado sufocar uma torrente de sentimentos. Considerando os relacionamentos mais duradouros com os homens da minha vida, talvez seja essa a condição comum a todos. Quem sabe até comum a todas as mulheres que se atraem por homens. Nunca deixamos transparecer tudo o que realmente queremos. Estamos sempre diminuindo as emoções e as vontades para nos encaixar na medida exata do que os homens têm a oferecer. Faço isso constantemente com o amante esporádico e até mesmo com o chefe.

"Você nunca chegou a ficar realmente preocupado, né? Casos assim são muito difíceis de serem provados. Estava meio óbvio que o comitê não faria nada mesmo", dou mais um giro no parafuso do tensionamento.

O ex-amigo entende o meu tom e sabe que não estou tentando fazer com que ele se sinta melhor. Mas não morde a isca e tenta manter a conversa neutra.

Ele está muito aliviado que o pesadelo tenha acabado. Diz que estava realmente com medo de uma consequência séria. Claro que sim, e aposto que ainda está. Ele sabe tudo que fez, a qualquer momento o passado pode ser exposto. A investigação interna pode o ter exonerado, mas isso não significa que as mulheres também vão absolvê-lo.

Aliás, não sei se chegou a passar pela cabeça dele, mas o mesmo jornalzinho universitário que noticiou o caso pode facilmente noticiar o encerramento. E aí as mulheres podem querer fazer justiça com as próprias mãos. Um escracho definitivamente não está fora de questão num futuro próximo. Ou até coisa bem pior.

"Eu acho que faz sentido você ter ficado com medo. E talvez ainda devesse estar."

O corpo inteiro do ex-amigo se transforma em mármore. Eu quase sinto o frio congelante vindo dele. Sim, ele ainda está com medo. E talvez estivesse torcendo para ser apenas paranoia. Talvez quisesse que as minhas palavras fossem de conforto. Talvez contasse com um "vai ficar tudo bem" vindo de mim. Talvez estivesse esperando que eu me comprometesse em intervir, mais uma vez, caso qualquer coisa desse errado. E com certeza vai dar. Ele sabe que esse não é nem de longe o fim da história.

O ex-amigo se recompõe do susto e pergunta por que ele ainda deve ter medo. Quero falar que existe uma longa fila de mulheres a quem ele fez muito mal e com quem ele jamais se acertou. Alguma delas, quem sabe até mais de uma, pode ficar sabendo do resultado e se revoltar por ele mais uma vez ter saído ileso.

Gostaria que tudo isso tivesse saído da minha boca de forma inteligível. Mas me sinto completamente vazia. Tento olhar para dentro de mim e encontrar o que há tanto tempo venho guardando, mas só vejo o nada. É isso o que anos de amizade com o ex-amigo fizeram comigo: me escavaram, reviraram a minha terra e tiraram tudo o que mantém o solo vivo e fértil. Sou apenas um deserto neste momento.

"Talvez a Ashley possa recorrer da decisão ainda, sei lá", é o que consigo dizer.

O ex-amigo explica, convicto, que isso é pouco provável. Aliás, ele falou há pouco com ela, pediu desculpas pela confusão. Não acho que seja inteiramente verdade, mas também é possível que ela ainda esteja sob os efeitos do ex-amigo, além do medo de uma autoridade dizer que as palavras dela não valem nada, ou que a sua interpretação dos fatos está equivocada.

Não tem como não lembrar das mulheres no abrigo. Tudo o que elas queriam era ouvir que não estavam loucas em achar errado o que o marido estava fazendo. Buscavam simplesmente uma pessoa que legitimasse essa dor. Mulheres que já tinham passado por várias instâncias oficiais, sempre ouvindo que estavam exagerando, que não devia ter sido bem assim, que é desse jeito que as coisas funcionam e não tem muito o que ser feito. Há quem acredite que as mulheres em situação de violência doméstica são vítimas da própria cabeça, que não conseguem se libertar das amarras de um relacionamento abusivo. Mas muitas mulheres simplesmente não conseguem romper com o marido porque toda solução que procuram dentro da justiça são negadas.

"Coitada da Ashley. Mais uma que vai precisar viver pra sempre desejando nunca ter conhecido você."

Eu mesma me surpreendo com a agressividade. É assim que me sinto? Se eu pudesse escolher, será que nunca teria conhecido o ex-amigo? As palavras grudam em mim como uma calça jeans encharcada. O ex-amigo me olha mais confuso do que magoado, como se eu tivesse falado em uma língua que ele nem sabe identificar de qual país é. Por alguns segundos, ficamos assim, olhando um para o outro sem nos reconhecer. Dois estranhos que acordaram sozinhos dentro de um barco à deriva sem lembrar como foram parar lá.

Já não conheço mais o homem na minha frente há tempos, mas acabo de me dar conta da profundidade desse estranhamento. O ex-amigo também não me conhece mais, nunca se deu ao trabalho de conhecer, mas é a primeira vez que escuta de mim palavras tão duras. A surpresa vem do choque de perder alguém que jamais considerou que fosse possível perder, ainda que alguém não muito importante.

Nos primeiros anos de faculdade, a nossa amizade e o sonho de construir uma sociedade melhor eram indissociáveis, embrulhados no mesmo pacote. Mas eu eventualmente resgatei o compromisso revolucionário desse emaranhado. Hoje entendo que o meu amor é pela política. O ex-amigo era apenas o cara que estava por perto, incorporando a paixão tão arrebatadora que eu presumia que precisasse de um destinatário com nome e CPF.

O ex-amigo me pergunta se é assim que eu me sinto, se eu queria nunca tê-lo conhecido. Isso é preciso reconhecer e admirar nele: o ex-amigo nunca foge de um conflito direto. Pelo menos comigo, não há uma versão dele diferente do militante em assembleia. Toda interação é uma disputa de ideias. E eu realmente amo isso nele.

Numa discussão, ele até pode usar estratégias superficialmente menos agressivas — emular humildade e fingir que respeita opiniões contrárias —, mas nunca se cala diante do ataque. Eu gostaria de ser mais assim, preparada e destemida. Essa sempre foi uma das características que mais me impressionavam no ex-amigo, e encarar essa reação agora me deixa um pouco confusa.

"Às vezes eu sinto isso, sim. É muito difícil ser sua amiga."

Sei que ele vai me perguntar por que é difícil ser amiga dele, e eu não vou conseguir responder, mas enquanto pondero começo a recolher todas as migalhas de energia.

"Por que é difícil ser sua amiga? Ora, porque de novo eu tô aqui, no meio dos seus problemas com as mulheres. Mais uma vez você aparece, depois de cinco anos sem notícia, para que uma feminista assegure que tá tudo bem, que você é, sim, um cara legal."

O ex-amigo está genuinamente confuso. A expressão é a de alguém que tenta terminar um quebra-cabeça com peças faltando. Ele se levanta do sofá e fica parado me olhando. Por reflexo, me levanto também. Abruptamente, a tensão se transforma em eletricidade. Mais uma vez, doze anos depois, estamos cara a cara, sabendo o que vai acontecer. Devia ter acontecido um interlúdio antes que as nossas línguas se encontrassem. Se eu estivesse assistindo à cena, reclamaria dos furos no roteiro.

"Como assim eles se beijaram do nada?", eu gritaria com a TV.

Não tenho explicação — não é amor, não é desejo, não é carinho, não é carência. Não sei se é autossabotagem, manobra de fuga, vontade de sentir alguma coisa ou de não sentir nada. Talvez seja aquela voz aqui dentro que não cala a boca, insistindo que a reciprocidade do antigo amor é possível. Um monólogo interior que às vezes aparece para tentar me fazer acreditar que ele pode mudar e me amar também.

Quando ele se inclina e encosta os lábios nos meus, não resta alternativa senão retribuir o beijo e me deixar envolver pelo seu abraço. Nada de reflexão, dúvida, questionamento. Tudo o que se desdobra é uma cadeia tão familiar quanto inevitável.

Línguas pelo corpo, mãos por todos os cantos, suspiros, roupas atiradas, peles se encontrando, penetração, movimentos ritmados e gozo — dele apenas. Nenhuma novidade ou surpresa. Nenhum sentimento mais intenso, nem tesão, nem ódio, nem desespero. Uma relação sexual que poderia ter acontecido entre duas pessoas que acabaram de se conhecer num aplicativo de relacionamentos e que decidem se pegar porque é quinta-feira à noite e não tem nada melhor para fazer. Só mais um sexo medíocre na nossa sociedade heteronormativa. Um desfecho pertinente para essa história que nada tem de especial.

O ex-amigo se vira para o lado e imediatamente começa a dormir um sono pesado, sem sombra de culpa. Tudo o que eu gostaria de ter falado fica cozinhando numa espécie de banho-maria com água de esgoto. Os últimos minutos estão suspensos na minha frente como fumaça turva. Não faço ideia de quais criaturas podem sair dela. Ainda pelada, descoberta e deitada de costas, vejo que a infiltração na verdade começa no quarto de hóspedes. Preciso chamar uma encanadora urgentemente.

Sei que as deusas estão rindo da minha cara, se deliciando com mais uma feminista exposta a toda a sua hipocrisia. Mais uma que luta pela responsabilização dos homens abusadores posta à prova das próprias convicções — e fracassou. Ouvindo a risada cruel e sentindo o olhar de desapontamento de todas as mulheres que já conheci na vida, respiro fundo e tento esconder o completo vazio que estou sentindo.

SEXTA-FEIRA

Vinte e um

Me levanto devagar da cama onde o ex-amigo ainda está dormindo profundamente e vou para o meu quarto. Não sei dizer quanto tempo passamos lado a lado, mas não consigo ficar nem mais um segundo escutando a respiração dele.

A madrugada está apenas começando, vou enfrentar longas horas até o raiar do dia. Nem tem a menor chance de eu dormir. Apesar de a trivialidade do que acaba de se passar ser assustadora demais, não sinto absolutamente nada. Devo estar em choque.

Porém, é impossível ignorar a presença perturbadora no apartamento. Preciso enfrentar o que quer que esteja vindo na minha direção.

Algo então desponta. Ainda tímido, fraquinho, mas definitivamente o início de uma reação. Ufa. Não perdi a capacidade de sentir. Ainda não sei exatamente o que é, mas estou quase lá. É uma vontade. Um desejo. De quê? Aos poucos, começo a enxergar os contornos. Formas que vão se revelando devagar. E então eu vejo.

Com uma inteligibilidade sem precedente, finalmente compreendo o que eu quero — e preciso — falar para o amante esporádico. Pois é. É nele que estou pensando. Ao tensionar ao máximo os limites com o ex-amigo, acabei tateando outras fronteiras mais relevantes.

Gravo um áudio para o amante esporádico, sem ter um roteiro em mente, mas sabendo exatamente cada palavra: "Oi, desculpa a hora, sei que tá no meio da madrugada, mas senti a urgência de falar com você — não bem *com* você, mas *pra* você, no caso. O sono me fugiu e comecei a pensar em várias questões pendentes. E então lembrei da nossa conversa mais cedo".

Faço uma pausa tentando encontrar as palavras certas: "Está difícil por aqui. Não consigo mais sustentar o nosso arranjo. Ficou complicado demais segmentar as experiências e viver cada coisa no devido lugar e do tamanho que dá. Já tem um tempo que venho me sentindo assim e percebo que está começando a escapar do controle. Talvez tenha sido a perspectiva de a gente morar na mesma cidade que tenha trazido isso à tona, talvez seja o meu momento por aqui, sei lá. Só sei que tá muito forte, intenso, não sei como descrever de outro jeito. Tem tanta coisa que não tô dando conta de segurar. E me frustro por não conseguir falar diretamente o que sinto por você, por nunca ser capaz de assumir para você — até pra mim mesma foi complicado — que eu gosto de você, que os limites da nossa relação me machucam e me deixam dolorosamente consciente de que eu quero muito mais de você, da gente. A cada dia preciso me esforçar mais para entender o que é permitido sentir, o que posso querer, o que é seguro eu desejar e o que seria possível esperar de você. É cansativo demais esse esforço. Melhor encerrar o que quer que tenha sido isso até aqui. Foi muito maravilhoso. Mesmo".

A parte final da mensagem acompanha duas lágrimas que se acotovelam, mas que vão passar despercebidas pelo amante esporádico. Não sei se ele vai compreender a dimensão do que estou dizendo, mas vai captar o essencial — chega ao fim a nossa vida de amantes.

Tento listar tudo que vai acabar: o sexo, as mensagens de sacanagem, a minha produção amadora de vídeos eróticos, os olhares furtivos e as manifestações de desejo às escondidas quando estamos em público, as declarações carinhosas de saudades e talvez até mesmo os pedidos de ajuda com questões de trabalho. É bastante coisa que chega ao fim.

Gostaria muito de saber o que isso significa para ele. Será que vou ser apenas uma amante a menos? Ou será que ele compartilha pelo menos um pouco da minha dor? Será que ele também vai lidar com um processo de luto? Vai sentir todas as perdas? Talvez uma parte delas?

Não quero me permitir pensar nisso, mas é inevitável: e se ele responder que não quer ficar sem mim e está aberto a renegociar o acordo, que também quer mais da gente?

É óbvio que eu sei que a resposta não vem. Muito menos essa resposta. O reencontro será como se fôssemos apenas colegas de longa data. Ele jamais me procuraria para discutir a mensagem. No máximo, vai confirmar que recebeu e só. Fim de uma década e tanto. Ponto.

Pelo menos eu já sinto algo agora. Melhor a dor na barriga e o aperto no peito do que o absoluto nada.

O passo firme que dei me tira do torpor sensorial das últimas horas. Aos poucos, vou acordando as sensações e as lembranças, como alguém que tenta ficar de pé depois de muito tempo sentada em cima das próprias pernas. Tem um nódulo de ansiedade crescendo na pontinha do meu pulmão esquerdo. Se eu não tomar providências, logo vai ocupar todo o tórax e possivelmente vou parar de respirar. Causa da morte? Sufocamento pelas próprias angústias.

Não sei exatamente a que horas o ex-amigo vai embora, mas com certeza ainda vai passar algumas horas dormindo. Preciso sair deste apartamento. A presença dele não é mais apenas insuportável. Ele transformou o espaço em algo irreconhecível. A mim parece que não tenho mais meu lar — ou pelo menos que não estou mais nele.

Fugir é uma necessidade, mas vai ser difícil encontrar algum abrigo a essa hora. Não gostaria de ir para uma lanchonete vinte e quatro horas na companhia dos bêbados e dos jovenzinhos. Quero exatamente isto aqui: um quarto escuro e uma cama com lençóis limpos — mas sem o homem respirando alto no cômodo ao lado.

Será que a Elena voltou de viagem? Ela chegaria no fim da semana. Não custa perguntar: "Amiga, cadê você? Já voltou? Posso ir aí?", escrevo para ela.

Ela lê minha mensagem e logo responde: "Que timing! Acabei de colocar os pés em casa. Exausta da viagem. O voo atrasou horrores. Mas aguento a sua companhia. Vem!".

Fico até meio perplexa com a sorte de ter uma amiga que só diz "vem!" para uma visita no meio da madrugada, como se fosse a coisa mais natural do mundo. Em momentos assim, me sinto uma hippie repleta de gratidão pelos presentes divinos.

Lavo a vulva na pia do banheiro e visto um conjunto de moletom velho, meias grossas, botas, gorro, cachecol, luvas e o meu casaco mais pesado de inverno. A caminhada até a casa da Elena é de apenas oito quarteirões, mas o frio não perdoa. Apesar de não olhar o espelho, tenho certeza de que estou a cara do desassossego que está me bagunçando por dentro. No meio de um alvorecer gélido de dezembro, os únicos seres vivos que vão cruzar o meu caminho são os ratos — e eles não julgam pelas aparências.

Saio pé ante pé do apartamento para não fazer qualquer barulho que possa acordar o ex-amigo. Andando pelas ruas escuras, a roda das lembranças desagradáveis começa a girar na cabeça. Eu sei por que é tão difícil confrontar o ex-amigo. Já tentei algumas vezes e em todas fiquei mal. Na última, especialmente. Ele não é do tipo que recua quando é questionado, ou que recebe críticas com dignidade. Quando está sob ataque, o ex-amigo se torna cruel e birrento. Na infância, chamávamos os meninos assim de *apelão*, e esse é melhor termo para defini-lo.

Alguns dias depois da trágica reunião com as novatas do grupo, chamei o ex-amigo para conversar na minha casa. Já sabia que me mudaria de país em poucos meses, mas como estávamos cada vez mais distantes, ainda não tinha conversado com ele sobre a partida. Tampouco tinha avisado o grupo.

Cheguei a ficar petrificada quando abri a porta para o ex-amigo. Ele parecia ocupar todos os espaços vazios do meu apartamento, do chão ao teto, por cima dos móveis, dentro da pia da cozinha. Até aparentava estar consideravelmente mais alto naquele instante.

Eu tinha consciência da dificuldade da conversa que teríamos. Ainda sob o impacto das palavras que tinha escutado das mulheres na noite anterior, comecei com o tom sério que a situação exigia.

"Temos um problema muito grave no grupo e estamos muito perto de explodir. Como vocês puderam ser tão irresponsáveis com essas meninas?"

Lembrando agora, sinto vergonha de ter chamado os homens da fraternidade de irresponsáveis, como se eles fossem adolescentes que se meteram numa confusão qualquer de escola.

Não tinha antecipado a reação do ex-amigo e acabei sendo surpreendida. Ele respirou fundo, demonstrando estar tão esgotado quanto uma mãe que cuida de dois filhos pequenos o dia inteiro sem o pai para assumir as responsabilidades. Disse que o vitimismo dessas meninas sem consciência de classe, afogadas no próprio privilégio, era o que estava saindo do controle. As palavras podem não ter sido essas, mas a ideia está aí, e ele usou mesmo a expressão vitimismo.

Eu ainda tentei contra-argumentar. Sem expor as histórias confidenciadas, insisti com o ex-amigo:

"Você parece um incel falando desse jeito. Se acalma. Tenho certeza de que você sabe até melhor do que eu o que vem acontecendo entre vocês e as novatas. Não dá para continuar assim. Vocês não percebem a hipocrisia? Como conseguem defender os ideais de uma sociedade mais justa e ao mesmo tempo tratar as companheiras de militância como seres humanos de segunda categoria?" Minha voz tremia um pouco, desacostumada a acusar esse interlocutor específico.

O ex-amigo ficou furioso. Mesmo oito anos depois, me lembro da expressão raivosa como se fosse agora. Com essa máscara, ele deu início a um ataque verborrágico chocante, igual a uma fera enjaulada que finalmente decidiu ir com tudo contra as grades. Com cólera em cada sílaba, disse que não era possível que eu estivesse organizando uma revolta feminina contra eles, ele sempre me defendia quando os caras me acusavam disso, seria o fim do grupo se as mulheres instrumentalizassem experiências pessoais para acusar os homens, aquilo era imaturidade, elas deveriam ser mais responsáveis pelas próprias escolhas e eu estava cumprindo um papel lamentável de infantilizá-las.

Até hoje sinto um embrulho no estômago pensando nisso.

Conforme o tom do ex-amigo ia subindo, fui progressivamente me fechando, me recolhendo, desligando os ouvidos, os olhos, o corpo. Para me proteger do rompante, desliguei todos os canais de interação com o mundo. Quanto mais agressivas eram as palavras, menos eu as escutava.

Acabei sendo arrancada à força desse casulo de autodefesa quando o ex-amigo deu um soco na parede ao meu lado. Ele precisou colocar a raiva para fora. Em seguida, saiu do apartamento batendo a porta.

Fiquei ainda muito tempo sentada no sofá, muda, perplexa, ofegante e olhando a marca de punho no gesso. Depois que ele foi embora, percebi que jamais seria capaz de me impor diante da fúria dele.

De modo geral, é muito difícil mobilizar energias para reagir diante de um homem descontrolado. No caso de um cara próximo, que você um dia amou e talvez ainda ame, o descontrole te enreda numa teia invisível e te imobiliza enquanto durar o espetáculo de raiva. O horror que brota no peito e vai se espalhando pelo corpo tem um efeito paralisante praticamente inescapável. As mulheres que optam por envenenar os maridos abusadores ou esfaqueá-los durante o sono estão certas, ainda que os tribunais não reconheçam a ação como legítima defesa.

O ex-amigo nunca me pediu desculpas por aquele dia. Nem voltamos a falar sobre as relações dos homens da diretoria informal com as novatas. Aliás, aquela talvez tenha sido a última vez que estivemos a sós. Até participamos de reuniões e eventos e chegamos a trocar uma ou outra mensagem sobre assuntos corriqueiros, mas conversar mesmo, olho no olho, nunca mais. Até ele bater na minha porta, pedindo para ficar na minha casa durante um tempo, só até as coisas se acalmarem.

Não dá para dizer que a reação do ex-amigo foi fora do padrão. A organização das mulheres é sempre vista como temerária nos espaços tradicionais de poder. A resposta automática é desse tipo mesmo — arroubos agressivos. Eu que fui ingênua de achar que seria possível conversar civilizadamente. Ao fim e ao cabo, o grupo acabou antes que os membros pudessem construir relações de afeto coerentes com os princípios políticos.

Fiquei por muito tempo remoendo o fim do grupo. Ao tentar enfrentar o legado da fraternidade masculina, encontramos limites, que ficaram tão evidentes que não dava mais para fingir que não existiam. Vendíamos ideais que não eram praticados no dia a dia da micropolítica.

Hoje vejo que, embora o fim tenha sido anunciado por muito tempo, o processo de luto foi mais difícil do que eu previa. Aliado à mudança de país, sofri uma das perdas mais duras da minha vida, por mais contraditório que possa parecer. O grupo — que começou como uma chapa para o DCE, virou independente da universidade e por fim se filiou ao partido — foi a minha referência de aprendizado, formação e atuação política por uma década. Até anos depois, tentei encontrar as razões para o fim, mas não posso ficar eternamente presa a essa busca.

Na rua escura, em frente ao prédio da Elena, consigo ao menos admitir que, no fundo, eu já sei há muito tempo quem o ex-amigo é. Não se trata apenas de fraqueza da minha parte não querer enfrentá-lo. De nada adiantaria. Conheço bem as demarcações do território e o tanto que são intransponíveis. Não preciso me sentir tão mal por não conseguir contestar o ex-amigo. Posso achar compreensível não querer me submeter à reatividade devastadora dele mais uma vez.

Eu só quero ele fora da minha casa.

Renata Gabriela Lima de Abreu, 27 anos, nacional, solteira, médica, compareceu a esta Delegacia, na condição de testemunha, e relatou o que segue. Questionada se conhece o investigado, disse que sim; que se relacionaram por três meses há quatros anos; que se conheceram em um aplicativo de relacionamento; que não teve mais notícias do investigado desde que tiveram relações sexuais pela última vez; que na época em que se relacionaram, ela estava na faculdade de medicina, que lhe exigia muita dedicação; que o combinado com o investigado era que só se encontrariam para ter relações sexuais, pois nenhum dos dois queria um relacionamento; que acredita, inclusive, que o investigado tinha uma namorada na época, mas que nunca falaram a respeito; que no início o arranjo estava funcionando, pois ela gostava de se encontrar com o investigado; que aos poucos, contudo, o sexo com o investigado foi ficando desconfortável para ela; que o primeiro momento de desconforto aconteceu quando o investigado pediu para que fizessem sexo anal; que a depoente disse que não queria, que o investigado insistiu, mas a depoente seguiu negando; que nesse mesmo dia, durante o sexo, o investigado começou a penetrá-la no ânus; que ela mais uma vez disse que não queria, mas o investigado insistiu mais e ela acabou permitindo que a penetração anal continuasse, que ela parou de dizer não; que depois desse dia, quando se encontravam, o investigado sempre pedia para fazer penetração anal; que ela não gostava, mas acabava cedendo diante da insistência do investigado. Questionada se em algum momento expressou que não queria a penetração anal, a depoente disse que, depois do primeiro dia, nunca mais disse "não" de maneira assertiva, mas que deixava muito evidente que não queria e que estava fazendo só porque o investigado insistia; que eventualmente parou de encontrá-lo e o bloqueou de seus contatos porque não queria mais prosseguir transando com ele daquele jeito; que também ficava desconfortável com o que percebia ser um progressivo aumento da agressividade dos diálogos durante o sexo; que desde o início ambos gostavam de se comunicar durante o sexo, com palavreados típicos desse momento, nada fora do comum; que as coisas que o investigado falava, porém, começaram a ficar cada vez mais agressivas, com o uso de insultos de baixo calão que ela considerava ofensivos; que a depoente ficava desconfortável com essa percepção de que o investigado gostava de humilhá-la durante o sexo, que a sua humilhação deixava ele excitado; que decidiu parar de transar com o investigado depois que contou a uma amiga o que estava acontecendo e a amiga ficou horrorizada com o relato; que aí entendeu que não estava em uma relação saudável, que não estava se sentindo bem naquela posição e que precisava parar de se encontrar com o investigado; que chegou a ter episódios de crise de pânico na mesma época, mas que não pode confirmar que tenha sido por causa da relação com o investigado. Questionada se deseja acrescentar algo, disse que não. Nada mais foi dito nem lhe foi perguntado.

Vinte e dois

Quando chego ao apartamento da Elena, uso a minha chave reserva e entro direto, como se estivesse chegando na minha própria casa, só dou uma batidinha na porta antes de abrir.

"Tô aqui debaixo das cobertas", ela diz do quarto.

Tiro as botas, o casacão de inverno e todo o aparato contra o frio e abro um sorriso quando vejo a Elena embrulhada tal qual um burrito na cama.

"A Elena voltou! Viva!", digo, levantando os braços como uma animadora de torcida.

Emendo as palavras com um choro. Desses fortes, incontroláveis. A Elena não estava esperando por isso, e a reação dela é a de uma mãe que vê a filha cair do balanço no parquinho. Ela se levanta imediatamente, me abraça com um afeto intenso e me leva para debaixo das cobertas. Por alguns minutos, fico deitada no colo da minha amiga e ponho para fora todas as lágrimas necessárias para aliviar pelo menos um pouco a angústia acumulada. A Elena não diz nada e apenas faz carinho no meu cabelo enquanto aguarda a minha dor passar. Ficamos alguns minutos assim.

Aos poucos, vou me acalmando. As lágrimas, que há alguns segundos pareciam inesgotáveis, começam a secar. Me levanto do colo da Elena e me sento na cama, com as costas na parede, onde ela também está apoiada. A Elena me passa o copo d'água da mesinha e espera eu estar pronta para falar.

"Acho que essa foi a semana em que mais chorei em toda a minha vida. Devo estar até desidratada", falo enquanto assoo o nariz no lenço de papel que estava no bolso do moletom.

A Elena não ri, apenas me olha seriamente, transparecendo preocupação.

"O que aconteceu, Alminha? Não posso sair nem uma semana de férias?", ela brinca.

"Pois é, amiga", digo, em meio a um suspiro. A sensação é de que anos se passaram desde a última vez que nos encontramos, há exatos oito dias. Nem sei por onde começar a atualizá-la sobre tudo o que aconteceu. "Eu não sou ninguém sem você por aqui", ao dizer isso, percebo que em breve não vou ter mais a companhia quase diária dela e decido entrar na conversa por esta porta: "Vou voltar pra casa, Lê. A nossa casa-casa, a terrinha".

A Elena não demonstra muita surpresa, mas parece estar um pouco confusa.

"Sério? É por isso que você tá chorando desse jeito? Aconteceu alguma coisa que vai te obrigar a voltar? Ou já é a saudade de mim?", ela segue no esforço de acolhimento com seu senso de humor.

Eu solto uma risada curta.

"Não quero nem pensar nessa parte. Vou precisar arrumar um jeito de te repatriar também, amiga. Sério, mesmo. Vamos voltar juntas. Aí eu já aproveito e convenço a Kal — que em algumas horas pousa por aqui, aliás — a voltar também e finalmente realizo o sonho de ter todas as amigas na mesma cidade, de preferência no mesmo bairro e quem sabe até no mesmo prédio ou numa comunidade de casinhas."

A Elena abre um sorriso melancólico. Apesar de sentir

falta de morar no nosso país, ela já repetiu diversas vezes que não deseja voltar. A vida está bem estabelecida aqui e ela tem um relacionamento estável com uma gringa que com certeza não se adaptaria em nenhum lugar ao sul da linha do equador.

"Se a Kal topar, eu topo também", provoca a Elena. Ela sabe que a Kal não volta de jeito nenhum. "Mas me conta melhor essa história. Por que vai voltar? E a propósito, você tinha me avisado que a Kal estava vindo? Não me lembrava disso."

"A Kal decidiu me visitar de última hora, depois de eu pedir pelo-amor-das-deusas para ela me resgatar de uma situação delicada. Mas isso não tem nada a ver com a mudança. Caramba, Lê, são muitas novidades. Não sei por onde começar", digo, já sentindo a respiração acelerar de novo.

"Começa me explicando por que você apareceu na minha casa no meio da madrugada e explodiu num choro compulsivo. Que tal?", ela me pede gentilmente.

A Elena entende que é ruim insistir que as pessoas falem quando não estão preparadas, mas também sabe que eu preciso de incentivos firmes para me abrir, do contrário, fico escondida na minha caverna de ininteligência emocional.

"Sei lá, Lê... Tô em frangalhos, o corpo e a cabeça. O choro pode ter sido por várias coisas, de tão intensa que foi a semana."

Eu sei que o que me empurrou para fora de casa foi a respiração alta do ex-amigo no sono tranquilo pós-sexo, mas desconfio de que o gatilho de ansiedade tenha sido o áudio ao amante esporádico.

Transar com o ex-amigo foi praticamente um ato de automutilação, equiparável a se cortar no antebraço para tentar controlar o sofrimento decorrente do mal que lhe causaram. Eu mereço ser punida pelo vacilo de não ter conseguido responsabilizar o ex-amigo devidamente — permitir que o pênis dele entrasse em mim foi essa punição.

Pôr um fim no relacionamento com o amante esporádico, por sua vez, me traz uma dor bem mais complexa, como todo luto é.

"Acho que o caso que eu tenho faz mais de uma década finalmente chegou ao fim."

A Elena solta um sonoro *pfff* e diz:

"Até parece, Al. Isso aí não acaba nunca. É por isso que você tá chorando? Você tá sofrendo pelo amante esporádico?" Foi com a Elena que adquiri o hábito de me referir aos homens apenas pela posição que ocupam na minha vida. "A gente tem informação mais importante pra armazenar do que nome de homem", ela costuma brincar.

"Acho que tô sofrendo por várias coisas. A semana foi agitada. Tem muita agonia circulando por aqui. Mas talvez o motivo mais imediato do choro tenha sido a mensagem que acabei de mandar pro amante dizendo que tá difícil demais dar conta dos sentimentos por ele e que, por isso, é melhor encerrar essa coisa maluca."

Acho que a Elena não esperava que eu fosse conseguir dar esse passo. "Uau! Que coragem", ela se admira.

Eu prossigo falando devagar, tateando cada palavra:

"Apesar de ter tentado muito não deixar acontecer, eu me apaixonei pelo amante. Já faz tempo, inclusive. E acho que fiquei muito frágil essa semana. De repente, me vi querendo muito mais do que o amante me dá. Querendo mais dele todo. Querendo mais da relação. Ele não é só o sexo mais gostoso da minha vida. Não é só tesão que sinto por ele, que já é muita coisa."

"Tesão é uma das manifestações mais importantes de afeto. Sempre te disse isso." É verdade, isso é praticamente um bordão da Elena. Eu prossigo.

"Ele também é um homem brilhante, que tem opiniões

que eu gosto de ouvir e com quem compartilho afinidades políticas importantes. O senso de humor peculiar dele, as piadas que ele faz sem tirar a cara de sério, mas ao mesmo tempo sem se levar muito a sério. É pra ele que eu corro quando preciso de segurança. E mesmo agora, já mais velho, um tanto descuidado, acho ele lindo." Faço uma pausa para me recuperar da ode descarrilada ao amante esporádico. "Ai, ai, Lê. Acho que o caos da semana me fez transbordar."

A Elena me olha com pena. A compaixão no olhar é, ao mesmo tempo, acolhedora e vergonhosa. Que bom que ela me entende, mas que merda eu estar nessa posição.

"É óbvio que você se apaixonou, Alma. E, sim, já faz muito tempo. Era tão óbvio. Você só não estava se permitindo sentir. Que ideia mais absurda achar que vai se relacionar por mais de uma década com alguém e não vai se envolver. Você acreditou mesmo que isso era possível?"

Talvez eu tivesse acreditado, sim.

Mesmo sem que eu abra a boca, a Elena capta exatamente o que estou pensando.

"Você não foi socializada como um homem hétero, amiga. E também não é uma psicopata. Que bom que finalmente se permitiu admitir pra si mesma que o amante não é só uma transa boa. Ele ocupa um espaço significativo na sua vida."

O tom da Elena é cuidadoso, mas com notas de impaciência.

"Eu só queria continuar como sempre foi: aproveitando a parte física sem me machucar com os sentimentos", respondo, um pouco melancólica.

A Elena dá uma risada como se eu tivesse contado uma piada.

"Para com isso, sua maluca. Já estava na hora de ter percebido que não dá pra ser assim."

Eu também dou uma risadinha, mas sinto o peito literalmente se apertar ao pensar no amante esporádico. Não lembro se alguma vez já passei por isso. Achei que, aos trinta e seis anos, não sofreria por amor. Mas pelo visto sofreria, sim.

A Elena entende o silêncio e decide desempacotar o comentário anterior, como uma maneira de me ajudar a lidar com a inundação de emoções que me pegou de surpresa:

"Alminha, você sabe a minha opinião sobre a relação de vocês — e, sim, vocês têm uma relação, ainda que nenhum dos dois queira admitir. Sempre achei ótimo você ter uma válvula de escape do estresse cotidiano. É raro encontrar pessoas que nos deem fogo no rabo. E fogo no rabo é muito fundamental para suportar esse mundo cruel. Mas se isso tá gerando angústia, aí começa a perder o sentido. Se pelo menos você tivesse algum signo de água no mapa pra curtir sofrer um pouco, tudo bem. Mas você é toda feita de terra com uma Vênus afogueada. Não tem jeito, você não curte e não vai se deixar sofrer."

O diálogo começa a jogar feixes de luz pelas sombras do meu caos.

"Juro que não pensava que um dia eu fosse me apaixonar de verdade por ele. E agora me sinto pressionada pela sensação de que encontrei o meu limite e não consigo mais sustentar. Mas, ao mesmo tempo, quando mandei a mensagem dizendo que era melhor pararmos, parece que engoli uma bola de tristeza. Tá doendo, amiga", eu estou resignada, sem mais lágrimas.

"Entendo, Al. Não tenho muito o que aconselhar. Acho que você não tem opção. Não consigo pensar em nenhuma alternativa que não seja viver todas essas emoções, sentir mesmo essa enxurrada."

A Elena está certa, mas deixar os sentimentos correrem livremente me parece um ato de barbárie contra mim mesma.

"Eu sei, Lê", digo, baixinho.

A Elena prossegue na tentativa de me ajudar com o autoconhecimento. Ela sabe da minha profunda incapacidade de lidar com meus próprios sentimentos. Sem a minha amiga, vou apenas soterrar tudo, fingir que não estou sofrendo e seguir em frente.

"Acho que vale também pensar no que você gostaria que ele respondesse. Você mandou aquilo com qual objetivo? O que espera que aconteça a partir daí?"

"Eu tenho muito receio de pensar nisso, sabia? Antes, eu me permitia fantasiar com coisas que poderíamos viver justamente porque não tinha expectativas de que acontecessem de verdade, então eram fantasias bobas que não me causavam aflição. Mas hoje está muito evidente que tenho outros anseios. E aí fica foda. Um homem casado, com um filho pequeno e possivelmente outras amantes. É isso que não entendo. Como consigo me apaixonar por um cara por quem sei que não posso me apaixonar?"

Por sorte a Elena tem a inteligência emocional de uma terapeuta experiente e talentosa.

"Você consegue se apaixonar por um homem casado e com filho e possivelmente com outras amantes porque ele soube ser conquistador e envolvente por anos. Você não percebeu isso porque está apaixonada. Mas sabe bem que os homens são capazes disso. Ele soube fazer a manutenção da relação de vocês na medida exata do que servia *a ele* — e *a ele* apenas."

"Exatamente. Tão óbvio tudo isso. O que me deixa ainda mais perplexa. Eu sempre tive elementos suficientes para saber que ele não é um homem muito bacana com as mulheres e ainda assim me permiti amá-lo. Acho isso patético da minha parte", finalmente confesso.

A Elena faz uma cara pensativa e pondera:

"Por que você tá pegando tão pesado consigo mesma? Patético é ele não conseguir conversar com você sobre o que sente e manter essa vida dupla por anos. Patéticos são os homens que nunca aprenderam a lidar com os próprios sentimentos e seguem ferindo as mulheres que cruzam o seu caminho. Você viveu tão plenamente um relacionamento que se apaixonou de verdade. Acontece. E você é tão forte que conseguiu identificar que não tá mais te fazendo bem e deu o primeiro passo. Finalmente largou mão do autoengano e assumiu o que sentia — e isso estava totalmente óbvio pra qualquer uma que prestasse atenção, diga-se de passagem."

Eu recebo as palavras da Elena como merthiolate em um machucado: elas ardem no início, mas também aliviam a dor e vão ajudar a cicatrizar as feridas abertas.

"É tudo isso, mesmo, o que tô fazendo? Porque, para mim, parece apenas que eu fui uma boba por ter me deixado envolver tanto com o homem que desde sempre deixou muito claro que só estava disposto a me oferecer bem pouco", faço uma última tentativa de autocomiseração.

Ela não entra na dança, retomando a linha de reflexão que me obriga a encarar o que de fato importa.

"Posso dar mais uma cutucada?", ela me pergunta com a mesma expressão de um mágico no meio do truque. Faço que sim, receosa, mas com expectativa, sei que vai ser importante:

"Não acha que vale pensar o que você esperaria que acontecesse caso ele permitisse uma conversa honesta?"

Quando abro a boca para protestar, a Elena lê o meu pensamento:

"Eu sei que você tem certeza que ele nunca vai permitir que essa conversa aconteça, mas vamos usar a imaginação um pouco. Caso ele pagasse para ver, o que é que você estaria disposta a sustentar? Aonde você levaria isso que vocês têm? O que você realmente quer dele? Quer que ele se divorcie e fique com você? Quer ser a madrasta da criança dele? Tá disposta a enfrentar os julgamentos da turma de amigos em comum que adoram pagar de progressistas mas são um bando de entusiastas da família tradicional burguesa?"

Eu mobilizo todos os órgãos do corpo ao refletir sobre as questões da Elena — coração, cérebro, estômago, clitóris, fígado, todos têm uma opinião sobre o que eu quero da relação com o amante esporádico. Não tenho todas as respostas, mas consigo verbalizar a primeira:

"Eu queria poder levar até as últimas consequências tudo o que sinto por ele. Queria exaurir todas as vontades, os desejos e os sentimentos."

A Elena ainda não está satisfeita:

"Você levou até as últimas consequências, amiga. Tanto que se apaixonou de verdade. Você viveu o que tinha pra viver com o amante. E viveu mesmo, se permitindo finalmente sentir o que a relação te desperta. E aí você disse que encontrou o seu limite. O que acha que é esse limite?"

Preciso refletir um pouco. Reconhecer, compreender e ser capaz de respeitar os próprios limites talvez seja a faixa preta do processo de me tornar a mulher que eu gostaria de ser.

"Meu limite é o próprio amante esporádico e o que ele me oferece. Meu limite tá nele. Tá na maneira como ele gosta de mim — acho até possível que ele me ame, mas nunca vai assumir isso. A necessidade que ele tem de se sentir no controle e não se entregar fez com que eu só pudesse gostar dele dentro das linhas que ele demarcou. É cruel precisar moderar os próprios sentimentos o tempo todo. Ele pode até ter escolhido isso pra si, mas eu definitivamente não quero mais pra mim."

"Olha, eu não conheço o seu amante, mas essa vibe familiazinha intocável parece combinar muito bem com alguém que não se abre à dimensão da paixão e da intensidade dos afetos. Não acho que seja um limite dele com você. Tá mais pra um limite pessoal. Ele escolheu essa maneira de organizar os afetos, ele se beneficia da separação entre trabalho reprodutivo, emocional, sexual, intelectual... Teve filho nesse esquema que requer uma mulher, de quem talvez ele não goste tanto, mas que desempenha bem a performance de mãe e esposa. Nunca vi, mas sou capaz de apostar que ela é bonitona, bem dentro do padrão de beleza hegemônico. Na vida que ele escolheu viver, não tem espaço pra desfrutar as paixões plenamente. É uma vida com outras coisas... sei lá, batizados, assembleias de condomínio, portfólios de investimentos, babás, férias em resort e debates sobre a idade ideal pra começar a dar açúcar pra uma criança. Ele *escolheu* essa vida, amiga. Ele pode até reclamar, mas decide todos os dias permanecer nela. Você se imagina vivendo uma vida assim, ainda que seja ao lado dele?"

Toda a análise da Elena, concluída por essa pergunta tão certeira, me faz ver o óbvio do qual estava me esquivando.

"Não, Lê, eu não consigo nem me imaginar vivendo essa vidinha com ele. Nem a paixão mais arrebatadora do mundo conseguiria me sustentar nessa posição", digo com a tranquilidade de quem está segura do quer mas carrega o peso de saber as consequências.

Eu me deito na cama de barriga para cima e sinto o fardo da semana me esmagar, como se eu estivesse sendo enterrada viva pelas minhas próprias emoções. Sentada ao lado, a Elena me faz um cafuné que de fato alivia a ansiedade e reverbera fisicamente no meu corpo.

"Ai, Lê, eu me fodi, né? Que merda."

A Elena pondera por alguns segundos.

"Não dá pra saber ainda, Alminha. Se acalma, deixa os sentimentos virem sem medo. Você precisa elaborar o luto."

A Elena está certa de novo. Fico em silêncio, pensando.

Inevitavelmente, faço um balanço das minhas relações com homens e todas se mostram desbotadas. Nem mesmo com o chefe desenvolvi uma amizade que se aproxime do que tenho com a Elena, a Kal ou a Malu. Nós nos vemos praticamente todos os dias e, ainda assim, às vezes parece que estou convivendo com um estranho.

"Coitados dos que não conseguem viver intensamente os afetos", concluo com um sussurro que combina com a exaustão existencial por precisar navegar por relações meias-bocas com os homens da minha vida.

"Eu tô muito orgulhosa de você, Al, por ter tido a coragem de falar para o amante o que estava sentindo, por entender que o que ele te oferece não é suficiente e por conseguir recusar as migalhas quando o que você quer mesmo é um banquete. E você merece um banquete farto todos os dias."

Eu também estou orgulhosa de mim. A mulher que eu gostaria de ser precisa amar sem medo ou restrições. Ela precisa saber dizer não e se afastar daqueles que a exaurem.

"Obrigada, amiga", digo com toda a sinceridade que cabe em mim.

Como quem não quer nada, a Elena emenda:

"Tô curiosa com uma coisa, se você souber responder. Mas não precisa, tá? Curiosidade, mesmo. Por que justamente agora você abriu a porteira? Eu acompanho essa novela desde que nos conhecemos e, honestamente, nunca pensei que você daria esse passo."

Sabia que a Elena não me deixaria escapar sem dividir com ela o principal acontecimento da semana. Quero contar tudo, mas o cansaço me impede de organizar as ideias. Começo a falar meio sem saber para onde estou indo:

"Acho que um homem se hospedando na minha casa acabou me fragilizando tanto que não segurei a onda dos meus mecanismos de defesa."

"Tem um homem na sua casa? Como assim, que homem?", a Elena me pergunta, compreensivelmente confusa.

"Pois é, nem consegui te contar. Aquele amigo meu da época de faculdade. Eu já não falava com ele tinha muitos anos. Mas ele estava morando aqui também, e precisou de um lugar para ficar. Ele foi suspenso do trabalho porque instauraram uma investigação interna contra ele."

A Elena segue confusa e agora também surpresa.

"Investigação? Como assim? Do que ele tá sendo acusado?"

Eu respiro fundo, me aconchego no colo dela, sentindo um sono arrebatador tomar conta de mim.

"Estupro. Ele deu ecstasy escondido pra uma menina e transou com ela. Ela desistiu da investigação e retirou a queixa. Não sei por quê. Daqui a algumas horas ele vai embora. Dessa vez ele escapou, de novo. Mas não vai mais escapar. A gente precisa de um plano. Tô esgotada agora, imagino que você também. Vamos descansar e amanhã falamos mais?"

E finalmente durmo.

Vinte e três

Acordo na cama da Elena com a mensagem da Kal avisando que o avião pousou.

"Cheguei. Posso ir pra sua casa? O demo já saiu? *Huele a azufre todavia?*"

Solto uma risada alta com a referência chavista. Mal abri os olhos e já sinto a força tranquila do dia que está para começar. Não dormi muito, ainda falta um pouco para o meio-dia, mas o sono profundo foi capaz de me restaurar na medida exata.

"Vem logo!"

"Bato na sua porta daqui uma hora mais ou menos. Pede logo alguma coisa pra gente comer que tô faminta."

Vou ao banheiro lavar o rosto e fazer xixi. Aproveito para beber um pouco de água diretamente da torneira. A garganta está muito seca. Talvez eu tenha de fato ficado desidratada de tanto chorar ontem à noite. O inchaço e a vermelhidão no rosto não deixam dúvida. Sentada na privada, ouço a Elena fazer um café para nós ao som das notícias no rádio. Ela valoriza o ritual do primeiro café do dia e possui todo um aparato semiprofissional para prepará-lo.

Enquanto esvazio a bexiga, escrevo para o chefe:

"Vou trabalhar de casa, tudo bem? Mas preciso conversar com você. Posso te ligar ainda hoje?"

Ainda estou lavando as mãos quando chega a resposta. Ele também não vai ao escritório e pergunta sobre o que eu gostaria de conversar.

Seco as mãos no moletom e digito:

"Ideias pro trabalho novo. Já comecei a pensar sobre isso e a me empolgar com a nova fase que vem aí."

A resposta do chefe também vem com uma animação palpável, pedindo para que eu ligue mais tarde.

Saio do banheiro e o cheiro de café quente da cozinha me traz uma sensação quase física de acolhimento. Quando apareço no corredor da sala, a Elena me recebe com uma xícara.

"Bom dia, amiga! Conseguiu descansar um pouco?"

"Bom dia, flor do dia. Sim, descansei. Dormi superbem, obrigada."

Tomo um gole do melhor café que já experimentei na vida.

"Você parecia uma pedra. Nem se mexia. Estava mesmo precisando de repouso. Como tá se sentindo?"

Ela nitidamente quer deixar aberto o espaço para que eu possa compartilhar as angústias, mas não quer insistir caso eu ainda não esteja preparada.

"Tô melhor agora. Acho que mais leve. Ontem eu estava me sentindo pesada e vazia ao mesmo tempo, uma sensação muito estranha", tento sinalizar que quero, sim, falar sobre tudo.

A Elena entende a deixa. O bandeirinha não vai dar impedimento. Então ela entra com bola e tudo.

"E aí, vai me contar sobre o acusado de estupro que tá no seu apê?"

"Sim, com certeza. Preciso te contar tudo. Mas também preciso voltar pra casa. A Kal já pousou e daqui a pouco bate esfomeada na minha porta. Você sabe como ela é insuportável com fome", digo, já calçando as botas, pondo o cachecol ao redor do pescoço e encomendando um almoço caprichado no restaurante favorito da Kal, um dos melhores estabelecimentos veganos da cidade.

A Elena está nitidamente decepcionada.

"Como assim, Alma, você tá indo embora? Vai me tratar como os caras que você pega por aí? Me usar de noite e me abandonar de manhã?", ela debocha.

"Claro que não, amiga. Você vem comigo. Se agasalha e vamos. Temos muito o que conversar. Vou precisar de você e da Kal juntas", digo, tentando evocar um tom de mistério na minha voz.

"Só se você me prometer que no caminho vai contar sobre esse seu amigo..."

"Fechado. Te conto tudo na ida. Mas não se preocupa que ele não tá mais lá. Ele foi embora cedo."

Me esforço para conseguir contar toda a história do ex-amigo. O trajeto até a minha casa é curto, mas estamos caminhando devagar e paramos para comprar umas coisinhas na mercearia — frutas, iogurte de castanha, pão, húmus, granola, cerveja e café em grãos. Explico brevemente o histórico da amizade, sem mencionar os episódios de sexo — muito menos o último. Lembro a ela que é o mesmo cara que se recusou a ser minha testemunha quando eu quis reportar o caso de assédio. Conto em detalhes o que se passou no comitê de campanha com a Ashley, qual foi a acusação e como o caso foi concluído, mas opto por não mencionar o papel do amante esporádico.

Escutando tudo em silêncio, a Elena não faz qualquer comentário ou pergunta, tampouco demonstra julgamentos. Ela está concentrada, absorvendo atentamente o conteúdo, como uma estudante diligente em sala de aula. Da minha parte, falo como se estivesse contando o roteiro de um filme: com muitos detalhes e narrativa coesa, mas desinvestida pessoalmente da história.

"Então, a Ashley percebeu que algo estava estranho e pediu pra parar, mas acho que ele continuou até gozar e só aí falou o que tinha acontecido com o comprimido", digo enquanto escolho morangos e framboesas.

Quando chegamos ao prédio, a Elena já está a par de toda a semana — até mesmo a oferta de emprego do chefe e a busca e apreensão na casa da Malu, mesmo que superficialmente.

"Anota aí na ata que esses dois pontos ainda precisam ser discutidos e deliberados na próxima assembleia", brinco.

Ao subir o lance de escada, meu coração acelera de repente. Antes de abrir a porta, preciso respirar fundo. Sei que o ex-amigo não está mais lá dentro. Ele deve ter saído já faz horas. Mas e se, por qualquer motivo, ele decidiu ficar e me fazer uma surpresa? Sob o olhar atento e levemente confuso da Elena, encosto o ouvido na porta para tentar escutar se algum barulho vem do outro lado. Ela solta uma risada, pega a chave da minha mão e gira a fechadura.

"Não seja patética, amiga. É a sua casa."

Reconheço o primeiro sinal de que o ex-amigo não está mais ali quando não sinto *aquele* calafrio. Não só isso, como o ar do apartamento está nitidamente mais próprio para a vida humana. O espaço entre as paredes voltou a ser a minha casinha.

Aliviada, começo a guardar as compras na geladeira enquanto a Elena passa na prensa francesa mais um café. Ela já fez isso tantas vezes que se move como se estivesse no próprio apartamento.

A Elena pega um pedaço de papel na mesa e diz:

"O seu amigo abusivo deixou um bilhete."

"Ex-amigo", respondo assertivamente, sem titubear, "é alguma coisa importante?"

De costas para a Elena, não parei de arrumar os alimentos na geladeira.

"Tem duas linhas. Posso ler em voz alta?"

"Não precisa. Joga fora. Ele não diria nada importante em duas linhas", respondo com firmeza.

Ao ver o bilhete amassado, acrescento:

"Aposto que era só um agradecimento genérico."

Ela solta um suspiro e diz como quem está comentando um capítulo de novela:

"Pior. Pelo visto, ele achou a noite ótima."

Solto uma gargalhada. Não sei por quê, mas acho hilário. A Elena também ri.

"Ele não entendeu nada mesmo. Nunca entendeu", recupero o fôlego.

"É muita humilhação a gente ser historicamente dominada por um grupo com esse tipo de representante", a Elena arremata, ainda sustentando o tom de zombaria.

Aproveitando que o delivery acaba de chegar, ela se oferece para descer, levando o lixo da cozinha com o bilhete. Ao voltar, põe a sacola com a comida no balcão e arrumamos a mesa para o almoço de boas-vindas à Kal. Ajeitamos pratos, talheres, copos e guardanapos como se estivéssemos aguardando a chegada de uma oficial do governo.

Enquanto estamos nestes preparativos, a Elena aproveita para me pedir mais detalhes sobre a Malu.

"Falei com ela ontem de manhã e estava tudo bem. Ao que tudo indica, o inquérito vai ser arquivado. Foi um susto e tanto, mas nada mais."

"Caralho, Al. Que história pavorosa. Coitada da Malu. Sempre que você me conta sobre a rede, morro de gratidão por essas mulheres existirem. Que escroto fazerem elas passarem por isso", a Elena se revolta com todas as células do corpo.

"É pesado demais, amiga. Só a super-Malu pra dar conta dessa pressão", respondo, cheia de amor pela minha amiga que está longe.

"E você disse que a Aurora acompanhou tudo, né? Você chegou a falar com ela? Você conhece bem o trabalho da Aurora, certo? Ela é boa, né? Podemos confiar nela pra proteger a Malu?", a Elena me pergunta, ansiosa.

Apesar de não se conhecerem, a Elena e a Malu se tratam como amigas íntimas.

"A Aurora é maravilhosa. Uma das advogadas mais brilhantes que eu já vi. Falei com ela rapidamente no dia do susto, mas a gente ainda precisa retomar o assunto com calma", digo e faço uma pausa quase imperceptível, considerando se devo ou não acrescentar mais um detalhe, "assim que eu soube da Malu, pedi ajuda pro amante esporádico. Tô tão acostumada a recorrer a ele nesses momentos. Parece que só ele sabe me fazer sentir efetivamente segura", confesso.

"Tudo bem, Alma", a Elena me diz com compaixão, "ele é advogado, ganha a vida fazendo gestão de crise, além de ser um amigo de longa data e de confiança. Normal você ter ido atrás dele. Ele podia ajudar. Não dá importância demais pra isso."

"Eu sei, eu sei. Faz sentido eu ter pedido ajuda para ele. Pedi ao chefe também", digo, quase convencida do caráter meramente lógico da minha iniciativa.

"E esses homens prestaram pra alguma coisa ou só sabem perturbar a sua paz? Eles ajudaram a Malu?", a Elena carrega na performance girlboss.

Dou risada.

"Ajudaram, sim. Foram fofos até. Talvez o amante esporádico só tenha se prestado a isso porque tinha a perspectiva de me comer na semana que vem? Talvez. Talvez o chefe só tenha se dado ao trabalho porque eu disse que o amante estava sendo bastante prestativo e eles têm uma competição ridícula entre si? Talvez. Mas o importante é que os dois colaboraram. O amante ofereceu um advogado do escritório dele pra apoiar a Aurora no que precisasse. O chefe falou com colegas de alguns jornais pra garantir que nada saísse na imprensa."

A Elena ergue a xícara de café e faz um brinde.

"Um viva às mulheres que sabem se aproveitar da condição de mercadoria na economia de troca de bens simbólicos!"

Faço o mesmo com a minha xícara e olho nos olhos da Elena.

"Tim-tim!"

Como se estivéssemos num capítulo de novela, no momento em que brindamos, a campainha toca. Viva! A Kal chegou! Fico tão empolgada que tenho medo de que o coração subitamente acelerado rasgue a pele. Faz tempo que não nos encontramos. Quero muito abraçá-la forte e confirmar que ela ainda é minha amiga e me ama.

Quando a Kal entra, uma alegria vibrante explode entre nós três. Nos amontoamos em um bolinho de amor e ficamos alguns segundos desse jeito, celebrando estarmos juntas.

"Que caralho de voo longo e cansativo. Tô morta", diz a Kal, se desvencilhando do abraço coletivo e se encaminhando com pressa para o banheiro.

"Sabe que foi a primeira vez que não tenho nenhum problema na imigração aqui? Passei direto, sem a porra de entrevista na salinha ou checagem supostamente aleatória de bagagem", ela grita do banheiro enquanto faz xixi de porta aberta.

"Sorte você ter escolhido essa vez pra trazer aquele carregamento de coca que queríamos vender aqui", brinco, tentando lidar com o fato revoltante de que a Kal é um alvo constante da polícia migratória nos países do norte atlântico.

Ela dá uma risada.

"Pois é, já deu de vida acadêmica. Quero ser rica. Acho que só vendendo drogas mesmo."

Ela provavelmente está certa.

"Você seria uma excelente traficante, Kal", brinca a Elena.

Quando a Kal volta do banheiro, nós três nos sentamos à mesa e começamos o almoço. Cada uma com a sua cerveja na mão, proponho mais um brinde.

"Às amigas que mantêm minimamente a nossa saúde mental."

Gostaria de ser um pouco mais carinhosa, mas sei que tanto a Kal quanto a Elena entendem — e até mesmo apreciam — o meu jeito meio travado de demonstrar afeto.

"E aí, Alma? Conseguiu então tirar o demo do apê? A Elena foi a exorcista?", a Kal entra no assunto direto na canela.

Ela não está nem um pouco preocupada em ser diplomática. Sobre esse nem nenhum outro tema.

"Eu cheguei aqui e já não tinha mais nenhuma presença maligna, Kal. Mas também tô curiosa pra saber o que aconteceu", responde a Elena, que olha nos meus olhos enquanto pronuncia a última frase.

Por trás do tom leve, elas estão cobrando uma posição minha a respeito de toda a hesitação com o ex-amigo. E estão certas. Já foram pacientes e acolhedoras demais comigo. Está na hora de eu mostrar que sou a mulher que gostaria de ser.

"Sim, sim. O apartamento tá estuprador *free*. Podemos ficar tranquilas."

Nenhuma das duas ri. Elas seguem me olhando com expectativa. Eu respiro fundo e prossigo.

"Vocês sabem que a investigação interna foi encerrada porque a vítima desistiu. Como foi autorizado a retornar ao flat, ele simplesmente voltou. Foi embora hoje mais cedo. Mas a gente não se encontrou na saída. Eu estava dormindo na casa da Lê."

"Ok, ok, Alma, a gente já sabe toda a parte formal. Foda-se o que tá acontecendo no comitê de campanha. A gente quer saber o que aconteceu aqui", a Kal logo interrompe.

"Por que você chegou na minha casa no meio da noite e deixou ele aqui sozinho?", a Elena complementa o interrogatório.

"Você saiu daqui no meio da noite e foi pra Elena?", a Kal de pronto pressente que algo grave aconteceu.

Eu não queria ter que contar sobre o sexo com o ex-amigo, mas não dá para esconder essa informação crucial. O principal receio é que elas se afobem na interpretação.

"Sim, eu não aguentava mais ficar no apartamento." Faço uma pausa para me recompor, sentindo a Elena e a Kal fixadas em cada palavra. "Eu cheguei no limite de exaustão ontem. A semana foi muito difícil. Sinto que fui atropelada por um caminhão abarrotado com os meus fantasmas pessoais. Foi muita coisa pra lidar. E eu realmente não dei conta", minha fala é lenta e cuidadosa.

Não quero me vitimizar. Mas preciso tentar explicar para as minhas amigas o meu estado.

"O que aconteceu ontem, Alma?", a Kal pergunta, já com um mau pressentimento.

"Quando cheguei em casa, estava segura do que precisava dizer pra ele. E até comecei a falar. Eu disse que ele deveria se preocupar com as possíveis consequências do histórico dele com as mulheres. Mencionei ter pena da Ashley. Eu queria ter confrontado ele. Confrontei um pouco até. Joguei na cara dele que ele me usou como a fiel amiga feminista escudeira. Eu tentei. De verdade. Mas não consegui. Sei que é difícil pra vocês entenderem, mas eu não tenho forças quando estou com ele. Viro uma autômata."

"Não é difícil entender, não, amiga. Fica tranquila", a Elena me consola.

A Kal, por sua vez, segue calada me olhando, com os braços cruzados. A postura dela por si só gera uma tensão impossível de ser ignorada.

"Não sei dizer o que aconteceu, mas a gente acabou transando", digo logo de uma vez para acabar com o meu martírio.

Elas ficam mudas. Nem piscam. Até que a Kal não se contém. Com fúria, ela enfia a ponta da faca na mesa, num movimento súbito e ágil que me remete a um caubói em filme de bangue-bangue prestes a propor um duelo. Ela usa tanta força que a lâmina entra no tampo de madeira e a faca fica em pé. No entanto, não diz nem uma palavra, e ficamos as três caladas, olhando aquele objeto perfurocortante que parece levitar entre pratos e talheres.

A Elena é quem decide quebrar o silêncio.

"Que merda, Alma. Você tá bem?"

Enquanto a Kal ficou enraivecida, a Elena está visivelmente preocupada. E as duas reações são compreensíveis.

"Bem, *bem*, não tô, óbvio", digo com a voz mais baixa do que o normal.

Ao mesmo tempo que fico intimidada pela Kal, também sou grata porque a cobrança me incentiva a elaborar os processos internos que me trouxeram até aqui.

"Mas vou ficar bem. Acho que eu precisava sentir com os meus próprios pés o fundo do poço para conseguir sair dele."

Não faço contato visual com nenhuma das duas.

"Não quero fazer terapia de boteco aqui. Eu realmente não sei por que fiz isso. Precisaria de muito acompanhamento psicológico pra entender como acabei transando com ele. Foi péssimo. Eu não senti nada na hora. Um vazio total. Parecia que eu estava fora do corpo. A parte que estava assistindo a tudo de longe tentou interromper, mas a que estava lá sendo penetrada não conseguia escutar, muito menos se mexer. Fiquei deitada olhando para o vazio o tempo inteiro. Me senti horrível depois, anestesiada, parecia que estava em choque. Quando acabou, passei um tempão de bruços sem reação."

Ninguém fala mais nada, e o tempo se arrasta. Eu olho para a Kal e vejo que ela permanece na postura firme de braços cruzados, mas tem duas lágrimas escorrendo dos olhos. Essa imagem é tão forte que poderia ser exposta em uma galeria renomada. Finalmente, ela fala alguma coisa, com a voz perceptivelmente entrecortada.

"E agora, o que você tá se sentindo?"

Ver a Kal desse jeito vira uma chave dentro de mim. Reconheço um novo sentimento súbito dando às caras no meio da minha confusão emocional, mas dessa vez é um alívio sentir.

"Raiva. É isso que tô sentindo. Muita raiva. Raiva de ter deixado ele me afetar tanto. Raiva de tudo o que ele já fez quando éramos amigos. Raiva de me sentir fraca e menor perto dele. De ter acreditado na amizade. Raiva de ter ficado tanto tempo fingindo que não estava vendo os problemas no grupo e de não ter feito nada para ajudar aquelas mulheres enquanto eu podia. Raiva de ter sido uma daquelas mulheres. Raiva de mais um homem que vai seguir a vida sem ser devidamente responsabilizado pelas próprias ações, que vai continuar tratando as mulheres sem qualquer cuidado", digo, me sentindo enfim completamente alinhada com o meu discurso.

Não derramo nenhuma lágrima dessa vez. Já chorei tudo o que tinha para chorar. *Chega*.

A Kal e a Elena entendem que algo profundo se abriu em mim. Finalmente! *Antes tarde do que nunca*, devem estar pensando. A Elena me abraça e me faz um carinho.

"Al, a raiva é muito potente e importante, mas ela precisa estar bem direcionada. Não é para você sentir raiva de si mesma e dos seus sentimentos. Você não precisa ser a feminista-sempre-coerente. Essa confusão de emoções precisa ser trazida à tona mesmo, você precisa enfrentá-la, entender de onde vem. Todas nós lidamos com sentimentos contraditórios. Não fica com vergonha achando que precisa esconder da gente. A vergonha que a gente sente pelo mal que os homens fazem com a gente é justamente o que acaba acobertando tudo de horrível que eles fazem. Você sabe disso. Quantas mulheres você não conheceu no abrigo que demoraram muito pra denunciar porque sentiam vergonha? Quem tem que ficar com vontade de enfiar a cara num buraco no chão são eles!"

A Kal ouve atentamente cada palavra da Elena. O semblante dela, que até alguns minutos atrás transparecia uma dor crua, agora está determinado. Sei que ela está pensando a mesma coisa que eu: *o nosso silêncio não nos protege*, conforme tínhamos escrito nos cartazes da primeira marcha de mulheres de que participamos juntas. Ela então descruza os braços, seca os olhos com as costas da mão e resgata a faca.

"Perfeito, Elena. Agora vamos pensar o que podemos fazer."

"Sim, preciso *fazer* alguma coisa", respondi, começando a me animar com as possibilidades.

Isabel Maria Chequer, 34 anos, nacional, casada, enfermeira, compareceu a esta Delegacia, na condição de testemunha, e relatou o que segue. Questionada se conhece o investigado, disse que sim, que namoraram por cinco anos; que começaram o relacionamento quando ambos eram estudantes universitários, ela no primeiro ano do curso de enfermagem, e o investigado, no último ano de ciências sociais. Questionada se sabe das acusações contra o investigado, disse que ouviu por alto e que não procurou saber; que se trata de um assunto com que tem dificuldade de lidar; que demorou muito tempo para se recuperar do relacionamento com o investigado; que fez terapia e se medicou por vários anos depois que terminaram; que hoje consegue identificar que estava em um relacionamento abusivo, mas que não tinha essa percepção quando estavam juntos. Questionada por que considera que o relacionamento que teve com o investigado era abusivo, disse que não era mais capaz de reconhecer a si própria nos últimos anos em que estava com ele; que aceitava que ele fizesse coisas que hoje considera absurdas em um relacionamento, por exemplo, ter ficado com outras mulheres e mantido casos às escondidas, sem acordo prévio; que, na época, imaginava que o investigado estava se relacionando com outras mulheres mas não queria acreditar; que só depois que terminaram o relacionamento soube da dimensão do que acontecia, do tanto que as pessoas próximas sabiam, de como ela foi exposta à humilhação na condição de namorada do investigado; que tentou questionar o investigado sobre isso quando ainda estavam juntos, mas ele respondia que ela era neurótica e instável; que o investigado demandava muito suporte emocional dela, que ele era muito inseguro e ela tinha a impressão de que precisava constantemente assegurá-lo de suas capacidades; que ele ficava chateado se ela não parasse tudo que estivesse fazendo para ir encontrá-lo quando ele ligava pedindo a sua ajuda, o que acontecia com muita frequência, e solicitava coisas que não eram muito sérias. Questionada se o investigado alguma vez foi violento com a depoente, disse que algumas poucas vezes (acredita que foram três), quando brigaram, já mais para o fim do relacionamento, o investigado apertou seu braço com força e a sacudiu; que nas vezes em que isso aconteceu, ele estava muito nervoso e ela ficou assustada, mas que não houve outro tipo de violência física. Questionada se deseja acrescentar algo, disse que não. Nada mais foi dito nem lhe foi perguntado.

Vinte e quatro

Estou sentada entre a Elena e a Kal no sofá da sala, com o notebook apoiado na mesinha de centro à frente. Nós estamos esperando a Malu se conectar e o rosto dela aparecer. Acabo de mandar uma mensagem perguntando se poderíamos fazer uma chamada de vídeo. Explico que estamos as três aqui e que tenho um assunto que gostaria muito de conversar com todas juntas.

"Claro, amiga. Posso agora."

A tensão já começa a se dissipar, mas ainda pode ser sentida.

"Eu vou precisar de um tempo pra aceitar que aquele pênis lamentável esteve dentro de você", a Kal me diz enquanto apoia a cabeça no meu ombro.

"Ouvi dizer que 'pênis lamentável' é o nome artístico dele na indústria pornográfica", digo muito séria e afago o cabelo curto da Kal.

Ela não resiste e solta uma risadinha contida.

"Amigas! Que lindo ver vocês três juntas", a Malu aparece na videochamada. Apesar de já ter passado do horário do almoço, a cara dela é de quem acabou de acordar. Muito provavelmente acabou mesmo. Deve ter passado a noite em claro por causa de alguma urgência no trabalho.

"Bom dia, amiga. Caiu da cama agora?", pergunto.

A Malu toma um gole de café e, na xícara, é possível ler "toda propriedade privada é uma forma de roubo".

"Virei a noite trabalhando. Quando fui dormir, já eram seis da manhã. Acordei tem uma horinha mais ou menos. Mas que maravilha que você chegou, Kal. A nossa amiga estava precisando de resgate, pelo visto."

"Ô se estava", a Kal responde séria, me olhando de soslaio.

"Malu, minha solidariedade pelo que aconteceu. A Alma me contou. Que absurdo! Como você tá?", pergunta a Elena, genuinamente preocupada.

A Malu sorri em agradecimento, mas antes que possa responder, a campainha dela toca. Primeiro, ela fica surpresa, mas pelo visto logo lembra que está esperando alguém.

"É a Aurora. Ela tinha ficado de vir aqui à tarde pra conversar sobre o inquérito", ela explica enquanto se levanta para abrir a porta.

Com a Malu fora do enquadramento, a Kal fecha o microfone.

"Inquérito? Tipo investigação policial?"

Nem acredito que esqueci de mencionar a busca e apreensão para a Kal. O ex-amigo estava monopolizando demais a minha interação com ela.

"E teve mais isso essa semana, acredita? Tudo indica que vai se resolver, mas a gente está monitorando bem de perto a situação. Um policial, marido de uma usuária da rede, instaurou um inquérito pra investigar uma das integrantes, e a Malu acabou envolvida. Na terça de manhã, fizeram uma busca e apreensão na casa dela. Foi pesadíssimo. Os caras não encontraram nada, e a Malu foi dispensada depois do depoimento. Elas são cuidadosas, você sabe. O mais provável é que seja arquivado", tento contar rapidamente antes que a Malu volte com a Aurora.

As duas se sentam diante da câmera, mas antes de abrir o microfone de novo, faço um parêntese:

"Nem a Malu, nem a Aurora conhecem muito bem as minhas histórias da época do movimento estudantil. Não quero falar sobre isso com elas, tá? Muito menos sobre a noite de ontem."

Elas me olham com cara impaciente, mas concordam. Ninguém mais aguenta os dramas da Alma com o ex-amigo. Nem eu.

Abro o microfone e dou um sorriso.

"Aurora, quanto tempo! Acho que você não conhece a Kal e a Elena", aponto para elas respectivamente.

"Não ao vivo, mas é como se conhecesse. Sempre escuto muito falar de vocês", a Aurora transmite uma deferência muito autêntica.

Como tenho sorte por estar rodeada de mulheres incríveis.

"Aurora, a gente é muito fã do seu trabalho. Que bom que a rede conta com você", a Elena diz.

"Sério, que foda o que você faz. Obrigada em nome de todas as mulheres da galáxia", a Kal continua.

A Aurora ri e conseguimos estabelecer um clima leve e gostoso, apesar do constrangimento inevitável da comunicação virtual.

"Desculpa, eu não queria atrapalhar. Ia falar com a Malu sobre o inquérito", a Aurora diz.

"Que isso, Aurora. Eu que peço desculpas. Acabei me metendo no meio da reunião de vocês, mas queria aproveitar a Kal e a Elena juntas aqui em casa."

"Gente, vamos parar com essa desculpa toda. Eu, hein?

Tá quase uma congregação cristã isso aqui", a Malu finge irritação e faz todo mundo rir.

"Alminha, meu amor, diga lá sobre o que você quer conversar. Eu nem quero lembrar do inquérito agora. Tô cansada desse assunto. Preciso de um problema novo e acho que a Alma tem um bom pra gente", ela me olha com expectativa.

"Cuidado com o que você deseja, Malu", o tom da Kal é um pouco sinistro demais, e dessa vez ninguém ri.

Eu respiro fundo.

"Seguinte, eu preciso da ajuda de vocês. Mas não sei exatamente como vocês podem me ajudar."

Dou assim os primeiros passos, sem muita certeza do que estou fazendo. Não quero pensar muito sobre isso, porque a Alma que ainda não é a mulher que ela gostaria de ser sempre acaba presa a uma dinâmica de compadecimento e complacência com o ex-amigo.

Por outro lado, também não é simples pedir ajuda. Reconhecer a minha própria incapacidade de me desvencilhar do que quer que seja que me prende ao ex-amigo é, sim, vergonhoso. Sei que as mulheres que me escutam têm generosidade e feminismo suficientes dentro de si para compreender e não julgar. Ao mesmo tempo, fico desapontada comigo mesma ao perceber que a espécie de carinho que nutro pelo meu amigo de tantos anos, com quem dividi sonhos de revolução, ainda resiste.

Começo atualizando a Malu sobre como o caso foi encerrado e as circunstâncias da partida dele da minha casa.

"E durante os dias hospedado comigo, lembrei de tanta coisa do passado. Foram muitas memórias reviradas. Mas não consegui enfrentá-lo. Não consegui dizer o que gostaria. Na cabeça dele, ele ainda é meu amigo, tem o meu apoio e nunca fez nada de errado."

"Vocês estão falando do cara que foi acusado de estupro aí na gringa? O caso que saiu no jornalzinho da universidade? Vocês são amigos, Alma?", a Aurora pergunta.

Até hoje, mesmo agora, me surpreendo ao perceber que é possível não ser associada ao ex-amigo. Por tantos anos, a nossa relação me definiu, de modo que ainda estranho ter amigas que nem sabem que um dia fomos próximos. Parece que estou mascarando uma parte da minha própria identidade.

"Eles foram amigos na época de faculdade, mas se afastaram", diz a Malu, "nem estavam se falando mais, né, Alminha? Mas quando ele foi suspenso do trabalho, não tinha aonde ir e pediu abrigo pra ela — a única pessoa que ele conhecia por perto."

A Malu está se esforçando demais. Tem algo estranho ali. As palavras saem com notas discretas de ansiedade.

"Hum, não sabia que vocês tinham um passado. Ele estava aí na sua casa, então?", a Aurora demonstra um desconforto evidente, como se a almofada onde está sentada fosse um pedaço de concreto num dia de sol escaldante.

"Foi embora hoje de manhã."

"Você também é amiga dele, Kal? Você e Alma são amigas desde essa época, né?", a Aurora segue sondando, não consegue disfarçar que está incomodada.

"Eu definitivamente não sou amiga dele, Aurora. Nós éramos do mesmo grupo político na universidade, é verdade, mas não suporto esse cara. Sempre foi um babaca. A Alma ficou no grupo até o fim. Eu me afastei muito antes."

É curioso que a Kal não mencione a saída do país como o principal motivo — ou, no mínimo, a circunstância contextual — para o afastamento. Será que aquele ataque do ex-amigo ainda a afeta?

O silêncio que se instala é um pouco longo demais. A Aurora até abre a boca, mas não fala nada.

"Como que a gente pode te ajudar, Alminha?", a Malu finalmente pergunta.

"Pois é. Vocês que me digam", eu replico olhando para a Kal.

Ela é quem precisa conduzir a conversa. Eu com certeza não tenho condições. A Malu está na expectativa, parecendo uma atacante muito concentrada aguardando na pequena área a cobrança do escanteio. A Aurora e a Elena também estão chegando para acompanhar a jogada. A Kal me olha da mesma maneira que uma médica olharia para um paciente antes de reposicionar de volta a clavícula dele — *Isso vai doer, mas é para o seu bem.*

"A Alma é essa mulher foda, uma das maiores jornalistas do país, tem livro publicado e tudo mais, mas não consegue sair de um relacionamento abusivo. E tá bom, beleza, tô de acordo que a gente não pode pôr rótulos, falar pra pessoa que ela é uma vítima, temos que esperar a mulher se compreender nessa posição, mas porra! Não dá mais pra te esperar, amiga, e também já deu pra sacar que você tá enxergando as coisas, até que enfim. Então, foda-se, posso falar", a Kal se vira para a tela à frente, "a Alma precisa da nossa ajuda pra romper com esse cara e se livrar do entulho tóxico que ela carrega há quase vinte anos. Vinte anos, minhas amigas!"

Dezoito anos, na verdade. Exatamente metade do tempo da minha existência no planeta. Tive o ex-amigo por meia vida.

Depois do tratamento de choque da Kal, as palavras da Elena parecem feitas de algodão:

"É praticamente impossível sair de uma situação assim sozinha", a Elena fala, olhando para o chão, sem usar a expressão "relacionamento abusivo", "primeiro porque é muito duro perceber que está vivendo essa realidade. A gente fica se perguntando 'poxa, como que eu deixei chegar nesse ponto?', mas essa é a pergunta errada. Não existe uma resposta para o 'como' ou o 'porquê'. Quer dizer, existe e ela é estrutural. Não tá na gente, no nosso comportamento individual. Se for pra se perguntar alguma coisa, seria 'como é que eu consigo romper essa relação?' e 'como é que eu posso contribuir pra que outras mulheres não acabem na mesma posição do que eu?'."

"Alma, deixa eu tentar outra abordagem que talvez ajude a gente a pensar sobre o que fazer: O que *você* quer? Qual é a sua vontade em relação a tudo isso?", a Malu intervém.

Neste momento, me sinto de volta ao abrigo de mulheres, só que na posição da vítima. Quantas vezes eu já não fiz as mesmas perguntas às atendidas? O que *você* quer? Quer se separar? Quer denunciar à polícia? Quer uma medida protetiva? Quer auxílio para buscar uma nova casa? Quer suporte para procurar emprego em outra cidade?

Invariavelmente, a resposta era "eu quero que ele pare de ser violento", ou "eu quero que ele volte a ser como antes". E não é mesmo isso que todas queremos mas nunca conseguimos? Se eu estivesse sendo completamente transparente com as minhas amigas, diria à Malu que *eu* queria que o ex-amigo fosse um cara legal de verdade. Como eu queria que ele me amasse e me admirasse e que o amor e a admiração o transformassem num homem decente. Eu queria mesmo que ele fosse amigo-amigo, e não ex-amigo.

Nada disso está no horizonte de possibilidades. Não é isso que eu deveria querer. Por essa razão, preciso da ajuda de cada uma das mulheres presentes. A ambivalência sempre estará comigo, eu acho, mas a disposição para tomar o melhor caminho apesar dela vem com o apoio das amigas.

"O que eu quero é de fato ser a mulher que eu gostaria de ser", é a única resposta possível.

Achei que fosse precisar explicar melhor, mas todas sorriem e me oferecem um olhar de reconhecimento.

"Cara, Al, você precisa deixar esse homem pra trás", a Elena diz, "ele já foi embora da sua casa, provavelmente vocês nunca mais vão se ver, é hora de seguir em frente."

"Mas o que significa seguir em frente? Simplesmente esquecer tudo o que ele fez? Fingir que nunca existiu e seguir a vida?", considera a Kal.

"Não é isso, Kal", a Elena responde, "mas não dá pra ficar eternamente presa ao passado. Deixa esse merda pra lá. Foda-se ele."

A Kal esfrega as mãos nas coxas, e eleva o tom de voz:

"Foda-se ele, aham. Acontece que esses tipinhos nunca se fodem. E seguem encontrando mulheres que acabam sofrendo na mão deles."

Antes que a Elena contra-argumente e uma discussão comece, a Aurora diz:

"Acho que dessa vez ele vai se dar mal."

O jeito como ela diz isso faz todas pararmos de repente, ansiosas. A expectativa é palpável. Mas a Aurora se cala.

"Ué, acabou? Vai lançar uma frase dessa e ficar quieta?", a Malu questiona.

"Não tenho nada mais pra falar. É só um pressentimento", a Aurora tenta desconversar, mas ela não sabe mentir.

"Ah, Aurora, para", é a minha vez de intervir, "você não pode falar uma coisa dessas e esperar que a gente acredite que é intuição."

A Aurora dá um suspiro. Ela não parece totalmente certa de que pode confiar na gente. Percebo que a Malu segura a mão dela, e as duas trocam um olhar de cumplicidade.

Talvez a Malu já saiba e esteja certificando a amiga de que pode ir adiante. Ou talvez queira apenas criar um ambiente seguro para a Aurora falar o que quer que seja.

"Eu preciso que vocês me garantam que vão ficar do lado certo nessa história."

Lado certo? Do que ela está falando? Confusa também, a Elena pede para ela explicar melhor.

A Aurora me encara pela tela do computador. A preocupação é comigo.

"Alma, ele não pode saber de nada disso. Me promete que você não vai, de alguma forma, avisar ou desmobilizar..."

Na hora a ficha cai e sinto uma vergonha paralisante. Ela está relutante em contar para mim porque, entre diversas mulheres abusadas e um homem abusador, tem dúvidas de que lado vou escolher.

Mais uma vez, a Kal vem ao meu resgate.

"Claro que pode confiar. A Alma pode até ter questões com ele, mas vai resolvê-las, já está resolvendo. Jamais desmobilizaria mulheres pra proteger um homem. Jamais ficaria do lado de um escroto e deixaria as mulheres vendidas. Pode confiar em todas nós aqui."

O tom de ofendida da Kal — sutil, porém distinto, como se fosse o maior absurdo do mundo a Aurora sequer sugerir que não é possível confiar em mim — me enche de gratidão por essa amiga que mesmo se irritando comigo nunca esquece quem eu sou.

Faço um gesto afirmativo com a cabeça, olhando de volta para a tela.

"Algumas mulheres me procuraram depois que o caso saiu no jornalzinho. Por sinal, uma delas tem uma história muito parecida envolvendo um comprimido que pensou ser um remédio e era droga. Elas queriam saber se tinham como ajudar a vítima. Sei lá, se ofereceram pra ser testemunhas, conversar, apoiar e tal."

"Quantas mulheres te procuraram?", pergunto, sem saber muito bem como me sentir em relação a isso.

"Falei com seis até agora. Mas tem outras, segundo elas falaram."

"E tem alguma forma de pôr essas mulheres em contato com a vítima? Ou com o trabalho dele?", a Malu parece estar pensando em voz alta. E me pego fazendo o mesmo quando digo:

"Difícil, agora que já foi arquivado. Infelizmente, não sei se o comitê de campanha estaria disposto a ir atrás de mais acusações envolvendo um membro de sua equipe."

"Você ouviu as histórias, Aurora? São graves? Tem alguma coisa que poderíamos fazer pra ajudar as outras vítimas?", a Elena me interrompe.

"São bastante graves, na minha opinião. Claro que foram só conversas iniciais. Mas pelo que pude ouvir, ele fez merda pra caralho. Estou empenhada, com sorte consigo achar material para uma acusação formal", é a resposta de advogada da Aurora.

"A gente podia pensar numa estratégia, então", a Elena sugere, "pode ser uma denúncia ou uma ação judicial. Vamos falar com elas e ver se topam."

Com os olhos brilhando, a Malu e a Kal apoiam a ideia na hora.

Não presto muita atenção no que elas dizem a seguir. A informação que a Aurora trouxe me atingiu de tal forma que saí do eixo. Estou desorientada. A Elena e ela debatem qual será o melhor caminho jurídico a ser tomado, listando prós e contras. A Kal e a Malu fazem perguntas técnicas. Tento fingir que estou acompanhando.

De repente, todas se calam. Elas anseiam pelo que vou dizer. Talvez ainda tenham medo de que eu recue. E se eu até já tiver mandado uma mensagem alertando o ex-amigo? Poderia estar falando com o seu advogado, que foi o meu amante por mais de uma década — mas agora não é mais —, discutindo formas de proteger o nosso amigo em comum.

É obvio que não faço nada isso. Já é vergonhoso o suficiente que uma mulher desconfie de mim. Ela não pode estar certa quanto a isso. A mulher que eu quero ser ampara o esforço coletivo de outras mulheres para se protegerem mutuamente — ela não se alinha aos homens para ajudá-los a seguir fazendo o que sempre fizeram, sem sofrer consequências.

Preciso dar uma resposta às quatro mulheres que não param de me olhar com expectativa. Não posso simplesmente dizer algo vago e descompromissado com o que estamos discutindo. Mas uma barreira bloqueia a minha garganta. Não consigo falar nada.

Por sorte, meu celular começa a tocar, mais estridente do que o normal.

"É o meu chefe. Preciso falar com ele. Vamos retomar essa conversa depois, amigas."

A despedida é carinhosa como sempre, mas há um sutil mal-estar pendendo entre nós. É compreensível. Mas não vou conseguir encarar por ora essa onda impetuosa. Preciso sair do mar e me recuperar.

Desligo a câmera e abraço a Kal e a Elena.

"Vou tomar um banho e descansar um pouco. Imagino que vocês duas também queiram descansar."

"Eu vou voltar pra casa. Tenho que trabalhar um pouco e desfazer a mala", diz a Elena. "Bora pra um bar mais tarde?"

A Kal está se servindo de mais um pedaço do bolo de chocolate que pedimos de sobremesa.

"Eu só vou tirar um cochilo e animo ir pro bar", ela responde.

"Não sei se vou aguentar sair hoje. Tô levemente acabada", digo, enquanto abro a porta para a Elena, que se despede e vai embora.

"Vai descansar, Alma. A gente tem muito tempo. Você tá com uma cara péssima", a Kal me diz, dando um riso de canto de boca.

"Obrigada, amiga, muito gentil da sua parte", eu rio também e vou até o quarto onde o ex-amigo estava hospedado.

Enquanto a Kal guarda o resto da comida na geladeira e lava a louça, troco a roupa de cama e passo um pano com desinfetante no chão. Jogo lençóis e fronhas sujos na máquina de lavar e deixo a ela o trabalho de limpar tudo o que resta do ex-amigo naqueles panos.

Tiro a roupa que estou usando desde a madrugada — as peças da manobra de fuga para a casa da Elena — e respiro fundo. Pela primeira vez estou no meu quarto depois que o ex-amigo foi embora. Como é bom estar aqui sabendo que ele não está mais do outro lado da parede. Preciso muito de um banho, mas ainda tenho que ligar de volta para o chefe. Sentada na cama, pelada, escuto a voz dele depois do primeiro toque.

Diz que ficou intrigado com a minha mensagem.

"Eu queria saber mais sobre a linha editorial da emissora. Será que vamos ter a liberdade de propor pautas mais ousadas?", sondo.

Por me conhecer há bastante tempo, ele está careca de saber que nossas conversas já vêm com as próximas três jogadas no tabuleiro pensadas. Por isso, o chefe imediatamente pergunta qual agenda específica tenho em mente.

"Ainda falta muito espaço para as mulheres nas pautas políticas, não acha? Também falta politização das pautas que envolvem as questões que mais afetam as mulheres. Abuso, trabalho reprodutivo, aborto. Estava pensando sobre isso, adoraria poder sugerir pautas políticas com esse foco."

As ideias vão surgindo do sofrimento da última semana. O chefe concorda com a minha premissa e me aconselha a pôr um projeto no papel.

"Mas você acha que pode ser legal mesmo? Ou tá só sendo condescendente?", pergunto, séria, sem notas de brincadeira.

O chefe responde no mesmo tom dizendo que aprendeu há tempos a levar as minhas ideias bastante a sério. Ele me assegura firmemente de que não tem espaço para condescendência na nossa relação profissional. Me respeita demais para isso.

"Vou redigir uma proposta de programa e desenvolver algumas opções de tema. Obrigada mais uma vez pela oportunidade. Tô cada vez mais animada com o novo trabalho", me expresso com gratidão e desligo.

Debaixo da água quente, o pensamento corre solto por entre as possibilidades que se abrem. Oito anos depois, vou me restabelecer na minha cidade, muito diferente de como parti. Vai ser difícil encontrar com o amante esporádico a cada esquina, mas com certeza o luto já vai ter passado. Me dou conta, aliás, de que até agora ele não respondeu o áudio. Tudo bem, eu já imaginava.

Também não será simples retomar os contatos da época da redação e da militância, mas acredito que estou caminhando para fazer as pazes com o acúmulo desse período. No fim das contas, é muito provável que — livre dos antigos vícios — eu esteja finalmente bem para voltar.

SÁBADO

Vinte e cinco

Um barulho alto e metálico, que não consigo identificar de onde vem, faz o meu coração dar um pulo dentro do peito. Onde estou? Ah, adormeci no sofá da sala. Deve ser madrugada, sei lá que horas. Olho para o balcão da cozinha e vejo a Kal enchendo um copo d'água na pia.

"Desculpa, Alma. Não vi você dormindo aí", a voz dela é de quem acabou de chegar de uma noitada, já naquela fase de se desembriagar. Ela enrola as palavras levemente, apenas um tanto bêbada.

"Que susto, Kal", me levanto para dar um abraço na minha amiga, "que bom que você tá aqui", falo para o cachecol que ainda está enrolado no pescoço dela.

A Kal tira os sapatos e joga o casaco, o cachecol, o gorro e as luvas no chão.

"Consegui voltar com todas as peças que saíram comigo. Vitória da proletária acadêmica aproveitando a folga!"

"Pelo visto você e a Elena curtiram bem a noite", é a forma de pedir que ela conte sobre os acontecimentos que perdi por estar destruída demais — física e emocionalmente, sobretudo emocionalmente — para sair com as minhas amigas.

"Foi muito bom! A Elena me levou pra uma balada bem sapatão. Não tinha um homem hétero cis. Dançamos um monte e enchemos a cara. Tudo que eu precisava. E você, ficou bem?", a Kal pergunta, me levando de volta para a sala.

Ela escolhe o sofá onde dormi, e eu me sento ao seu lado.

"Tudo tranquilo por aqui. Eu estava muito cansada e acabei dormindo vendo *Gilmore Girls*."

"Há! Até hoje você recorre a *Gilmore Girls* quando precisa de um lugar seguro? Tem coisas que não mudam mesmo", ela caçoa.

"Eu precisava de um tempo pra processar o dia — todos os últimos dias, na verdade. Foi muito duro ouvir a Aurora. Eu imaginava que uma hora ou outra mulheres iam acabar se juntando pra fazer uma denúncia. Mas saber que não sou vista como uma aliada foi muito humilhante."

"Sim, Alma, eu entendo. Mas você sabe que no fundo esse receio faz sentido. O cara estava na sua casa até ontem, afinal de contas."

"Eu sei. Isso é o que mais doeu. Claro que a Aurora tem razão."

"Mas ninguém te conhece como eu. Nem todas têm o privilégio de acessar a incrível Alma em toda a sua plenitude. E eu sei que você jamais faria isso."

"Obrigada, amiga. Não só pelo elogio de bêbada — que eu aceito de coração —, mas pela paciência com toda essa história e pelos puxões de orelha. Obrigada por não desistir de mim."

"Desistir de você? E isso por acaso é uma opção? Você nunca vai se livrar de mim. E, sim, isso é uma ameaça."

"Melhor ameaça, Kal."

"Mas, Alma, você sabe que a gente precisa tentar ajudar essas mulheres, né?"

"Sim, eu sei. Mesmo, amiga. Eu quero."

"Vamos conversar com a Aurora e entender melhor o

que tá rolando. Talvez seja um caminho pra ele responder por tudo o que já fez." A Kal está entusiasmada.

"Me parece tão surreal tudo isso. Quem são essas mulheres? Será que os casos são da nossa época de movimento estudantil? A gente conhece elas? O que elas têm pra falar sobre ele?"

"Não fica angustiada, Alma." A Kal sente a trepidação na minha voz. "Você vai conseguir sair dessa merda tóxica escrota que te acompanhou por tanto tempo."

"Seu repertório léxico fica tão refinado quando você bebe."

A Kal levanta as mãos com a palma para cima na altura dos ombros e faz uma cara de "o-que-é-que-eu-posso-fazer". Eu me aconchego nos seus braços e aqui tenho toda a segurança de que preciso.

"Não faço ideia de quem sejam essas mulheres. Fui embora muito antes de você. Também tenho dúvidas sobre esse processo — mas isso é algo que já tá rolando, não depende da gente. Não precisa se sentir culpada caso eventualmente ele seja condenado, Alma. Nada disso é sua responsabilidade. O único responsável pelo que tá acontecendo é ele."

"Tive uma conversa há pouco com o meu chefe sobre o novo trabalho."

"A Elena me contou. O grande retorno de Alma. Vou te dizer que fiquei surpresa, mas acho que faz todo o sentido pra você."

"Pois é. Eu tô animada. Acho que vou ter liberdade editorial. Sondei o chefe sobre a possibilidade de um programa só com os nossos assuntos. Acho que chegou a hora de contar as histórias das mulheres, pautar os temas da zona cinzenta das violências que sofremos. Politizar de verdade o privado."

"Acho excelente, Alma. São quatro da manhã e talvez agora não seja o melhor momento pra ideias concretas. Mas quero te ajudar com isso. Bora dar voz e apoio pra mulheres que precisam ser ouvidas e levadas a sério. A gente tem que pautar essas discussões todas no debate público."

"Sim. Fico pensando no tanto de mulheres que estão em situação semelhante à minha, mas que não têm as superamigas para ajudar."

A Kal aperta mais um pouco seus braços ao meu redor. Ficamos assim, em silêncio, até ela trocar essa posição acolhedora para uma de técnico de futebol falando com o jogador que vai entrar em campo para resolver a partida. Está de frente para mim, me olhando nos olhos e segurando meus ombros.

"O plano é o seguinte: nós vamos dormir um pouco e acordar revigoradas. Vamos chamar a Elena para tomar café da manhã e então conversar sobre o que faremos com todas aquelas informações que recebemos da Aurora ontem. Vamos pensar juntas um plano de ação. Vamos tirar uma agenda de atividades — pra você matar as saudades dos nossos tempos de movimento estudantil." Ela dá uma piscadinha. "Combinado?"

"Combinado."

Vinte e seis

"Bom dia, Alminha. Conseguiu descansar?" A Kal está em pé diante do fogão aguardando a cafeteira italiana terminar o trabalho.

"Bom dia, amiga. Demorei um pouco para dormir. Apesar da exaustão, a cabeça estava a mil. Só lá pelas tantas peguei no sono."

"Você tem algum leite vegetal pra colocar no café?"

"Comprei especialmente pra você. De castanha. Está na porta da geladeira."

"Você sabe, mesmo, como fazer uma moça se sentir especial." A Kal serve o leite apenas em uma xícara. Ela conhece de cor como tomo meu café em casa: puro, sem leite, nem açúcar. "Posso te perguntar o que exatamente está te amofinando? Ele já foi embora, essa semana dos infernos enfim acabou. Por que tanta angústia nesse peito, amiga?"

Respiro fundo e me calo. Fico feliz que a Kal está tentando deixar o papo mais leve com esse exagero dramático. Mas realmente sigo com um peso. Como eu posso explicar?

"É a conversa toda com a Aurora que ainda me incomoda. Não paro de pensar sobre essas mulheres que estão falando com ela. Fico imaginando cenários do que pode acontecer com ele e — sendo muito franca — me preocupo. Eu sei, é patético, ele não merece minha preocupação. Sei que nada disso é minha responsabilidade, que se algo acontecer com ele vai ser por causa das coisas que ele mesmo fez. Mas não consigo me livrar dessa... sei lá, culpa, pena, não sei."

"Eu entendo." A resposta da Kal é seca, mas suave. Ainda em pé na cozinha, cada uma de um lado do balcão, a Kal me olha como se tentando achar algo em minha expressão. Ela abaixa a cabeça e começa a falar em um tom mais baixo que o normal.

"Sabia que ele foi a pessoa que me acolheu quando fui expulsa da casa dos meus pais? Quando eu e você nos conhecemos, eu estava morando na casa dele."

Como nunca escutei essa história antes? Eu sei que a Kal tem uma relação complicada com os pais, e até hoje sofre com a dificuldade deles em aceitar a filha namorando mulheres. Também sei que ela saiu de casa ainda no primeiro ano de faculdade por conta disso, mas quando nos tornamos amigas ela já morava sozinha numa quitinete.

"Sei lá por que nunca te contei isso. Ele também não te disse?"

Faço que não, muda.

"Não durou muito. Logo arrumei aquele trabalho na escola e consegui pagar um aluguel sozinha. Mas por alguns meses eu dividi o teto com ele e, por muito tempo, carreguei uma gratidão imensa pela sua generosidade."

"Caramba, Kal. Até agora eu pensava que você não me entendia, que a sua frustração comigo vinha de uma incompreensão com o que eu sinto em relação a ele. Mas você entende bem até demais."

"Calma, Alma. Eu não tô te falando isso pra você se sentir confortável. Quero que você veja que é possível romper. Ele parece ser um homem especial. Tem uma espécie de encantamento que parece irresistível, mas no fundo é só mais um cara, que faz as mesmas coisas que tantos outros, só que até pior — a inteligência e magnetismo o habilitam a fazer mais estragos nas mulheres que cruzam o seu caminho."

"Aconteceu alguma coisa entre vocês?" Até então eu não imaginava que poderiam existir histórias entre a Kal e o ex--amigo que eu desconhecesse, mas obviamente estava enganada.

"Nada que você já não saiba. Éramos amigos e fomos nos afastando quando começamos a militar juntos, até aquela briga pública ridícula para qual ele me arrastou logo depois de eu ter saído do país. Nunca mais falei com ele."

Será que é só isso mesmo?

"E por que vocês foram se afastando?"

"Ah, Alma, você sabe. Pelos mesmos motivos que vocês dois se afastaram. Não tem como ser amiga dele. Um cara babaca, autocentrado, infantil, vaidoso. A convivência com ele foi se tornando insuportável. Fui vendo como ele era com as mulheres também. Apesar de nunca ter ficado sabendo de alguma história específica, era evidente o tanto que ele era pernicioso nos relacionamentos. Acho que a diferença é que, pra mim, foi mais fácil romper — porque não foi só com ele o rompimento. Foi drástico. Eu saí completamente da militância política."

"Você saiu do movimento estudantil e do partido, Kal. Mas faz política em outras frentes."

"Sim, eu sei. Tento não me isolar na torre de marfim. Só que desses espaços tradicionais da política não dou conta mais. Prefiro bater boca com a multidão enraivecida das redes sociais a tentar debater com um companheiro numa assembleia."

Solto uma risada. É triste o que a Kal acaba de dizer, mas também engraçado.

"Ah vai dizer que você não sente saudades de falar algo pertinente e sagaz e ser ignorada?"

"Sim, demais. E confesso que sinto falta de homem falando abobrinha sem parar, citando teorias revolucionárias que ele nunca leu."

Eu me sirvo de mais um pouco de café e pego meu celular para mandar uma mensagem para a Elena, chamando-a para vir tomar café da manhã. Por curiosidade, vou no contato do amante esporádico para ver se ele escutou o áudio: sim, há mais de vinte e quatro horas, inclusive. Será possível que as minhas palavras sejam tão indiferentes a ele que nem sequer o mobilizem para respondê-las?

"Quer que a Elena traga alguma coisa específica?"

"Ela me falou ontem de uma padaria chique que vocês têm no bairro. Diz pra ela passar lá e trazer o que estiver inspirador."

O ascendente em touro da Kal sempre aparece quando o assunto é comida.

"E vocês chegaram a conversar sobre a ideia da Aurora?"

"Não. Mas agora vai ser um bom momento pra isso. Vamos nos organizar."

Respiro fundo e coloco as mãos na barriga, como para acalmar o estômago.

"É, alguma coisa a gente precisa fazer."

Vinte e sete

A Elena chega com pães e donuts da padaria chique do bairro. Sacode os flocos de neve do casaco e retira as botas pesadas de inverno antes de entrar em casa.

"Que saudades da época em que eu podia encher a cara no bar e acordar zerada no dia seguinte. Você não tá com ressaca, Kal?"

"Sabe que não? Acho que principalmente nos últimos anos tenho treinado bem meu organismo."

"Poxa, meus parabéns. E você, Al, teve uma boa noite de sono? Foi dormir cedo, acordou às seis e já fez ioga, leu todos os jornais e assou um pão antes das nove?"

Eu me levanto do sofá para ajudar a Kal a colocar a mesa e dou um beijo na Elena.

"Acordei faz pouco tempo. Faz dezesseis horas que apenas me revezo entre o sofá e a cama." Abro a caixa que a Elena trouxe, com o logo da padaria chique, e admiro a beleza dos confeitos coloridos. "Hoje é dia de comer um donut de chocolate com geleia de morango inteiro."

Nos sentamos à mesa, repetindo a coreografia de ontem. A marca da ponta da faca permanece no mesmo lugar, mas o que está no ar definitivamente não é mais tensão. Tranquilidade, talvez. Somos três amigas que parecem prestes a conversar trivialidades em uma manhã de sábado enquanto se saciam com pães e doces.

"Conversei com o meu chefe. Dei uma apertada nele sobre o quanto de autonomia eu de fato terei no novo trabalho. E propus um programa pra eu dirigir, sobre mulheres, política e nossas vidas cotidianas."

"Demais, Al. Ele topou?" A Elena tem preguiça do chefe. Acha ele muito cheio de si e pouco sincero nas interações. Talvez ela não esteja botando fé. Será que o chefe está me enrolando e não estou percebendo?

"Pediu pra colocar as ideias no papel e apresentar. Preciso escrever o projeto do programa, com conceito, formato e alguns exemplos de episódios. Minha ideia é misturar histórias de mulheres públicas, que estão na política institucional, com histórias de mulheres anônimas, para dar visibilidade a todos os tipos de violência a que somos submetidas, desde as que acontecem dentro de casa até no trabalho, na rua. Mas quero focar nas paradas cotidianas, banais, essas que às vezes nem enxergamos como violência."

"Maravilhosa a ideia. Quero te ajudar a escrever isso. Você acha mesmo que tem chances de rolar?" Definitivamente, a Elena está desconfiada de uma possível demagogia do chefe.

"Vai rolar, amiga. A gente constrói de um jeito que o chefe não tenha como barrar. Deixa comigo." Há quase vinte anos fazendo articulação política, aprendi a pôr projetos de pé sem contar apenas com um homem que promete todo o apoio do mundo.

"Você já tem um ótimo tema para o primeiro programa: mulheres cujos amigos próximos são acusados de estupro. O que fazer? Como reagir? Melhores dicas para se buscar justiça com as próprias mãos sem que desconfiem de você." A imitação de repórter investigativo da Kal é perfeita.

"Sim, é claro que pensei nisso. Acho que é uma estreia excelente."

"E vocês acham que podemos também ajudar a Aurora nessa investigação que talvez aconteça? Eu achei bem interessante as explicações jurídicas. Deu até vontade de fazer um documentário sobre o processo todo. Minha sensação é que casos assim nunca dão em nada, mas a Aurora parecia confiante." A Elena até tirou o seu famoso caderninho vermelho da bolsa e está fazendo algumas anotações na sua caligrafia indecifrável.

"Eu também acho importante pensar em maneiras de responsabilizar efetivamente o cara." É até onde consigo ir nas minhas afirmações de intenção.

"Isso. E precisamos demarcar que não é um surto coletivo ou uma série de coincidências o que aconteceu com todas as vítimas. Já consigo até ver na edição do documentário da Elena os depoimentos se sobrepondo uns aos outros, as vozes aumentando em volume até virarem uma só."

"Vocês conhecem outras mulheres que podem querer participar?"

A Elena e a Kal estão olhando para mim, aguardando uma resposta.

"Tem outras mulheres que eu conheço — que a gente conhece — que talvez queiram. Faz muito tempo que não falo com elas. Posso tentar me reconectar, ver como estão. Tenho receio que não queiram falar comigo. Mas vale tentar." Uma parte de mim, pequena mas presente, torce para que elas nunca respondam às mensagens.

"Pode ser uma oportunidade de você se redimir com elas, de reconhecer que poderia ter feito mais na época em que vocês todas estavam juntas no grupo." A Kal consegue ir sempre no limiar entre a provocação salutar e o ataque destrutivo.

"As histórias que já escutei dificilmente se enquadrariam como crime, eu acho. E aconteceram há muito tempo."

A Elena me interrompe na hora:

"Você não precisa fazer trabalho investigativo, nem se responsabilizar por fornecer elementos pra Aurora. Pode simplesmente entrar em contato e avisar que tem uma advogada cuidando de um caso que envolve esse cara, se elas quiserem, podem procurar essa advogada diretamente."

"Boa, Lê. Eu também posso fazer isso com outras mulheres que se envolveram com ele lá atrás, nos primórdios do grupo, até antes. Eu saí bem antes da Kal, mas convivi com ele bastante tempo antes da Alma entrar em nossas vidas."

"Na segunda, vou ligar pra Aurora e ver a possibilidade de fazermos um documentário sobre isso. Não sobre o cara, porque — sendo muito honesta — eu tô me fodendo pra ele. Mas sobre as mulheres que têm a vida atravessada por um homem nocivo e quais instrumentos elas usam pra se recuperarem."

"Maravilhoso esse café cheio de ideias." A Kal está com a boca cheia de pão e parece sentir um prazer genuíno com a refeição.

Respiro fundo e solto o ar pela boca, emitindo um som gutural. Tenho a noção exata do peso das minhas próximas palavras, mas preciso dizê-las. Elas não sairão graciosas e entusiasmadas, mas no mesmo tom de quem um dia encontra a parede do quarto cheia de merda e precisa limpá-la.

"Vamos nos organizar."

Epílogo

Querida Aurora,

    Gostaria de começar agradecendo a sua confiança em compartilhar comigo a informação sobre a possível investigação. Entendo a sua desconfiança em relação a mim — e acho que você tem razão em pensar dessa forma. De fato, sendo muito honesta, talvez eu tivesse ligado para o cara mesmo. É possível que tenha sido a vergonha que senti sob o seu olhar que me impediu de sequer considerar a hipótese.

    Ainda assim, entre não me esforçar para protegê-lo e me esforçar para condená-lo, me parece haver um campo minado de distância, intransitável àquelas que buscam a autopreservação. Não quero me envolver com esse caso, mas também me recuso a ficar assistindo a tudo acontecer como se não fosse algo que me dissesse respeito.

    Esta última semana me atropelou, mas me sinto agora recuperada. De tudo. O balanço dos últimos dias está mais evidente do que nunca. Esse tempo todo, achei que precisava ser mais forte. Tentei ser perfeita e irrepreensível para os homens na minha vida. Não podia dizer não ao pedido de um ex-amigo para se abrigar na minha casa. Escondi os meus titubeios e as minhas imperfeições das mulheres que estiveram ao meu lado e me acolheram. Mas percebi que nenhuma dessas questões é meramente individual ou um problema só meu. Você pensa sobre a mulher que você gostaria de ser? Eu penso muito.

Constantemente me sinto falhando com ela. Mas também consigo entender que não existe a mulher que eu gostaria de ser no singular. Ela sempre é, necessariamente, uma voz coletiva.

Me desculpe essa pequena reflexão quase de boteco, mas foi ela que me fez pegar o telefone nessa última semana e mandar mensagens para um monte de mulheres com quem eu não falava havia anos. De todas com quem falei — e foram muitas! — oito toparam conversar com você para contar as histórias delas com meu ex-amigo. Eu não faço ideia do que seja. Não tive forças para ouvir. Um dia você me mostra os depoimentos. Elas vão te procurar diretamente.

Seguimos, minha amiga.

Com muito orgulho de você e profunda gratidão,

Alma.

Agradecimentos

À minha mãe, Maria Helena, e ao meu pai, Luiz. Obrigada por tudo. Substancialmente, tudo.

Às amigas Izadora Xavier, Laila Galvão, Lívia Mota, Marina Aranha e Natália Brand; e aos amigos João Telésforo Filho, Marcos Toscano e Pedro Abramovay. Obrigada pela leitura atenta e pelas trocas edificantes sobre o texto.

À minha editora, Quezia Cleto. Obrigada por acreditar no livro e torná-lo realidade.

Ao Miguel. Obrigada pelo companheirismo.

TIPOLOGIA Adriane por Marconi Lima
DIAGRAMAÇÃO Vanessa Lima
PAPEL Pólen Natural, Suzano S.A.
IMPRESSÃO Gráfica Bartira, maio de 2023

A marca FSC® é a garantia de que a madeira utilizada na fabricação do papel deste livro provém de florestas que foram gerenciadas de maneira ambientalmente correta, socialmente justa e economicamente viável, além de outras fontes de origem controlada.